➤ 一九七六年二月二十九日，四十岁生日照，自题小诗：

弄文违世情，无辜赤子心；
仲永实堪伤，江郎岂才尽。
四十应不惑，怎奈志未泯；
顾影仍飘逸，清新思不群。
恶竹根除去，雨后发新芽；
请君拭目看，花开二度春。

# 刘 绍 棠

中国乡土文学作家。一九三六年二月二十九日生于北京通州大运河畔的儒林村。一九四八年参加革命。一九四九年开始发表作品。一九五三年加入中国共产党。一九五四年考入北京大学中文系学习。一九五六年加入中国作家协会，从事专业创作。至一九五七年被划右派时，已出版了《青枝绿叶》《山楂村的歌声》《运河的桨声》《夏天》《中秋节》《瓜棚记》《私访记》等七本书。

一九七九年右派冤案得以改正，重获创作权利。带病顽强拼搏了十八年，为后人留下了五百多万字的乡土作品。即十二部长篇小说：《春草》《狼烟》《地火》《豆棚瓜架雨如丝》《这个年月》《敬柳亭说书》《十步香草》《京门脸子》《野婚》《水边人的哀乐故事》《孤村》《村妇》。二十多部中篇小说：《蒲柳人家》《渔火》《瓜棚柳巷》《花街》《草莽》《荇水荷风》《蒲剑》《鱼菱风景》《小荷才露尖尖角》《绿杨堤》《烟村四五家》《柳伞》《年年柳色》《青藤巷插曲》《黄花闺女池塘》《碧桃》《二度梅》等。两部短篇小说集：《青枝绿叶》《蛾眉》。十一部散文短论集：《乡土与创作》《我与乡土文学》《一个农家子弟的创作道路》《我的创作生涯》《论文讲书》《乡土文学四十年》《蝈笼絮语》《如是我人》《红帽子随笔》《我是刘绍棠》《四类手记》。

《京门脸子》获得北京市优秀长篇小说奖。《敬柳亭说书》获得首届中国大众文学优秀长篇小说奖。《蒲柳人家》获得全国优秀中篇小说奖。《蛾眉》获得全国优秀短篇小说奖。中短篇小说多种被译成英、法、德、俄、日、西班牙、泰国、孟加拉、阿尔巴尼亚等国文字。

上世纪八十年代以来，不遗余力地倡导乡土文学，创作上坚持“中国气派，民族风格，地方特色，乡土题材”。他的全部作品，都是写大运河的乡土乡亲，形成了独具特色的大运河乡土文学体系。

刘绍棠文集

# 春草与狼烟

刘绍棠／著

北京出版集团公司
北京十月文艺出版社

# 目录

# 春 草

## 1

外国教会开办的潞河学院，被称为三百里北运河的最高学府，闻名数省。它坐落在通州市南郊，方圆几里，都在它的校界之内，没有居民住户。在这块空旷的大地上，只有绿茵茵的草地，草地上开放着五颜六色的野花；一道道亮晶晶的小溪，溪边丛生着芦苇和蒲柳；一座座四四方方的果园，果园里有嗡嗡采蜜的蜂群；一片片郁郁葱葱的树林，树林里有百鸟争喧；一座座起伏连绵的荒丘，荒丘上有乱树峥嵘；而在纵横交错的羊肠小路上，有大学生们散步留下的足迹。

但是，也有一条笔直的被林荫遮掩的柏油马路，通向绿瓦红墙的中心校舍。学校的正门，是一座古色古香的巍峨殿阁，门外有两只张牙舞爪的石狮，两柱雕刻着蟠龙的华表，那格局和气势，极像前清的王府。进入大门，迎面是几亩大的花坛，一条五色石子的甬路，直达正面那雕栏玉砌的办公大楼，楼前有一座水花飞溅的喷泉。办公楼两侧，雁翅排开，分布着各个系科的教学楼；教学楼之间，有齐整的松墙相隔。群楼背倚蜿蜒的土山，山上有苍松翠柏，座座凉亭。山后，有几处露天运动场，两座室内体育馆；协和湖碧波半顷，荷花满塘，湖心小岛停泊着叶叶游船；湖畔有小桥、石舫、图书馆、小教堂和一所所学生宿舍。然后，又有一道红墙横断开来。走进牌楼门，花树葱茏，曲径通幽，是教授们的住宅，有的是小洋楼，有的是四合院，小洋楼围着铁栅，四合院圈着竹篱。

潞河学院是一块文化殖民地，是一座与世隔绝的象牙之塔。这里的学生，不少对于社会的黑暗、民间的疾苦、国家的前途、民族的命运，漠不关心。他们只是站在这个追逐名利的码头，迷醉地翘首眺望通向大洋彼岸的黄金之路。

然而，它毕竟设立在中国的土地上，而不是高踞于天堂的云雾中。五四运动已经吹皱一池春水，而二十年代山雨欲来风满楼的革命形势，更引起了学生们思想的波动。国文系学生叶兰和物理系学生夏竞雄，发起成立春草社，出版《春草》周刊，以年轻人那初生牛犊不怕虎的勇敢和锐气，向乌烟瘴气的社会生活，发动猛烈的冲击，又以夏竞雄的攻势最凌厉。

春草社社员已经发展到四十多人，早已越出潞河学院的范围；周刊已经发行三千多份，不但在通州市内出售，而且行销到外埠。社员中，已经颇有点小名气的青年诗人平步云，专写空炮式大块政论的王无冕，写点学术性文字并兼管总务的冯文藻，是夏竞雄和叶兰之下的三大中坚分子，与叶、夏并称为春草社五魁。

夏竞雄的父亲夏思问，是同盟会会员，辛亥革命前夜，率领二十八名革命志士，攻打通州道台衙门，壮烈殉难。当时，夏竞雄只有七岁，跟着母亲在北运河畔的鹊桥村生活，后来又逃到盘山山中的外祖父家避难。十岁那年，母亲去世，父亲的好友蔡松鹤从外国留学回来，在潞河学院任教，接他到通州读书。他聪慧好学，意志坚强，深得蔡松鹤的喜爱，一心想栽培他继承自己的衣钵，成为一名取得更高成就的物理学家。夏竞雄虽然对物理学很有志趣，但是也关心国家大事和留心社会问题。鲁迅先生那抨击人吃人社会的战斗檄文，震撼他的思想，启发他的心智，指引他的行动。渐渐地，他对于研究社会，比对于研究物理，更感兴趣了。

他是在乡野长大的孩子，身心始终保持泥土的气息。进入潞河学院，就像野鸟入了笼，很不自在。他来自民间，深知民间疾苦，同情民众不幸，因而写出来的文字，嫉恶如仇，笔锋犀利，最受读者的欢迎。

夏竞雄喜欢行动，不尚空谈，对于文学并不特别爱好；但是，在当前的处境，写文章总还是一种行动，所以他就写起文章来。鲁迅先生的小说，也正如鲁迅先生的论文，震撼他、启发他、指引他。怎样写小说，他不但没有学过，而且没有想过，反正就照鲁迅先生那样写。

写什么呢？鲁迅先生的《呐喊·自序》，也给了他启示：要写那些在精神上与自己丝缕相连，不能忘却的人和事。而他最不能忘却的纪念，是父亲的死和母亲的命运，以及他在乡野长大的生活经历。

父亲是诗书人家的逆子，礼教道统的叛徒。他少年时代才华横溢，能诗能文，也能走马击剑，但是却视功名如草芥。他的原配，是个理学家的女儿，门第很高；这位名门小姐一定要他从科举出身，仕途上进，光宗耀祖，封妻荫子。他掷还婚书，一刀两断。从此，他脱离家庭，浪迹江湖，与下层大众为伍。有一回，他到盘山访友，在深谷中遇见母亲。母亲是个佃户的女儿，每天上山打柴，腰间系着一根绳索，拴在悬崖的孤松上，然后坠入深谷的云雾中，挥斧砍伐峭壁上的小树，还唱着山歌。父亲一见钟情，访友之后，仍然留连忘返，就在山中打猎砍柴为生，跟母亲天天在深谷的云雾中见面。后来，有人给母亲说媒，男方是个小康人家，外祖父和外祖母十分满意，母亲却绝了食，不肯依从父母之命。父亲不顾风俗习惯，不请三媒六证，亲自登门求婚；外祖父和外祖母觉得这是伤风败俗，严词拒绝了。就在这天夜晚，父亲带着母亲出走，到北运河下游的鹊桥村，投奔他的好友龙大海。龙大海曾是鹊桥村义和团的大师兄，率领鹊桥村健儿，驾着渔船扁舟，在北运河上布阵，狙击八国联军的兵船，将一艘洋鬼子的兵船砸沉，满船的洋鬼子都被砍死，葬身鱼腹。义和团运动失败，龙大海亡命在外，在集市庙会上卖艺，与浪迹江湖的父亲相遇，两人结为生死之交。两年过去，局势安定下来，龙大海才重返家园，打鱼、拉纤、扛长工。父亲和母亲就在龙大海的泥棚屋里拜堂成亲，龙大海又给他们盖起三间茅舍，他们就在鹊桥村安家落户，他便落生在这座茅舍里。父亲在北运河畔的农村教私塾，暗中加入同盟会，进行秘密的革命活动，每年那一点微薄的束脩，都充当了革命活动经费；母亲全无怨言，自己租种二亩地，农忙时节打短工，母子俩才勉强糊口。攻打通州道台府前夜，母亲牵着他的手，送父亲到河边上船。父亲临行，给母亲叩了个头，表示感恩和诀别。父亲殉难之后，母亲女扮男装，在龙大海护卫下，顶着狂风暴雨，驾起小船，冒死进入通州城，给父亲收了尸，又驾着小船运回鹊桥村，安葬在河边诀别的高岸上；而后，母亲带他到盘山外祖父家避难。山中连年大旱，外祖父和外祖母又相继去世，生活很苦很难，母亲只有二十八岁，不少人劝她改嫁；但是，母亲怀着对父亲的忠贞，对儿子的慈爱，拒绝了这些好意。她每天上山打柴，租种一块山坡地，夜晚在松明下编筐，供给儿子上学。深重的痛苦，沉重的劳动，饥饿的煎熬，摧残了母亲的身体，最后竟夺去她那只有三十一岁的生命……

怀念父母，回顾身世，夏竞雄无限辛酸，无比悲愤，热血奔腾，心潮起伏。他激动地铺开稿纸，提笔写下了小说的题目，便汪洋恣肆地写起来。

夏竞雄住在锦秀斋3楼29室，四周花木繁荫，宁静清幽。黎明，他便起来，推开百叶窗，放进新鲜空气。窗下，合欢树像朵朵彩云，闪烁着晶莹的露珠儿。协和湖上，弥漫着水雾，东岸的图书馆，南岸的小教堂，西岸的石舫，北岸的弓脊小桥，湖心小岛上的亭台楼榭，都在水雾朦胧中，若隐若现，影影绰绰。夏竞雄匆匆洗完脸，便埋头在临窗的书桌上，沉浸在创作里。只有偶尔一阵风来，吹进几片落花，落在案头，打扰了他。但是，他也舍不得停一停手，只是用力吹一口气，将落花嘘出窗外，任它坠落草坪，或是随风飞去。中午，他跑到饭厅，拿两个馒头，便急如星火，返回宿舍，一边走路一边吃完饭，喝两杯白水，又一直工作到日落西山。夜晚，校园里十分清静，只有楼下花丛中的草虫低吟。夜很静，心很专，他越发奋笔疾书。直到月落、星稀、鸟啼，累酸了手腕，抬不起眼皮，他才上床，倒头便睡。一连七天，夏竞雄手不停挥，墨写的字字行行，都是血泪的结晶。

这天清晨，鹅卵石小路上一阵轻快的脚步声，有人连连叫他："竞雄，竞雄！"

夏竞雄为赶在下一期付印，整整一夜誊录清稿，头昏脑涨，两耳嗡鸣，听见叫声，抬起昏花两眼，循声望去。只见楼下绿草茵茵，有个亭亭玉立的人影。他揉了揉眼睛，仔细一看，才看出是叶兰。

## 2

叶兰是蔡松鹤教授的女儿。蔡松鹤主张男女平等，为了纪念恩重情深的妻子，让女儿姓了母亲的姓。不过，叶兰在写文章时，常常署名蔡菊心，因为她也非常热爱父亲。

叶兰在潞河学院，品学兼优，风格高尚，受到同学们的敬重。夏竞雄十岁到她家，两人青梅竹马，耳鬓厮磨，肩并肩发育成长。夏竞雄野性，叶兰文静；夏竞雄热情奔放，叶兰感情细腻；夏竞雄头脑敏捷，叶兰思想深沉。两人迥然不同，却相映成辉。五四运动以后，青年学生中自由恋爱流行，夏竞雄冒冒失失地问叶兰："我们怎么办？"叶兰含情脉脉地看他一眼，又低下头，小声说："我们不早就是了吗？"从此，他们在不知不觉中早已播下的爱情种子，破土而出，绽开圣洁绮丽的花朵。

这时，叶兰笑吟吟仰望三楼的窗口，端庄秀丽的瓜子脸，春水汪汪的大眼睛，无限柔情，含而不露。她剪着短发，身穿半旧绸衫，百褶黑裙，平底皮鞋，更显得优雅大方，文质清丽。

夏竞雄一见叶兰，就兴奋不已。他抓起小说清稿，跳上楼窗口，大叫道："我交卷啦！"

叶兰慌忙喊道："不许跳！"张开双臂跑到楼窗下，好像准备抱住跳下楼来的夏竞雄，不让他跌伤。

"你等一等！"夏竞雄又从楼窗口跳回屋里，一阵旋风似的跑进浴室，叽哩咕噜刷了牙，横三竖四抹了几把脸，嘴角还挂着牙粉的痕迹，也不梳理一下乱如蓬麻的头发，披上一件汗衫，冲下楼去，把小说清稿抛给叶兰，说："请君斧正！"

叶兰接到手里，一转身，踏着鹅卵石小路，走向洒满阳光的湖畔，夏竞雄跟在她的后面，脚步合着节拍。他的内心洋溢着欢悦，却装出很平静的神气，等候叶兰开口。

一直走到石舫，叶兰还是不声不响。夏竞雄忍不住了，站住脚问道："到哪儿去？"

叶兰莞尔一笑，说："到广州去。"

"又不知怎么捉弄我！"夏竞雄像是生了气。

"真的。"叶兰笑望着夏竞雄那赌气的样子，"真的到广州去。"

夏竞雄仍然不相信，又疑惑地问了一句："到广州去？"

"到广州去！"叶兰收起笑容，脸色严肃起来。"姑姑和姑父从苏俄回来了，现在广州。昨晚有人从广州来，捎来他们给爸爸的一封信。"

"呵！"夏竞雄发出一声惊呼，跳了起来。

"嘘！"叶兰指指石舫，牵了一下夏竞雄的袖子，快步向那个幽静的地方走去。

石舫是一座石砌的楼阁，船尾砌在湖岸，船身砌在水中。为了逼真，也有一条铁索，拴在湖边的大柳树上。船身生满厚厚的绿苔，船上有雕花的石栏，可以凭栏观赏荷花、金鱼；船舱里有石桌、石凳，可以聚会宴饮；楼上就更雅致，可以俯瞰湖上的风景，赏月吟诗。

已经放暑假，校园里人很稀少，石舫就更少人迹，却有一大群鸟雀，在这里吵闹。叶兰和夏竞雄的脚步声，惊起鸟雀四散纷飞，楼空船静。

夏竞雄一上楼，就急不可耐地问道："姑姑和姑父什么时候回国的？"

"到广州已经三四个月了。"叶兰在临窗的一张石凳上坐下来，拿出一封信，给夏竞雄。

夏竞雄接过信，一跳坐在楼窗口。清风徐来，满湖荷香，大柳树上几只知了在叫，夏竞雄激动地读着来信。

叶兰的姑姑蔡松洁和姑父布谷，都是五四运动的健将，后来到法国勤工俭学，加入共产党。为了保卫十月革命的胜利成果，他们又离开法国，经德国到苏俄。布谷参加了红军的中国支队，转战于伏尔加河流域和顿河草原；蔡松洁在中国劳工中间，宣传革命，动员他们到前线去。国内战争结束以后，布谷进入红军大学，蔡松洁进入东方大学。今年一月，孙中山的国民党与中国共产党宣布合作，在广州召开了第一次全国代表大会，布谷和蔡松洁奉调回国工作。他们在大雪纷飞的莫斯科红场，参加了伟大的无产阶级革命导师列宁的葬礼，带着还没有揩干的泪水，当晚就乘车启程回国。他们穿过冰天雪地的西伯利亚，到达海参崴，又从海参崴乘船到广州。现在，布谷在黄埔军校任教官，蔡松洁在国民党中央妇女部工作。他们离开法国到苏俄以后，就一直跟家人不通音信，直到工作安顿下来，才写信给蔡松鹤，请他在暑假带着两个孩子，到广州来团聚一下，见识革命高潮，开阔心胸眼界。

"我早就想离开通州这个铁屋子！"夏竞雄从楼窗口跳下来。"咱们明天就走，而且一去不复返。"

“可是，《春草》呢？”叶兰像是扔不下孩子的母亲，抬起眼睛，温情的目光望着夏竞雄。

夏竞雄皱起眉头，说：“你的意思，是不是咱俩得留下一人？好吧，你去，我留下来。”

“还是我留下，你去。”叶兰静静地说。“你在才干和胆识上都比我强，应该请姑姑和姑父多多指教，更快地长进。”

夏竞雄问道：“哪一天动身？”

叶兰站起身，说：“父亲比你还性急，明天上午就启程，我给你们准备准备。”

夏竞雄笑道：“我有什么可准备的？一只书包，两件衣服，拔腿就走。”

“你的衣服都很旧了，应该买两件新的。”

“不必！”夏竞雄急赤白脸地摆手。“旧衣服亲密无间，新衣服格格不入，我不想换。”

叶兰瞧他那副神气，忍不住扑哧笑了。其实，她已经给夏竞雄买好新衣，只是还没有下水洗过，所以没有给他。夏竞雄有个古怪脾气，新衣上身之前，必须狠洗几遍，磨掉光泽才肯穿，不然就背如芒刺。

叶兰看了看湖上，一湖清水，绿叶红莲，风景如画，一片宁静。便说：“我们去划船，讨论你的小说。”

他们走出石舫，转到北岸，过了弓脊小桥，上湖心小岛，下台阶，解开小船。叶兰坐在船头，夏竞雄在船尾打桨，小船缓缓驶进荷花丛中，在荷叶下瞌睡的一只白鹭，扑噜噜飞上了天。

叶兰深深地呼吸了一口花香水汽，拢了一下散落的额发，打开夏竞雄的小说清稿，放在膝头，先认真地阅读一遍，然后从头朗读起来。他们有个习惯，互相审稿的时候，不但看起来要通顺流畅，而且读起来要琅琅上口。

叶兰的声音很美，咬字清晰，饱含感情，很善于表达作品的感染力量。

夏竞雄的小说，以他的母亲为主角。除了改换姓名，完全写实。全篇共分五节：第一节写他的父母在北运河边诀别。第二节写母亲冒着风险，到通州为父亲收尸。第三节写他和母亲在盘山中的艰难岁月。第四节写母亲含辛茹苦，忠贞不嫁。第五节写母亲在生命的最后时刻，对他的临终嘱咐。小说的每一页，都留下了作者的斑斑泪痕。叶兰是个多情女子，从读第一节起，便一阵阵心酸，第二节便眼里噙满泪花，第三节已经声音哽咽，第四节忍不住泪如春雨，第五节更是泣不成声了。

夏竞雄的胸中也是波澜起伏，但是在女性面前，却要男儿有泪不轻弹。他脸色惨白，目光沉暗，低声说："谈谈你的意见吧！"

叶兰擦湿了手帕，仍然泪光晶莹，啜泣着说："感人肺腑，唤起抗争。"

"缺点呢！"

"文字有些散乱，那个名叫骓哥的小男孩似乎无关重要，不必花费那么多的笔墨。"

夏竞雄心情沉重地说："通篇都要严加修改，只是关于骓哥的笔墨，不能删去一字。"

湖岸上，蔡松鹤教授向他们招手，喊他们回家吃饭，已经中午了。

## 3

蔡松鹤是个清癯瘦小的老头，站在湖岸上，很像晚秋旷野上的一只白头翁。他身穿普通的夏布短衫，脚下是一双家常圆口布鞋，没有一点博士风度和学者架子，看上去只当他是土里土气的乡村塾师。

这位有名的物理学家，出身寒门，父亲是一家书铺的石印工。蔡松鹤从小聪颖过人，酷爱格致之学。在州学跟夏竞雄的父亲夏思问同窗。两人在性格和志趣上很不相同，然而却是最知心的朋友。两人坐在一起，总是争论不休，好像话不投机；但是危难时刻，却挺身而出，祸福同当，生死与共。他俩都追求婚姻上的自由自主，夏思问毅然断绝跟名门小姐的婚约，蔡松鹤大胆热恋叛逆的女性。

叶兰的母亲叶碧莲，家里三代开书铺，因此自小习学文墨，博览群书。她跟蔡松鹤是童年时代一起游戏玩耍的伙伴，但是及笄之后，男女有别，礼教的枷锁将她囚禁在闺房里，两人再也不能见面。叶碧莲感到生活寂寞，精神苦闷，悒郁寡欢。于是赋诗言志，填词抒情。她将一首首言志抒情的诗词，誊录在一张张莲花素笺上，悄悄站在后院的花丛中，透过院墙的一个沟眼，等候从州学放学归来的蔡松鹤路过墙外，将诗笺投递出去。最初，只不过是表达友情的心声，后来人大心重，便渐渐倾诉爱情的衷曲。叶碧莲自幼许配给一个富商的儿子，这位少爷从一落生就是五痨七伤，喷了好几口鸦片烟才活过命来，从此就跟鸦片烟结下了不解之缘。长到十二岁，他爹给他请了个老秀才开蒙，在家里设专馆。这位少爷每天躺在烟榻上上课，足足念了十年，肚子里才装进去半部《论语》。半部《论语》可以治天下，这位少爷觉得自己的学问够用了，再也不想听老秀才在耳边啰唆。打发走老师，这位少爷便终日枕边一盏长明灯，怀中一杆象牙雕花镶银的烟枪，吞云吐雾，大享神仙之乐。叶碧莲一想到自己将要嫁给这个人蛆，就万分悲愤，痛不欲生；她在一张张信笺上，要求蔡松鹤带她逃出火坑。蔡松鹤是个文弱书生，束手无策。那个人蛆听说叶碧莲才貌双全，打发媒婆到叶家催婚；事已燃眉，蔡松鹤又无能为力，叶碧莲只得自己开口，哀求她爹退回婚书，拒绝婚事。她爹虽然也后悔耽误了女儿，却不肯有违礼法，训斥了女儿一顿，答应媒婆选择吉日良辰，确定婚期。叶碧莲完全绝望了，下定殉情的决心。这时，蔡松鹤又考取了官费留学，近期就要出洋，于是叶碧莲约会他半夜逾墙相见，生死一别，也不枉担了虚名。蔡松鹤痛苦万状，走投无路，只得向好友夏思问求救。夏思问哈哈一笑，说："你先动身走吧，船开人到。"就在吉日前夕，夏思问的几个绿林朋友，光临叶家，抢走了叶碧莲。等到叶家报案，官府发了缉捕文书，蔡松鹤和叶碧莲已经搭乘一艘外国客轮，漂洋过海了。蔡松鹤在国外，从预科到本科，从本科到研究院，一直念了十年。他那一点官费，养活不起两口人，更何况不到一年又添了一个女儿，所以生活极其困窘。碧莲虽然从小娇生惯养，却很能吃苦耐劳，一面服侍丈夫和哺育女儿，一面还要刺绣卖钱，贴补生活费用。她本来弱不禁风，十年艰辛，身体严重亏损，积劳成疾。就在蔡松鹤得到博士学衔的那一天，她再也支持不住，欣慰地一笑，就疲乏地倒在了床上，几天后就离开了人间，芳骨埋在了异国。

现在，蔡松鹤以他的学术成就，在潞河学院享有很高的地位，因而在通州市的上层社会，也倍享尊荣。过去那些攻讦他败德无行的正人君子们，也都换了一副面孔，胁肩谄笑，阿谀奉承；而他秉性孤傲清高，憎恶世俗的虚伪卑污，厉行闭门谢客政策，不但不与外界往来，而且与校内的学者名流也极少交往。他除了到教室去讲课，便深锁在研究室里，连吃饭也要别人提醒。他沉默恬静，严峻理智，但是他的诗词却非常豪放，书法也极有风骨。而且，他还坚持着一个特殊的生活习惯，一年四季，风雨无阻，每日闻鸡起舞。他的剑术，还是少年时代夏思问教授教他的，不敢稍有荒疏。对于夏思问，他感恩戴德，而且不愿再另有一人，在他心目中占有夏思问的地位。然而，女儿叶兰却要揭穿他内心的秘密，说："不管您承认不承认，您对于姑父的佩服，已经不下于夏伯父。"他涨红了脸，连说："哪里，差得远！"其实，在他内心里，早已暗暗地把布谷引为第二知己了。布谷那远大的志向，广阔的胸怀，坚韧的性格，果敢的作风，深刻的洞察力，自我牺牲的精神，强烈地吸引了他。五年前，他们初次见面，布谷浏览了他的诗词和书法，就发现在这个冷人的灵魂深处，蕴藏着一团奔突的烈火，只是还没有从厚厚的地壳下面迸发出来。布谷从诗词和书法谈起，拨响了蔡松鹤的心弦，然后又从历史、现实、国家、社会的各个方面，跟蔡松鹤广泛地交换意见；蔡松鹤深感这个年轻人远见卓识，不同凡响。布谷在他这里住了半个月，每天晚上他们坐在书房里，或是庭院的葡萄架下，畅谈到夜阑更深。布谷走后，他忽然感到自己的生活好像有一大片空虚。布谷出国，他就更加感到孤寂，对于布谷从法国寄来的书信，他都一封封珍存起来，寂寞的时候，一人关起门，拿出来展读。布谷和蔡松洁离开法国以后便杳无音讯，他十分思念，忧虑不安；思念忧虑之情，发为诗词，这是瞒不了叶兰的。

所以，昨天晚上接到布谷和蔡松洁的广州来信，他这个多年不外出的人，竟一天也忍耐不住，像热情好动的年轻人那么兴奋，欣喜若狂地万里远行。

今天他一反二十年的习惯，走进研究室，却坐不住了。索性锁了门，给他的庭院里那些瓜果蔬菜浇水，仍然心神不宁，便走出家门，在校园里漫步。东走走，西转转，却找不到可以谈心的人。他发现叶兰和夏竞雄在湖上划船，很想跟他们坐在一起，又怕打扰孩子们的高兴，便走开了。直到女仆竺姨找他吃饭，他才喊这两个大孩子上岸。

叶兰和夏竞雄划回湖心小岛，拴了船，上台阶，看见父亲没有回家，却转到弓脊小桥，笑眯眯地迎候他们。叶兰一边跑上前去，一边咯咯笑道："爸爸，您打破了守恒定律！"

"怎么讲？"蔡松鹤摸不着头脑。

"平日您吃饭要别人提醒，今天您提醒别人吃饭。"

"哈哈哈！"蔡松鹤大笑。多年来，他从没有笑得这么爽朗，这么开怀。

他们说说笑笑走回家去。

蔡松鹤为了避免世俗的嘈杂，特意住到校园最背静的角落，一座很有田园风味的住宅。他不喜欢奇花异草，门前栽种的是向日葵和老玉米，墙外亲植一溜各色的果树。庭院里，没有假山石、藤萝架、天棚、鱼缸、石榴树，而是撬开一大片方砖地，种了几畦黄瓜、豆角、辣椒、茄子，还有两架玛瑙红葡萄。他在国外十年清苦，为了减少开支，节省房租和菜金，他在市内上学，却在郊外的乡村赁屋而居，每天往返二三十公里；又跟叶碧莲在房前屋后开地种菜，养了十只鸡、两只羊。这个勤劳的习惯，一直保持到现在。他不喜欢娱乐，每天在研究室工作得疲乏之后，就给瓜果蔬菜松土、施肥、浇水，作为休息。

四合院只住三口人。北房五大间，是蔡松鹤的卧室、书房和客厅，南厢房三间是他的研究室，东厢房三间叶兰占用，南房四间是厨房、餐室和女仆竺姨的住处。叶兰和夏竞雄跟着蔡松鹤回到家，竺姨已经摆好饭菜和碗筷，很简单的四菜一汤，青菜都是自产的。一张桌，四只凳，大家坐下来一起吃，竺姨跟他们完全平等。

蔡松鹤的收入不少，但是支出过多，并无分文积蓄。夏竞雄不算在内，他还要资助三四个学生，抚养两个老朋友的遗孤。但是，他从来不跟这些人见面，生怕有伤他们的自尊心，每月都是打发竺姨送去。入不敷出，竺姨常常要搭进自己的工钱，只是不让蔡松鹤知道。

竺姨是一个华侨劳工的妻子，在国外跟蔡松鹤一家住邻居，是个丰满高大，快性子热心肠的女人。蔡松鹤和叶碧莲初到外国，不通语言，不懂风习，种菜养鸡更是外行，都靠竺姨给他们指点。叶兰生下来很弱小，叶碧莲又奶不足，竺姨正有个孩子夭折了，她就把叶兰抱到家去喂奶，疼得像亲生的女儿。叶碧莲体质很差，营养不良，本来不足的奶汁很快就干涸了，是竺姨把叶兰奶大的。竺姨跟叶兰感情很深，叶碧莲去世，蔡松鹤带叶兰回国，竺姨难舍难离，哭得死去活来。蔡松鹤回国三年以后，竺姨忽然从海外来看望他们；原来，她的丈夫参加大罢工，跟镇压罢工的骑警格斗，中弹惨死。竺姨掩埋了丈夫，已经没有亲人，就拿着那一点抚恤金，买了一张船票，远涉重洋，回到她从出生还没有见过的祖国，来到本不是她的祖籍的通州。她在通州住了几个月，生活很不习惯，要走；叶兰却又难舍难离，哭得泪人儿似的，竺姨心软了，就留下来给蔡松鹤管家。

蔡松鹤吃着饭，笑呵呵向竺姨说："这些年，兰子一天也没有离开过你，是不是你也跟我们一起到广州走走？你的祖籍本是广州呀！"

竺姨哼了一声，狠狠地瞪他一眼，心里说："你们的旅费，还是我瞒着你跟人家借来的哩！"

叶兰忙说："爸爸，我跟竞雄商量了一下，他跟您同行，我不去了。"

"你怎么能不去？"蔡松鹤停住筷子，"难道你不想姑姑？"

"怎会不想呢？"叶兰说。"可是扔下《春草》，我不放心。"

"春草是谁？"蔡松鹤瞪大眼睛。

"我们办的那个周刊呀！"叶兰说。"每期都敬赠您一份，放在您书房的写字台上；看来，您不曾赏光翻阅一下。"

蔡松鹤抱歉地笑了，说："我恐怕是把它当成一般的报纸杂志，顺手一抟，扔进字纸篓了。你知道，我是不愿看那些满纸荒唐言的报纸的。"

"我们的周刊，是有崇高宗旨的！"叶兰红了脸，恼了。"我们要唤醒青年，改造社会；它已经发行三千多份，深受广大青年读者欢迎。"

"对不住，对不住！"蔡松鹤见女儿生了气，忙给女儿碗里夹了一只鲜嫩的红虾。"你们还有没有存本？借我在旅途中仔细拜读。"

夏竞雄忙说："我们准备给姑姑和姑父带去一份合订本，请您在旅途中抽暇一阅，给予严格的指正。"

“好！这个合订本，就是我万里之行的精神食粮了。”

“所以，我不能离开《春草》，”叶兰又回到原来的话题，“我想，姑姑和姑父会原谅我的。”

“也好，也好！”蔡松鹤不想再惹恼女儿。“竞雄一人跟我同行，往返路上，我正好指导他修改他那篇学年论文。最近，我有所察觉，他似乎被你熏陶得不务正业了。”

说罢，他吃完了饭，回卧室午睡。

夏竞雄看了叶兰一眼，扮了个苦相儿说：“至少要带十册砖头似的洋装参考书，远路无轻载呀！”

## 4

一艘驶离通州码头的银白色客轮，划破波平如镜的北运河，激起滚滚的浪花，向远方驶去。

头等客舱的一个单间里，蔡松鹤悠闲地坐在临窗的藤椅上，面前的茶几，摆满糖、果、瓜、糕点，他正啜饮一瓶冰镇果子露，观赏三百里北运河两岸那秀丽的风光景色，感到心旷神怡。

甲板上，叶兰和夏竞雄凭栏远眺北运河东岸的田野和村庄，轻声低语。老父远行，叶兰很不放心，跟夏竞雄离别，也很依恋不舍；于是她也打了一张船票，送他们到天津，等他们换乘火车南下之后，她再搭乘回程的客轮，返回通州。

叶兰身穿白绸旗袍，带有波纹的黑发簪着一朵康乃馨，就像一株玉树红花，更显得庄严、芳洁、美丽。为了旅途安全顺利，蔡松鹤和夏竞雄随身携带着潞河学院的公函，以考察教育为名到广州去；因而，夏竞雄不得不硬着头皮，穿起雪白的衬衫，咖啡色的西装裤，米黄色的皮鞋，衣冠楚楚。这一对俊秀超俗的年轻恋人，十分引人注目。

夏竞雄双手用力抓着栏杆，目光热烈，兴冲冲地说："我一到广州，就请姑姑和姑父，对咱们的社务活动和编辑方针，全面指导，详细指教；从广州回来，就动手整顿社务，改进周刊，迅速出现新气象！"

在甲板上的旅客，目光都集中到他的身上。

叶兰给夏竞雄递了个眼色，轻柔地说："路远，天热，你要多多注意父亲的身体健康，自己也不要大意。"

夏竞雄被扫了兴，嘟哝说："已经嘱咐十遍了。"

"你跟父亲都缺乏处理日常生活的能力，我放心不下。"

"这要怪你跟竺姨，包揽一切，不许我们沾一沾手，养成了我们的寄生性。"

他们沉默了，沉思的目光投向青苍苍的河岸。轮船顺流而下，行驶很快，通州市已被远远地抛在后面。下游，河面更宽，河水更深，河风更大，风景更美。忽然，夏竞雄眼前一亮，失声叫了出来。

"怎么？"叶兰一惊。

"你看！"夏竞雄手指远处。

"看什么？"叶兰迷惑地问道。

"那高岸上的老杜梨树。"

叶兰的眼睛，顺着他的指向望去，只见河东岸二三里外，陡峭的高岸上，有一棵高大繁茂的杜梨树，浓荫如云、气象雄壮。

"这棵树？……"

“高岸上，是我父亲诀别的地方；大树下，曾经安葬我的父亲。”夏竞雄不忍多看，低下头去。“我母亲死后，才将父亲的骨殖迁葬盘山。”

叶兰胸中一阵激荡。她从小就知道，夏思问是父亲最好的朋友，是母亲的救命恩人，她无比崇敬这位侠肝义胆的夏伯父。而现在，她跟夏竞雄已经明确了身份，夏思问伯父已是她的公爹；婆母和公爹死别之处，公爹旧墓的遗址，就在她的眼前，她不禁热泪盈眶地凝望那越来越临近的高岸大树，百感交集。于是，她朝着那个方向，深深地鞠了一躬，表达自己的孝敬。

夏竞雄不愿陷入悲伤中去，抬起头，问叶兰道：“昨天你评论我那篇小说，指出不必在那个无关重要的小男孩雏哥身上多花笔墨，我却坚持不许删去一字，你知道为什么吗？”

叶兰恍然大悟，说：“你过去跟我讲过，童年时代，你跟你的好伙伴龙乌雏，每天都到河边的杜梨树下玩耍。在雏哥身上，寄托着你对童年的回忆，对伙伴的思念。”

“是的。”

触景生情，睹物思人。夏竞雄眼前一阵朦胧，产生幻觉，好像在杜梨树的浓荫下，仿佛有两个小孩在嬉戏，一个是他，一个是龙乌雏。龙乌雏是龙大海的儿子，跟他生在同年同月，只比他大几天，就像两棵同时破土而出的小苗。他们每天一起玩，不到天黑不分离。龙乌雏从小就比夏竞雄茁壮，胆子大，力气也大。他们一起到河边去爬杜梨树，龙乌雏总比夏竞雄爬得高；他们一起到村北的牛郎河浮水，龙乌雏总比夏竞雄浮得远；他们一起到村南的织女河边苇丛树棵里打鸟，龙乌雏总比夏竞雄打得多；他们一起到村东的投梭河畔剜野菜，龙乌骓总比夏竞雄剜得快。龙乌骓只有在念书上，比不过夏竞雄。他也曾到夏思问的塾房里上过几天学，但是一进学堂就像关入监牢，一听见“人之初，性本善”，头疼得就要炸开来，于是跳窗逃走，七头牛八匹马也拉不回他。龙乌骓虽比夏竞雄只大几天，却颇有大哥哥风度，一切都让夏竞雄占先，自己甘愿吃亏；偷个桃，扒个瓜，夏竞雄吃大的，他吃小的。夏竞雄跟着母亲到外祖父家避难，龙乌骓是个高粱茬子刺穿脚背都不掉眼泪的孩子，跟夏竞雄分别时却号啕大哭，一定要陪送夏竞雄到盘山。龙大海不愿路上再多一个累赘，一脚踢他一溜滚儿，他爬起身，还是寸步不离追在后面。月黑风高，他这个七岁的孩子，紧跟着跑了一夜。夏竞雄母子在盘山安了身，每年年底，龙乌骓都要跟着龙大海去看望他们。他家也穷得吃不上穿不上，但是每来一趟，总要带来猪肉、白面、年糕、炸货。夏竞雄母亲去世，龙大海带着龙乌骓，背着夏思问的骨殖，到盘山跟夏竞雄的母亲并骨合墓。

但是，夏竞雄被蔡松鹤接到通州上学以后，两个小伙伴的来往被割断了。蔡松鹤要按照自己的观点和方式，栽培夏竞雄成人；夏竞雄好像一棵原来生长在旷野上的小树，被移植到花园里，在人工修剪下成长。

叭，叭，叭！河东岸，青纱帐里，几声枪响，夏竞雄的幻觉消失了，只见一个大汉，从丛林中飞跑到陡峭的高岸上，一纵身投下江来。不大一会儿，几个骑马的团丁赶到河边，被他们追捕的人已经不见踪影，他们朝江面打了一阵乱枪，又沿河追了七八里，仍无所见，只得骂骂咧咧拨马而回。

被惊扰了的客轮，渐渐从乱嘈嘈中安静下来，客轮开足马力，向下一个码头快速行驶。刚才那一阵乱枪，吓得在甲板上散步的旅客都逃回船舱，只剩下夏竞雄和叶兰两个人。

叶兰低低问夏竞雄道："那个跳河的人，怎么不见出水？是不是中了枪弹，尸沉水底？"

夏竞雄没有回答，眼睛凝望着河水。

蔡松鹤从头等客舱的窗口探出身子，喊他们回舱去，叶兰用臂肘碰了碰夏竞雄，夏竞雄一动不动，说："你进去吧，我再站一站。"叶兰叮嘱他小心，快步回到父亲身边。

船行二十多里，河面狭窄起来，水流湍急，客船颠簸。忽然，河面上翻了个水花，有人从水中露出两只眼睛，夏竞雄急忙向他连打手势，又从甲板上找到一根棕绳，拴在船栏杆上，垂落下去。水中人又沉没水中，一会儿，在距离客轮很近的地方露出头，瞪大眼睛，怀疑地望着夏竞雄，不敢靠拢过来。夏竞雄打手势，指棕绳，手扪着心，请他相信。那人点点头，吃力地浮了过来，抓住棕绳，爬上栏杆，大口大口地喘气；夏竞雄忙搭一把手，拉他上了甲板。

这是个身材魁梧，高大强壮的青年农民；紫糖大脸，浓眉朗目，宽阔胸膛，勇健有力。

"跟我来！"

夏竞雄牵着他的手，走上头等客舱，推开八号单间的房门。

小伙子一看里面坐着一位身份很高的老先生，还有一位年轻美貌的小姐，惊慌后退。但是夏竞雄拦住了他，把门关上了。

叶兰嫣然一笑，和蔼可亲地说："你不要怕，坐。"说着，搬来一只藤椅，请他坐下，又递给他一条毛巾，请他擦一擦脸上和身上的水珠。

小伙子低着头，不抬眼睛，窘得只是搓手。

夏竞雄把毛巾接过来，动手给他擦身。

小伙子一闪，结结巴巴地问道：“您们是……什么人？”

夏竞雄笑道：“我们是对你只有好心，不怀恶意的人。这位老先生，是潞河学院的蔡教授，这位小姐，是蔡教授的女儿，我是蔡教授的侄子和学生。”

小伙子大为感动，说：“天下的有钱人，能像你们这样的好心肠，真是少见。”

“快别这么说！”夏竞雄的脸色显出不高兴。“我们也是一无田地，二没房产，三不开商号的人。”

叶兰给小伙子端过一盘点心，说：“你游了几十里的水，一定饿了，先吃一点，压压饥；等一会儿，船上的伙计就送午饭来。”

小伙子不肯吃，说：“我歇一歇，喘口气，还得下水。”

他那倔强的神态，引起夏竞雄的注意，眼前像有一道强光掠过。小伙子那青铜色的前胸上，有一处牛角的伤疤，像强磁石一般吸引了他。他仔细地打量着小伙子那淳朴粗犷的面孔，产生了似曾相识之感。

夏竞雄是个记忆力极强的人，他从这个小伙子的模样和举止上，回忆起龙大海大伯的音容笑貌，心不禁一阵怦怦猛跳；问道：“大哥，你贵姓？我看你很眼熟。”

“我叫龙……”

“乌骓哥！”夏竞雄抱住了他：“你看我是谁？”

小伙子大吃一惊，直勾勾盯着夏竞雄，摇摇头说：“不敢认。”

“你仔细看，想一想！”夏竞雄含泪笑道，“你身上的牛角伤疤，还是咱们六岁那年的冬天，听我爹讲说田单大摆火牛阵的故事，你就给小牛犊的尾巴绑了一把干草，点着了火，小牛犊儿暴跳起来，一头把你掀到半空中；要不是你穿着棉袄，早豁了膛。”

小伙子的眼睛睁得彪圆，半晌大叫一声：“你是夏思问叔叔的儿子，竞雄兄弟！”

“正是我呀！”夏竞雄悲喜交加，“十三年不见，咱们兄弟对面如路人了。”

“兄弟，我这不是做梦吗？”龙乌骓这个顶天立地的小伙子，眼里也闪着泪光。

蔡松鹤一听他是夏思问的好友的儿子，也亲切起来，微笑着说：“一家人，那就不必客气了，快请坐，吃点心。”

夏竞雄忙给龙乌骓介绍说：“蔡叔叔也像龙大伯一样，是我父亲的生死之交，是他老人家培养我长大的。”

龙乌骓按照农村尊敬长辈的习俗，要给蔡松鹤叩头。蔡松鹤忙拦住他，说：“老侄，这可使不得。”

夏竞雄又向龙乌骓介绍叶兰，说：“她是……”话刚出口，又迟疑了。论年龄，叶兰比龙乌骓大一岁，龙乌骓应该管她叫大姐；可是，叶兰已经是他的未婚妻，按照乡俗，却又是龙乌骓的弟妹。怎样称呼才好，夏竞雄一时拿不定主意。

叶兰似乎理解夏竞雄的难处，忙说：“竞雄，你打开皮箱，请乌骓大哥换一换衣服。我到餐厅去，叫他们增加一份客饭。”说着，跟龙乌骓点点头，走了出去。

夏竞雄从皮箱里拿出一套新衣和一双皮鞋，龙乌骓不肯穿，换了一套旧的和一双布鞋，龙乌骓才接过来，走到屏风后面。衣服虽然瘦一些，勉强可以穿上身，鞋子太小，只得仍然赤着脚。

等龙乌骓坐下来，夏竞雄急不可耐地问道："大伯的身板儿，还很硬朗吗？"

"二百斤分量放在肩上，面不改色，脚步不乱。只是耳背了，话少了，好打个盹儿，显出了见老。"

"大娘呢？"

"故去三年了。"

"呵！"夏竞雄难过地说："大娘很疼我的，我没有给大娘尽一点孝，惭愧得很。"

龙乌骓说："也怪我们脚懒，自你离开盘山，就没有跟你走动。"

夏竞雄很明白，他和龙家来往中断，过在自己；他愧悔地沉默了很久，才又问道："记得我离开鹊桥的时候，还有个刚过满月的小妹叫芳倌儿，如今也长大了吧？"

"十七了，大姑娘了。"

叶兰从餐厅匆匆回来，说："船上的伙计发现了乌骓大哥，吵嚷着要搜舱；我来问一下，乌骓大哥到哪儿去，我好补一张票。"

龙乌骓霍地站起身，说："不要补票，我下水！"

夏竞雄强按住他，问道："那几个团丁为什么追捕你？"

龙乌骓眼中冒火，说："田连阡要给他儿子办生日，逼迫长工佃户出钱，打造金锁银虎。我咽不下这口气，挑头反了他，他派团丁抓我，要把我扛枷游街，站笼示众，送衙门治罪；我打伤了两个团丁，逃了出来。”

“是碧水湾的田连阡吗？”蔡松鹤问。

“正是那条老洋狗！”龙乌骓咬得牙齿咯咯响。

蔡松鹤拍案而起，说：“这个无耻之尤的丑类，胆敢恶性不改，故态复萌，多行不义，鱼肉乡里，是可忍孰不可忍！我愿做你后盾，鸣鼓而攻之！”

**5**

碧水湾大地主田连阡，是最近二十几年起家的暴发户。他原是一个乡村讼棍的儿子，从小就很有点歪才，跟夏思问和蔡松鹤同年考入州学。入学以后，他就表现出恶劣的品行。同学中，夏思问最有革命思想，蔡松鹤学业名列前茅，他也就最嫉妒这两个人，告密诬陷夏思问，造谣栽赃蔡松鹤。后来，他的鬼蜮伎俩败露，夏思问打得他鼻青眼肿，体无完肤。他怀恨在心，正巧有个外国传教士到通州传教，他就卖身投靠洋人，狗仗洋势，欺凌同学。一天，夏思问将他堵在妓院里，痛打一顿之后，拖回州学，嫖妓是严重触犯学规的丑行，州学不得不将他挂牌开除。他被开除了学籍，就给那个外国传教士当通司，有恃无恐，更加为非作歹。夏思问又将他的桩桩劣迹写成揭帖，贴满通州街头；那个外国传教士虽然十分宠爱这条走狗，但是由于他臭不可闻，只得将他遣往乡村传教。他到乡村，挑词架讼，敲诈勒索，坑蒙拐骗，无恶不作。乡民恨之入骨。义和团运动兴起，他陷入绝境，所到之处，就像老鼠过街，人人喊打。八国联军侵犯北运河，他充当侵略军的帮凶，围攻义和团，屠杀无辜百姓。他卖国求荣，不但没有被以国贼论处，而且还受到朝廷奖赏，当上了通州道台衙门田粮局总办。于是，他利用职权，贪赃枉法，搜刮地皮，广置田产。辛亥革命发生，他又摇身一变，率先赞成共和，趁机大量侵占清王室跑马圈占的旗地。袁世凯称帝，他又一个筋头翻回来，领头拥护帝制，大发横财。袁世凯倒台，他也被弹劾罢官，在家里龟缩了一年多。张勋带兵北上，宣布复辟。他又从蛇洞里爬出来，跳到通州，狂呼乱叫，说他接到了张大帅的十万火急密令，委任他为通州道台，逼迫那位软骨头的中华民国通州县长交出大印。谁想，大印刚刚到手，道台衙门还没有开张，这出短命的复辟丑剧已经收场，他的张大帅逃进荷兰公使馆避难，树倒猢狲散了。田连阡黄粱梦醒，又想三十六计走为上计。溜回他的碧水湾龟缩；通州各界的正义之士却跟他为难起来，联名上书，群起而攻，蔡松鹤是发起人之一。他被递解省城，坐了班房，乞求他的老主子，也就是当年使他发迹的那个外国传教士，给他疏通官司。那个老洋鬼子已经奉命退休，准备回国，很想从他身上敲一笔竹杠，充实他的养老金，回国享用，开了三万大洋的价码。田连阡爱财如命，不肯出血，讨价还价，最后只答应酬谢一万大洋，而且先交五千，出狱后再付清余数。那个老洋鬼子收下他五千大洋的订钱，非但不为他开脱罪名，反而夸大其词，落井下石，害得他被判处十年徒刑。这一来，他可爱命而轻财了，四处拜门，八方行贿，上上下下折腾了几个翻身儿，花掉了六万大洋，损失惨重，才算出狱。他回到碧水湾，很像是万念俱灰，在门前栽了五棵柳树，影壁上刻写了《归去来辞》，书房命名陶庐，说是要学陶渊明，退隐林下，与世无争了。他自知恶名昭彰，便换了一副嘴脸，变了几套戏法，沽名钓誉。夏天舍暑药，冬天开粥厂，别的地主租收六成，他收五成五。然而，他巧立名目，盘剥更重。例如，他家每年大兴土木，所有佃户都得支付无偿劳动；他家每年祭祖做寿，长工佃户们都要感恩献礼。对于这些地租之外的掠夺，长工佃户们早已难以忍受。最近，他那个土匪头子出身的盟兄汤金銮，来到通州当镇守使，他那夹起的尾巴又翘了起来，缩着的脖子又伸了出来。三天前发下话，要给他那个宝贝儿子办二十三岁生日。他的儿子名叫田中玉，是潞河学院的大学生，大学生都是天上的文曲星下界，当然是大富大贵之命，非比凡夫俗子，所以小生日也必须大办。田中玉是属虎的，虎是地支的寅，要铸一只银虎取吉利。相书上二十三岁是鬼门关，还得打一只金锁，一条金链，将这只银虎锁起来，拴牢固，才能富贵长命。这一切开销，都要从长工佃户们身上榨出来，以表对于小主人的忠心。龙乌骓血气方刚，挺身而出，带头抗礼。他家是田连阡的佃户，他又在田家扛长工。于是他先串连了鹊桥村的各家佃户，又串连了长工棚里的伙伴们。田连阡发觉了他的活动，给他栽了个煽动愚民，犯上作乱的罪名，要将他扛枷游街，站笼示众，而后送镇守使衙门严惩不贷。他打伤了两个抓捕他的团丁，逃出碧水湾。

“骓哥，你打算逃到哪儿去？”夏竞雄问道。

“搞枪去！”龙乌骓目光炯炯地说。“赤手空拳斗不过田连阡，我打算先去当几天兵，等发下枪支子弹，就带上枪开小差，回碧水湾找田连阡算帐。”

“这个主意不好！”蔡松鹤摇头。“到军阀的部队里去当兵匪，有污清白。”

龙乌骓笑道：“要摸鱼，也就不得不蹚浑水。”

“便宜行事，并无不可。”叶兰委婉地插话，“不过，军阀队伍对于士兵的束缚很多，携枪潜逃，未必轻而易举。而且，驻扎北运河的是汤金銮的部队，他是田连阡的盟兄，你到他那里当兵，不是自投罗网吗？”

龙乌骓浓眉一拧，烦恼起来。

一直沉吟不语的夏竞雄，眼睛忽然一亮，说：“不去当军阀的兵，枪跟田连阡要。”

“着！”龙乌骓一点就透，喜上眉梢。“田连阡的团丁平日吊儿浪荡，不是宝局子里赌钱，就是集市上诈财，再不就是黑夜里钻狗洞。我躲在暗处，趁他不备，饿虎扑食，收拾一个就是一条枪，比当兵便利多了。”

夏竞雄说：“你也不要单枪匹马。”

龙乌骓说：“我有几个生死弟兄。”

“好！”夏竞雄转过身，向蔡松鹤笑了笑。“我想助骓哥一臂之力，兰姐陪您去广州吧。”

“兄弟，咱们鹊桥就缺少你这个文才呀！”龙乌骓兴奋地说，“田连阡有文有武，咱们也得文来文对，武来武挡。”

叶兰问夏竞雄道：“你打算如何协助乌骓大哥呢？”

夏竞雄兴致勃勃地说：“我回通州，发动春草社员，向各界展开宣传，周刊出版专辑，揭露田连阡的罪恶，唤起社会同情，造成舆论压力，迫使田连阡停止暴敛。如果他藐视公论，顽固作恶，骓哥他们在乡下夺枪动武，我们在城里口诛笔伐，两下夹攻这个恶势力的代表。”

“事关重大，要深思熟虑。”叶兰问龙乌骓，“大哥，田连阡哪一天给他儿子办生日？”

“七月十五。”

“还有半个月。”叶兰算了算，“我们三四天之内到达广州，立即向姑父报告此事，请他指教。然后，我迅速将他的意见用快信通知你们，你们再采取行动。”

夏竞雄说：“我们一边等你的信，一边进行筹备。”

“乌骓大哥，你看呢？”叶兰问。

“我听你们的！”龙乌骓憨笑道。“请问，那位姑父是什么人？”

叶兰跟夏竞雄对视了一下，回答说：“他是为天下穷苦人办事的人。”

“请他到咱们北运河来呀！”龙乌骓热切地说：“带领咱们北运河穷苦人，铲除田连阡，种地不交租子，赶走汤金銮，立一个给穷苦人撑腰的衙门。”

“我一定将你的心愿，转达给他。”叶兰坐到父亲身边去，“爸爸，跟竞雄血肉相连的乡土乡亲，正在遭灾受难，热血男儿怎能无动于衷，隔岸观火呢？”

蔡松鹤心情沉重地说：“为民请命，义不容辞，我担心他重蹈你夏伯父的覆辙。”

夏竞雄笑嘻嘻地说：“我走姑父的路。”

叶兰给龙乌骓补了一张到下站码头的船票，匆匆吃了午饭。船到站后靠了码头，夏竞雄和龙乌骓向蔡松鹤告别，叶兰送他俩上岸。

客轮在这个码头只停留十分钟，叶兰和夏竞雄站在河畔的凉亭里，相对无语。汽笛响了，叶兰仰起脸来，眼里充满柔情和忧虑，说了一句：“多一点理智。”然后，摘下头上那朵火红的康乃馨，放进夏竞雄的书包里，跑上船去。

船开了，夏竞雄那深情的目光，追随着在江天之间渐渐远去和缩小的客轮；直到客轮入一道河湾，树木和芦苇遮断了他的视线，他才走出凉亭。

龙乌骓不愿等候回程客轮，跟夏竞雄握别，浮过河去，钻青纱帐，走八十里旱路，天黑可到鹊桥村。

## 6

夏竞雄返回通州，就直奔东门里喜鹊胡同的一座大杂院，去找冯文藻。

冯文藻是国文系三年级学生，跟叶兰同班，已经三十一岁，而且有了三个孩子。他性情柔弱，但是做事任劳任怨。然而，他又很有几分迂腐，谈吐动作有时颇为滑稽可笑，所以平步云给他取个外号叫马二先生，王无冕管他叫究翁，也就是老学究的意思；只有叶兰和夏竞雄不取笑他，亲切地叫他冯兄。

他当了八年小学教员，后来为了在学问上有所成就，考进了潞河学院。他的古文根底很深，又写一手好字，本科功课全是优等，却由于英文一门怎么也优不起来，享受不到奖学金。又要缴纳昂贵的学费，又要养家糊口，他不得不在课外兼差，在两处公馆当家庭教师，又给教授学者们誊写讲义文稿。他的妻子姜翠花，还做个小买卖，挎小篮在十字街头卖香烟。

昨天晚上，夏竞雄曾到冯文藻家来辞行。他很喜爱冯文藻的三个孩子，昨天给孩子们买了一大堆瓜果，现在他又给孩子们买了一大包糕点。他走进大杂院，刚要呼叫孩子们的名字，却听见姜翠花尖着嗓子正跟冯文藻喊叫："你写那劳什子文章有屁用！一文钱也拿不到，反倒得罪了陈青桐教授，一大本子文稿不给你誊写了，丢了多大一笔生意！孩子大人一窝八口，吃什么呀，喝西北风去？"她的声音又尖又高，非常刺耳，十足表现出她是个刁泼的女性。

姜翠花的老爹诨名姜子牙，在道台衙门当衙役。冯文藻的老爹在道台衙门当文书，两人同事又相好，就做了儿女亲家。后来，姜子牙发了一点小财，开了一个规模不小的招商客栈，所以姜翠花也算是富生富长。冯文藻的老爹却一不会生财，二又不走运，到老还是个穷酸，姜子牙就想退婚，姜翠花倒很有情义，寻死觅活非冯文藻不嫁，父女俩三击掌，断绝了骨肉之情。姜翠花跟着冯文藻过穷日子，并不怨悔，为了丈夫上大学，她甘愿吃苦。但是，她要跟老爹赌这口气，一心只求丈夫给她脸上争光，逼命一般催迫冯文藻向上爬，攀高枝儿；冯文藻偏是个古板脾气，不通此道，所以夫妻之间常常口角。

那位陈青桐教授，是潞河学院四大博士之一，以在外国论孔孟得博士头衔、回中国谈莎士比亚无与伦比而大名鼎鼎。也许他写惯了洋文，写起中国字来也洋气得很，不但歪歪曲曲，而且错字连篇，因而他的文稿都是雇用冯文藻誊写，就连题签，也是冯文藻捉刀代笔。这位买空卖空的学者，虚名日高，头脑膨胀，竟以为自己真是学贯中西，博古通今，无比高明。不知怎么忽然热昏起来，在潞河学院出版的《文华》季刊上，用欧化的骈体文字，大放厥词，攻击新文化是低能文化，鲁迅先生不学无术。他又自命高雅，乱点古书，断章破句，错误百出。春草社的社员们义愤填膺，决定剥露他的真相，戳穿他那纸糊的桂冠。夏竞雄写了一篇尖锐犀利的批评文章，驳斥他的复古崇洋；叶兰用妙趣横生的笔法，翻译他那文理不通的欧化骈体大作；王无冕又模仿他那文理不通的欧化骈体，骂得他狗血喷头；平步云的外文很好，查阅了莎士比亚原著，指出他对莎士比亚的研究还不够半瓶醋；冯文藻的古文和语法造诣很高，列举了他在用典和标点上的谬误。这一来，这位金玉其外的博士，被刮掉了表皮上的一层镀金，露出了败絮其中，而那顶纸糊的桂冠，也被戳穿了大小无数个透明的窟窿，落得个仰面唾天，吐沫掉在自己的眼里。大博士而小气量，他在夏、叶、王、平身上无计可施，就在冯文藻身上撒气，收回了交给冯文藻誊写的文稿，还逼着冯文藻偿还他预付的誊写费。冯文藻倒不以为憾，姜翠花却像割了肉一样，便跟冯文藻大吵大闹。

这个小市民习气的女人，好虚荣，势利眼，在她的心目中，夏竞雄的祖父是皇上点过的翰林，父亲是官府闻名丧胆的革命党，岳父是四大博士之一的名教授，本人又是年年都得奖学金的潞河学院高才生，如此非凡的贵人，肯于跟她丈夫往来，到她家里做客，真是蓬荜生辉，门庭光耀；因而也就抬高了她的身份，向外人吹嘘，气一气老爹。她记得，当年道台大人的一个姨太太的娘家堂弟，到她家吃过一顿饭，她爹就美得逢人便夸口。

冯文藻一家，住在后院三间鸽子笼似的小东厢房里，挤得转不开身，热得像蒸锅。这时，姜翠花正在她的卧室里给最小的孩子喂奶，一边指鼻子剜眼地数落丈夫，一边还叫丈夫用力气给她扇凉。外屋，年老失业的公公，鼻子上架着一副老花镜，躬腰曲背地伏在一张瘸腿八仙桌上，哆哩哆嗦地手握毛笔，誊写冯文藻揽来的小件文字。老婆婆在房山的阴凉里，守着炉子在蒸窝头。两个孩子肚子饿了，哼哼唧唧磨着奶奶，要吃的。

夏竞雄赶忙走过去，打开纸包，把点心分给他俩。

“妈妈，夏叔叔又给我们头点心！”大孩子欢喜地喊道。

卧室里，姜翠花的吵闹戛然而止。

“哟！竟雄兄弟，你还没有上船呀？”姜翠花热辣辣地叫着，把孩子塞给冯文藻，慌忙从吊竿上拉下她的花洋布小衫子，穿在身上，眉开眼笑地迎出来。

她不但是这个家庭的大总统，而且是这个家庭的外交总长，来客必须她应酬，冯文藻只能充当陪座的配角。

夏竞雄含笑点了点头，说：“大嫂，我来找冯兄商量一件事。”

姜翠花冲屋里喊道：“你还不快出来呀！一脚踩不死个蚂蚁，真急死人。”

冯文藻抱着孩子出来了。他瘦高瘦高的个子，眯着深度的近视眼，大热的天仍然端端正正穿着蓝布长衫，小圆口布鞋，黑色袜子，一副老气横秋、循规蹈矩的学究气。

“竟雄，怎么尚未启程？”

“改变了计划，”夏竞雄说。“叶兰去，我留下。”

“屋里坐吧！”姜翠花接过冯文藻手里的孩子。“文藻，你到街上去割肉，买西瓜，留竟雄吃饭。”

冯文藻愕然。他身无分文，难道叫他将身上的长衫抵押给肉铺和瓜果店?

夏竞雄一刻也不想在冯家停留，忙说：“不打扰了，冯兄跟我走吧！”

姜翠花正好下台阶，也忙说：“竞雄兄弟，你急着去办大事，我就不敢强留你了。过两天你一定来，我给你做好吃的。”

她嘻嘻哈哈一直送夏竞雄到大杂院门外，这是为了叫同院二三十家邻居都看一看，她家有贵客登门，因而她在全院也就高人一等。

走出喜鹊胡同，夏竞雄问冯文藻道：“生活困难，你怎么早不跟我或叶兰讲？”

冯文藻苦笑一下，说：“并不严重。”

夏竞雄说：“《春草》自从发行三千份以上，每期都有结余，你就拿去用吧，我想步云和无冕也会同意的。”

“不，不！”冯文藻脸色严正，“《春草》今后还要发展扩大，必须积累资金，我怎么能损公肥己？”

“但是，少米缺柴，大嫂吵闹，你日夜不得安宁，怎么工作？”

“无冕正在给我想办法，”冯文藻说：“《民言报》约他编一个《青年园地》副刊，他要我帮他看一部分稿件，每月再给这个副刊写一篇重点文章，他把二分之一的编辑费分给我。”

“怪不得无冕这几天不照面，原来在跟《民言报》做交易呀！”夏竞雄恼怒地说，“咱们五个人有过约定，同心同德，全力以赴，办好《春草》。现在，《春草》还很幼嫩，他却违背诺言，放弃园丁的职责，奔走经营自己的前程，这是不能允许的。”

冯文藻忧心忡忡地叹了口气，说：“无冕野心勃勃，一心想成就无冕之王的大业，他觉得《春草》这片小天地，不足以大展鸿图。明年他就毕业了，很想到《民言报》大显身手；所以这些日子，他一直在游说《民言报》主笔韩识荆，提出种种改良方案，企望得到重用。韩主笔把这个每周只占四分之一版的小副刊交给他编辑，明明是为了测验他的才干究竟如何；他要大逞其能，也就无心《春草》了。”

“这个小副刊的宗旨是什么？”

“指导青年读书、恋爱、娱乐三件大事。”

“欺人之谈！”夏竞雄大声说。“现在，最紧迫、最首要的是唤醒青年，起来打倒列强，铲除军阀，推翻这个人吃人的社会。”

他的声音很高，言词激烈，惊动了街上的行人。冯文藻慌了，拉他拐到另一条街上，说：“咱们五个人，有个共同的理想，都要为民众做好事，不做坏事。无冕主编这个小副刊，对于民众，总还无害，就不必对他求全责备了。”

冯文藻老实善良，对人总是忍让；王无冕欺他柔弱，常常尖酸刻薄地挖苦他，他都以友情为重，不肯反唇相讥一句。他很清楚，王无冕编辑这个副刊，并无为民众服务之心，只不过是为了开拓自己的锦绣前程。约他看一部分稿件，也不是为了解决朋友的生活困难，而是因为他不争编辑费，并且每月写一篇不拿稿费的重点文章，等于是为王无冕无偿佣工。但是，为了友情，为了做好事，他都不去计较。他跟夏竞雄感情深厚而亲密，从严以律己，宽以待人的观点出发，他反而替不守诺言的王无冕辩护。

“无害？未必！”夏竞雄冷笑，“现在就有一件对民众有好处的事，他肯做吗？他编辑的这个副刊，能够有所表示吗？”

"什么事？"

"我是路遇不平，决定拔笔相助，才跟叶兰换位，半路折回的。"夏竞雄叙述了他跟龙乌骓的相遇，"我们春草社一直高喊向社会黑暗发动猛烈进攻；现在，田连阡这个恶势力的代表，正在残忍地压榨和迫害劳苦大众，我们应该把口号变为行动，对田连阡展开口诛笔伐，援助劳苦大众的反抗斗争。"

冯文藻激动地说："不平则鸣，岂能装聋作哑？见义勇为，谁能袖手旁观？与恶势力战，我愿与你一致行动。"

"所以，我一下船，就来找你。"夏竞雄说，"我还要找步云和无冕商量，召开社员大会，兴师动众。但是，听你介绍无冕的近况，我怀疑他敢不敢见义勇为；在他编辑的副刊上，敢不敢不平则鸣？"

"我去把他找来！"冯文藻说，"他一向自夸为炮手，如果临阵不前，我就拒绝在《青年园地》上跟他合作。"

说罢，他把夏竞雄扔在人行道的树荫下，大步奔向《民言报》社，独自去找王无冕。

**7**

三百里北运河二十二县，《民言报》是一张独一无二的日报。刊头上，每天都印有它的办报宗旨："为民喉舌，仗义执言"。其实，对于政治问题，它是噤若寒蝉，一言不发的。而每逢发生凶杀、抢劫、偷盗、拐骗，尤其是桃色事件，它的喉咙可就加倍放大，舌头极其伶俐，大声疾呼，震耳欲聋起来。主笔韩识荆，天津一家英文报馆的侍应生出身，为人玲珑剔透，聪明绝顶。他在版面编排上，也用八个字概括：“五花八门，雅俗共赏”。新闻消息不但要新，而且要快；不但要快，而且要奇。因此，《民言报》的版面上，每天都有几条耸人听闻的咄咄怪事，令人目瞪口呆，拍案惊奇。他非常重视广告栏，四版有两版半登广告，收入巨额广告费。他认为，广告的内容无奇不有，是最丰富的社会新闻；广告的文字最为自由，广告栏又是别有风味的副刊。因而，他亲自主管广告栏；不但雇用几个专门兜揽广告生意的跑街，而且聘有几个专门代写广告的无聊文人。

这个独一无二的报馆，坐落在通州西大街路南，栅栏墙，藤萝架，小白楼，过去原是一家白俄开的赌场。主笔韩识荆坐镇顶楼，高高在上。

韩识荆轻浮、狡诈、无耻。他十五岁到天津一家英文报馆当侍应生，伶俐乖觉，学会一口流利的英语，很得主子的欢心。十七岁当上跑街，兜揽广告生意，神通广大；后来被破格提升为外勤记者，采访各界新闻，无孔不入。他凭借英文报馆这块护身符，四面八方，上下左右，交际极广，暗中充当密探。天津的青年学生，成立革命团体觉悟社，传播革命思想，开展爱国活动，他接受省政府警察厅的高额津贴，以记者身份，刺探觉悟社领导人的动态，向警察厅告密。他的罪恶勾当被革命青年发觉，有一天在街头将他包围，想要抓住他，召开爱国学生大会，公开审判他的罪行。他狼奔豕突，东逃西窜，亏得他多年跑街，熟悉地形，终于逃进租界，扒上工部局的墙头，投入主子的怀抱，跌折了一条腿，在医院躺了半年，成了跛脚。他的面目暴露，在天津难以存身，就跑到通州来办报。当时，通州市只有一个《万花筒》旬刊，是一个专供茶余酒后消遣无聊的黄色杂志，主编杜病鹃，是一个老牌鸳鸯蝴蝶派文人，以撰写香艳言情小说出名。在杜病鹃周围，聚拢着一帮子文丐和文氓，每一期《万花筒》上，都充满低级趣味，塞满文字垃圾。所以《万花筒》又有一个雅号，叫剜花马桶。在五四新文化运动的沉重打击下，这个马桶杂志已经穷途末路，混不下去了。韩识荆贱价收购了它，也同时留用杜病鹃和他的原班人马，不过都经过一番梳妆改扮，变换了笔名，才又重新出场。韩识荆凭着他那花样翻新的脑瓜，见机行事的手段，两三年来竟使《民言报》风行一方，每天卖到五六千份。

忽然，《春草》周刊异军突起，以它那朝气蓬勃的青春活力，冲击着已经翻不出新鲜花样的《民言报》。《春草》创刊不久，就已经发行三千多份，而且影响还在扩大，印数还在增加。《民言报》却直线下降，每天只卖四千份左右。韩识荆惶惶不安了，他痛感杜病鹃之流，都是泥猪癞狗，思想落伍，文字守旧，迫切物色一个得力干才，襄助他的中兴。就在这时，怀有个人野心而在《春草》周刊得不到满足的王无冕，投书给他，提出改良《民言报》的种种方案，正合他的口味，便邀请王无冕跟他会晤。但是，一见之下，他对于王无冕的狂妄自负，态度专横，又很不放心，所以只肯每周拨给四分之一版，叫王无冕小试锋芒。

王无冕虽然答应下来，但是大材不甘小用，顽强地要从韩识荆那里争取更多的用武之地。冯文藻到《民言报》来找王无冕，王无冕正在顶楼上的主笔办公室，跟韩识荆密谈。

韩识荆三十一二岁，油头粉面，西服革履，留一抹漆黑的小胡子，一副典型的西崽相。他半躺在沙发上，靠着一只绣花湘缎的倚枕，审阅王无冕拟订的《青年园地》编辑方案，一只手指转动着玩弄一条金表链，眼珠儿滴溜溜转。

王无冕大口大口地吸着烟，焦躁地在地板上走来走去。

他短粗个子，一双暴眼，满脸粉刺，乱蓬蓬的狮子头，穿一身旧西服，打一条皱巴巴的领带，脚下一双破皮鞋。但是，他的神气，却是自命不凡，目中无人的。这个破产的牙行经纪的儿子，有着强烈的贪婪性和冒险性，为了攫取金钱和地位，敢于不择一切手段。在潞河学院，他很穷困，又长得丑，唇红齿白的公子哥儿，花枝招展的小姐们，都看不起他，不理睬他，大大刺伤了他那狂暴的自尊心，极端仇视这些没有好脑子却有好老子的绣花枕头。他好发怒，好吵架；平时显得忧郁、阴沉、怪僻，发起火来像个狂人，凶暴、恶毒、兽性。他加入春草社，一方面是为了在《春草》周刊上发泄胸中的恶气，一方面是想把春草社和《春草》周刊攫取到手，作为他个人事业的垫脚石。但是，他德不如叶兰，才不及夏竞雄，性情没有冯文藻温和，模样儿没有平步云俊美，谁也不跟他跑。他的野心不能得逞，便另找出路，转而打《民言报》的主意。他跟韩识荆谈过话以后，发现韩识荆不过有一点耍滑头的小聪明，而胸无大志，目无远见，因而更引起他的野心勃发，要把《民言报》抓在手里，取而代之。

“方案很好！”韩识荆夸奖王无冕的方案，点起一支香烟，喷了个烟圈儿，“头三期打响，就能挖走《春草》一千订户。”

“没那么容易！”王无冕鼻孔里冷笑，“每期四分之一版，只发三千字，怎能跟实力雄厚的《春草》对抗？”

“给你半个版，如何？”

“不行！”

“老弟，看你好似一头虎，原来却是一只鼠！”韩识荆讥笑道。

王无冕发怒了，站住脚，虎视眈眈，瞪着韩识荆，粗声粗气地说：“《春草》适应时代潮流，投合青年心理，叶兰和夏竞雄又不断革新改进；而你面对强敌，仍然抱残守缺，缩手缩脚，畏首畏尾，不求更新进取。我敢断言，如此下去，半年之内，《民言报》必将寿终正寝，关门大吉。”

韩识荆的头上冒冷汗了，他的眼珠儿转个不停，脑瓜子里在紧张地拨弄小算盘。忽然，他奸诈地一笑。说：“老弟，请你向叶、夏二位疏通，希望双方珠联璧合……”

“然后将《春草》兼并？”王无冕板着面孔问道。

“嘻嘻！”

“发昏！”王无冕嗤之以鼻，“叶兰和夏竞雄的头脑已经赤化，跟你是不共戴天，势不两立的。”

“看来，他们是要踢我的场子，抢我的码头啦！”韩识荆眼睛放出凶光，一副租界里的流氓相，“老弟，你帮我铲除这株春草，拔我心头之刺，我必重谢你。”

“你这是一石二鸟之计！”王无冕狞笑道，“借我之手，砍掉春草，也断绝了我的退路，只好一头栽到你的怀里，卖身给你当个舐报屁股的奴才。我才不想因小失大，廉价拍卖自己的灵魂。”

韩识荆狠了狠心，说：“我给你一个整版。”

“小恩小惠！”王无冕不肯贱卖。

“等你毕业之后，当我的副主笔。”韩识荆又开了一张空头支票。

“画饼充饥！”王无冕不上钩。

“你开价吧！”

“全盘接受我的改良方案。”

韩识荆从沙发上弹了起来，眼珠子都红了，恶狠狠地叫道，“我是人上人，不想当傀儡。”

“我也不是屈居人下之辈！”王无冕咆哮着，扭头就走，“等着吧！我要在《春草》上，向你猛轰连珠炮，把你这个人上人炸得灰飞烟灭。”

“老弟，有话好讲！”韩识荆跛着腿追上去，扯住王无冕的胳臂，“只要你真能将春草除掉，我一切依你。”

王无冕伸出手来，说：“空口无凭，立约为证。”

韩识荆硬着头皮，走到写字台前，拔出金笔，写了一张赌咒发誓的字据，交给王无冕，说：“我言必信。”

王无冕接在手里，扫了一眼，撕成碎片，扔进字纸篓里，神气十足地说：“我不过是一句戏言耳！小弟侠肝义胆，一向为朋友两肋插刀，颇负虚名；但是，有谁知恩不报，自食其言，我也能残酷无情，把刀插进他的两肋。”

韩识荆一阵发冷，说：“我是知恩必报，绝不食言，请你把除草妙计说出来吧！”

“我已经动手。”王无冕也歪倒在沙发上，跟韩识荆平起平坐，“春草社的五魁，各有特点。叶、夏和我不必讲，冯文藻的特点是柔弱、贫困、惧内，可以利诱。但是，冯文藻为人古板，跟夏竞雄交情甚厚，所以必须采取迂回的方式，从他妻子身上下功夫。我请他助编《青年园地》，分给他一部分编辑费，他答应了，这就上了钩。在我的方案中，主张大办形形色色的副刊，以迎合各种类型的读者；其中有一个副刊，我拟名为《古香》，专门介绍古代的文坛掌故，野史逸事，聘请冯文藻编辑，每期二元八角——一袋兵船面粉的编辑费，他的妻子会欣喜若狂的。”

“可以，可以！另外一魁的特点呢？”

“我们那位生活在幻梦境界中的诗人平步云，衣食不愁，微薄的金钱买不动他的心。”

韩识荆慌忙说：“我不会印制钞票，不能挥金如土。”

王无冕故作惊人之笔，笑道：“收买他，你可以不花分文。”

“收买，还有不花钱的？”韩识荆大惑不解。

“平步云图虚名而不贪实利，”王无冕说。“以你的名义，写一篇评论他的诗集的文章，不要吝惜赞美之词，最好将他比作雪莱。”

“我从来不读诗，更没有读过他的大作。”

“我手里有两本，拿给你看看。”

“我对写什么文艺评论，一窍不通。”

“请杜病鹃代笔，不过文字切忌陈腐。”

“好，好！”韩识荆哧哧发笑，“他喜欢高帽子，我就多送他几顶。”

“此外，你还得拿出一版半的篇幅。”

“干什么？”

“平步云正在迷恋教务长章通伯的女儿章涟漪，写了一首爱情长诗《心曲》，想要登在《春草》上。夏竞雄反对，叶兰也不同意，冯文藻附和他俩，所以没有发表，他很不高兴。《春草》不登咱们登，平步云就会引我们为知音。”

“难道在《青年园地》上分期刊载，还不行吗？一版半登广告，我能收入几百块的广告费。”

“开口闭口，总是锱铢必较，怎么能成气候？”王无冕又横眉立目，不耐烦了，“铲除《春草》，报纸销路倍增，将会有多少个几百块落入你的腰包？”

“依你，依你！”韩识荆忍痛牺牲。“可是拉过了冯、平二人，《春草》就一定能除掉吗？”

“我还有一条自掘坟墓之计。”王无冕阴险地说，“叶、夏二人，特别是夏竞雄，思想越来越赤化，文章越来越过激，早晚惹恼了当局，勒令停刊。为了促其早死，我更推波助澜。火上浇油，激怒当局采取断然措施。”

“高！”韩识荆拍掌称快，“新任镇守使汤金銮属下的三团团长马千乘，保定士官学校六期出身，家住天津租界，我跟他曾有一面之识，必要时可以请他武力解决。”

“我更有通天之路！”王无冕得意地说，“我的同学，政经系的田中玉，其父田连阡跟汤镇守使是结拜兄弟。”

“真是天助我也！”韩识荆手舞足蹈。“老弟，你来介绍，我跟田中玉结识结识。”

王无冕脸一沉，说：“咱们还是各姘一个，别闹得争风吃醋吧！”

这时，看号房的老头爬上楼来，说：“有位冯文藻先生，来找王先生。”

韩识荆忙装出一副礼贤下士的样子，说：“有请。”

王无冕却一挥手，说：“告诉他，我已经走了。”

等看号房的老头下了楼，韩识荆问道：“冯文藻送上门来，你怎么拒而不见？”

“跟这位究翁说不通，”王无冕说。“你写一封请他编辑《古香》的聘书，再让账房预支给我二十块大洋，我去诱惑他那位见钱眼开的夫人。”

冯文藻没有找见王无冕，就跟随夏竞雄去潞河学院，找平步云。

## 8

已是黄昏，协和湖静悄悄，湖心小岛的一角，孤单单伫立一个人，凝望着夕阳从一片片的荷叶上，收拢它那返照的金光，湖面渐渐笼罩了暮色。他的嘴里嘟嘟哝哝，像一个梦游者在呢喃呓语。

他是一个眉清目秀的年轻人，脸色苍白，体质文弱，身穿雪青罗纱的长衫，白西装裤，黑皮鞋，更显得俊逸风雅。

夏竞雄和冯文藻刚走到湖畔，就看见了他。

“步云又在吟诗，不要扰乱他的文思吧？”冯文藻低低说。

夏竞雄笑道：“我看还是打破他的迷梦。”说着，弯腰从甬路上拾起一颗石子，扬手投向湖面。

扑通一声，湖面溅起水花，惊飞一群水鸟。

平步云被吓了一跳，转过身来，忧郁的大眼睛似怨似怒地瞪着跑上小岛的夏竞雄：“你真讨厌！”他的声音轻柔，像个女性。

夏竞雄说："我怕你打瞌睡，栽下水去。"

"恶作剧！"

平步云是江南人，他们那个地方盛产才子，他的父亲就是晚清江南一位不大不小的名士，诗词有温李之风。才子多病，名士风流。在他三岁的时候，父亲死于冶游，给他们母子遗留的财产不多。他母亲过惯了穿金戴银，呼奴使婢，珍肴美味的生活，几年就把那一点遗产花光了，撇下儿子，撒手归西。那时平步云刚念小学，便成了一贫如洗的孤儿，像一只嗷嗷待哺的小羊。幸而比他大十几岁的姐姐，嫁到一个办洋务而暴发的人家，不大情愿地收留了他，他也就开始了寄人篱下的生活。后来，他的姐夫林和霖留洋归国，应聘到潞河学院任教，带着他们姐弟北上，来到通州。他进入潞河学院附中读书，跟叶兰、夏竞雄和王无冕是同班同学。他长得俊美，女孩子性格，说话柔声慢调，又表字上青，嘴上无德的王无冕就管他叫颦卿——那本是林黛玉的芳字，称呼男性，是很侮辱人的。他骂不会骂，打无力打，只会气得珠泪满腮；他越爱哭，王无冕也越爱逗他，他也就哭得更伤心，更委屈，更像女孩子。男同学里，只有年龄比他还小的夏竞雄同情他那寄人篱下的遭遇，反对本地学生欺侮外乡人，挺身而出保护他，以鹊桥村和盘山的野性，跟王无冕连打几架，打得王无冕不敢出口不逊了。从此，他跟夏竞雄建立了很深的友情，一有悲伤哀怨，就向夏竞雄倾诉衷肠。平步云的姐夫林和霖，英文名字叫乔治，是个典型的洋奴，在院长查理·金面前，像一只摇尾乞怜的叭儿狗，在院长太太玛丽·金的面前，像一只媚态的猫，因而当上学生指导长。他人格卑污，非常悭吝，对待平步云极其苛刻，动不动就疾言厉色。平步云的姐姐姿色已衰，早就被林和霖白眼相看，一天到晚战战兢兢，害怕遭到丈夫遗弃，哪里顾得爱护弟弟？生活在如此冷酷无情的环境中，平步云更加悒郁寡欢，自怨自怜。夏竞雄安慰他，更鼓动他敢于反抗，争取自立自主。但是，他就像孱弱的寄生藤萝，本身没有能够挺直的枝骨。进入大学，他学的是文科，夏竞雄学的是理科，两人虽不再朝夕相处，但也常常一起到湖畔散步，水上荡舟，土山登高，林中谈心。只是最近发生了隔阂，友谊冷淡了，原因是夏竞雄激烈反对平步云迷恋教务长章通伯的女儿章涟漪。

教务长章通伯是个反动政客。1919年五四运动时，他在省政府当教育厅长，疯狂反对新文化运动，挑动军阀镇压爱国学生，激起省会的学生罢课，教员罢教，工人罢工，商民罢市，上千名爱国学生包围他的住宅，扔石子，扬垃圾，他抱头鼠窜逃进租界，又从租界化装搭上了客轮，来到通州，投奔他留洋时代的同学查理·金，被委任为潞河学院教务长，主编潞河学院的学术杂志《文华》季刊。他的女儿章涟漪是外语系学生，洋腔洋调，洋装洋扮，浪漫轻佻，风流成性，自比出没于莱茵河滨的岩石之间，用艳歌诱惑舟人触礁沉船的女妖罗芮莱。于是，平步云也就被她诱惑而触礁。当时，章涟漪正跟田中玉和另一个男生搅得火热，忽然那个男生有所醒悟，退出了这场游戏。三缺一，章涟漪是感到乏味的，便将平步云拉来填补空缺。田中玉有钱财，平步云有文才，这一财一才好比荤素两道菜。田中玉的钱财能向章涟漪贡献贵重商品，平步云的文才只能向章涟漪奉献他的长诗。夏竞雄一发觉平步云卷入章涟漪的桃色旋涡，就想把他拉上岸来，以免灭顶之灾，平步云却执迷不悟，跟夏竞雄红了脸。接着，夏竞雄又反对在《春草》上刊登他那缠绵悱恻的《心曲》，他就更加误认夏竞雄故意刁难他，对夏竞雄越发不满，几乎断绝往来。

暑假，他本想跟章涟漪，度过一个美妙的仲夏。但是，章涟漪却和林和霖充当查理·金与玛丽·金的伴驾侍从，到海滨避暑去了，也不跟他打个招呼。他伤心到极点，失恋的悲苦使他茶不思，饭不想，病病恹恹，甚至萌发了自杀的念头。

现在，他站立在湖心小岛上，凭吊落日的余晖，沉浸在幻梦之中，又想到死。夏竞雄的惊扰，把他拖回到现实中来，还有点舍不得脱离他那自编的梦境。

“到蔡先生家去！”夏竞雄拢着他的肩膀，好像他们之间并无芥蒂，“我和冯兄都饿了，看样子你也还没吃晚饭。”

平步云不饿，也懒得走动，但是夏竞雄是那么亲密和爽朗，他不能不顺从，只得跟他们走。

夏竞雄回到蔡宅，竺姨大吃一惊，还以为河上沉船，蔡松鹤和叶兰遇难，夏竞雄只身脱险。等夏竞雄说明来由，竺姨一块石头落了地，便唠叨起来：“你扔下他们父女一路无依无靠，却跑回家来惹是生非，我不给你做饭吃！”

夏竞雄不过一笑。他知道竺姨有口无心，像母亲一样疼爱他。从上大学，他得到奖学金以后，除了星期日，他平日都在学校的饭堂免费吃饭；但是，家里一有较好的饭菜，竺姨总是叮咛叶兰叫他回来，然而仍不放心，必得亲自再跑一趟。夏竞雄的衣服自己洗，袜子叶兰补。不想劳累竺姨，她却跟他们怄气，不是数落夏竞雄洗得不干净，就是嫌叶兰补得不结实，总要她揽过来拆洗缝补才高兴。最令叶兰和夏竞雄感到头疼的，是竺姨老催逼着他们赶快结婚，为的是她觉得这个院子太冷清，急着抱上外孙儿，热闹起来。

夏竞雄也不跟竺姨争辩，就带着冯文藻和平步云到葡萄架下，摆上桌椅，商量他们的大事。他们的计划刚一商定，竺姨便端上晚饭，八个不同风味的炒菜和凉菜，还从蔡松鹤和夏竞雄自制的冰箱里，拿出四瓶啤酒。

吃过晚饭，已经晚十点了，冯文藻要回城里，平步云也怕他姐姐不放心，告辞回去；夏竞雄送他们走。

踏着青幽幽的月光，夏竞雄挽着平步云的胳臂，说："振作起来！写几首铁与火的诗篇，我们要跟田连阡和田中玉父子大战一场。"

"反正你总是看我的爱情诗不顺眼！"平步云怨声怨气地说。

"步云，开阔你的心胸吧！"夏竞雄激情地说，"我们正处于山雨欲来风满楼的时代，国家和社会大变革的时代。生逢这个伟大时代的青年，应该肩负起历史的使命。抛却个人的苦恼，跳出狭小的天地，投身到波涛汹涌的时代洪流中去。"

"竞雄，你比谁对我都好！"平步云眼圈儿一红，"我错怪了你，损伤了我们多年的友谊，真可恨，真该打。"

夏竞雄说："过去，我们的友谊只是情投意合，感情用事的产物是不牢固的。今后，我们的友谊应该是志同道合，才能经得住严峻的考验，永不凋谢。"

平步云低头不语。走到他姐夫的小洋楼栅栏墙外，只见楼上的一个窗台，坐着一个窈窕的人影，怀里抱着一只筝，抬头望月，长叹一声，拨动筝弦，弹奏一支幽怨的乐曲，那是他的姐姐。

"我不送你们了！"平步云呜咽着跑进楼去。

夏竞雄望着他的背影，发急地说：“步云怎么就不能从这个笼子里飞出来？”

“家庭就是监牢！”冯文藻带着几分酒意，大发感慨，“竞雄，我要是像你一身无挂，真想海阔天高，鱼跃鸟飞，轰轰烈烈，壮丽一生。”

夏竞雄又挽着他的手，说：“冯兄，你家室之累很重，日前又遭到柴米匮乏之困，我不但不能有所帮助，反而要你多付辛劳，很是不安。”

“不要这么讲呀！”冯文藻说，“我们是志同道合，并非财帛之交。”

他的心情从没有过如此昂奋，回家路上的脚步，也显得轻快有力。

但是，一进家门，姜翠花就兜头浇他一瓢冷水。

“你出去半天一晌，弄回多少钱呀！”姜翠花的脸儿上像下了一层霜。

冯文藻发怔地说：“我跟竞雄商讨周刊社务之事，并未做谷粱之谋。”

“屁话！一家七张嘴，明天就得扎脖儿，周刊社务能当饭吃？”

“竞雄本来是要给想想办法的，我觉得于理不当，婉谢了。”

“你是缺心少肺，他是虚情假意。”

“闭嘴！”冯文藻青筋暴起，“竞雄是我的最好朋友，不许你满嘴喷粪。”

“最好的朋友！”姜翠花两手拍得山响，“最好的朋友在那儿！”说着，抬手一指桌面。

冯文藻走过去，睁大近视眼，只见桌面上放着一封大红信笺，附有一张便条，便条是王无冕写的。

究翁：

趋访未遇，怅甚。

《民言报》韩主笔思贤若渴，久慕我兄高才，数请于弟，代为致意。今新增办《古香》周刊，敬聘我兄主持笔政，每期编辑费二元八角。现特预呈礼金大洋二十元，以表衷忱……

“钱呢？”冯文藻问。

“花了个一干二净！”姜翠花喜气洋洋，扳着指头报账，“买了两袋兵船粉，一包西贡米。给你买了一件西式短袖汗衫，一条米黄色西装裤，穿起来多精神！我也扯了一身衣料，换换新，也是你的体面。另外，给孩子一人买了一件新背心，别再野孩子似的光身露腚。满想给老两口买点穿戴吧，一数手里的钱，所剩无几了，就给他们买了二斤绿豆糕。也算瓜子不饱是人心。”

冯文藻茫然若失，坐在破椅子上，说：“钱不应该接。接了也不应该花。”

“有钱不花，丢了白搭！”姜翠花笑嘻嘻，“无冕兄弟说了，你过去是无价宝珠土里埋，如今是时来运转放光彩。以后，你又编报，又卖文，闹好了一个月总有二十块上下的进项，再不必腰折三道弯，趴在桌上当抄写匠，累得头晕眼发黑，还挣不到几壶醋钱。我呢，夫荣妻贵，托你的洪福，也不必再到十字街口提篮叫卖，让那些轻薄小子，品头评足，丢你的脸。”说着说着，伤感起来，抹起眼泪。

冯文藻叹了口气，望了望这间斗室，只觉得这个狭小的牢笼，还在缩小、缩小。他霍地站起身来，像是要挣脱绳索，冲出牢笼而去。但是，他一眼看见坐在床头，抽抽噎噎的姜翠花，不禁心软了。他轻轻走过去，把两手按在她那瘦削的肩头，说：“那么，明天不必上街了。”

姜翠花破啼而笑，倚在他的身上，沉浸在甜丝丝、酸溜溜的幸福中。

## 9

送走冯文藻和平步云，夏竞雄写了一夜，黎明时刚打个盹儿，又被叫天的鸊雀儿吵醒了。他站立在窗口，眺望天边的曙色和稀稀落落的晨星；北运河上升起的水雾，正向静穆的田野上弥漫开来。

经历了十分激动的一日一夜，他已经冷静下来，理智起来，看到了个人和他们这个小社团的力量不足。这时候，叶兰的深思熟虑，耐心细致，沉着镇定，最能给他以启发和充实。但是，现在叶兰在海轮上，也许还在熟睡，也许正站在甲板上，观赏海上日出那浑厚壮丽的画面。叶兰远在千里，海天之间。他的心一阵波动，强烈地思念叶兰。

他必须依靠他们的社团，将广泛而分散的社员集合起来，列成战阵，才有威力。然而，主将中，冯文藻的柔弱、平步云的空虚、王无冕的居心叵测，在暴风雨到来之时，在时代洪流的冲击面前，都未必骁勇而坚强。于是，他想起两个真正知心的朋友，一个是坚强的谷铁铮，一个是骁勇的鹿鸣。

谷铁铮跟夏竞雄是高小同学，又是同桌，两人非常志同道合。谷铁铮家境贫寒，念完高小，上不起中学，就考入官费的师范学校。毕业后，他先后到北运河东岸和盘山中教小学。他为人侠肝义胆，好替穷人抱打不平，专跟欺压百姓的地方头面人物打官司；官司打输了，他能写会画，就把这些头面人物的丑恶，画成画，写明白，张贴在通衢大道，集市广场。所以，他教了四年书，换了八个学校，最后被开除出教育界。他一点也不可惜，脱下长衫，剃了光头，到鲁班庙入册当画匠、油漆匠和糊棚匠。如今，他虽然靠耍手艺吃饭，每天仍然喜爱读书看报；《春草》出版，他就订了一份，还将他在乡村山寨的所见所闻，写成文字，送交夏竞雄，夏竞雄略加修改润色，都在《春草》周刊上刊登出来。于是，他的写作兴趣更高，一遇不平之事，就发不平之鸣，写成不平之文。他的文字嬉笑怒骂，尖锐泼辣，痛快淋漓，简短通俗，就像他为人的性格。他主张《春草》周刊的内容，要更富有战斗性。

鹿鸣是个十八岁的青年人，原是工业学校的学生，由于经费缺乏，工业学校停办了，他失了学，就到工厂去当机器匠，人们都管他叫小鹿师傅。他心灵、手巧、热情、大胆、活跃、敏捷，最能合群，组织力强。他阅读了《春草》创刊号，怀着激动和钦佩的心情，跑到潞河学院找夏竞雄交朋友。他入了社，但是不会写文章，就给《春草》周刊当推销员。而且，经常反映读者的要求，提出精辟的意见。他最爱读夏竞雄的随感录和评论，说："竞雄哥，读了你的文章，冷血也要沸腾，热血更要燃烧。"他也喜欢叶兰的散文，说："叶大姐文如其人，有情有理，令人心悦诚服。"对于冯文藻的文字，他摇摇头，说："令人昏昏欲睡。"他很轻蔑平步云的诗，说："花露水，送给小姐们享用吧！"

他尤其厌恶王无冕的空炮文章，说："黔驴之吼。"他主张春草社要更具有社会性，广泛吸收社员。

谷铁铮和鹿鸣的意见，很引起叶兰和夏竞雄的深思。

想到这两位坚强骁勇的朋友，夏竞雄激情满怀。天将破晓。他冒着清晨的凉气，跑到协和湖浮了几圈水，只觉得神清气爽，耳聪目明。吃过早点，兴致勃勃地到鲁班庙去。

鲁班庙坐落在北门里，庙宇很小，青泥素墙，三间正殿，两间耳房，一座更楼，四外却都是合抱粗的苍松古柏，庙门前砖砌十八级台阶。夏竞雄刚到庙前，谷铁铮正走出庙门。他是个瘦高个子，行动矫健有力，深眼窝，高鼻梁，目光凛若寒星，上唇留着板刷似的黑胡髭，头戴一顶斗笠，身背着画囊，敞穿白粗布小褂儿，下身是肥大的灯笼裤，踢死牛的洒鞋，完全是个有板有眼的工匠，没有一点知识分子的影子。还没等夏竞雄打招呼，谷铁铮抢先喊了一声："竞雄！"快步走下十八级台阶，握着夏竞雄的手，低声问道："有事吗？"

"你领到工牌没有？"夏竞雄问。

"给你们那位贵同学田中玉的小公馆画影壁。"谷铁铮抬头看见一个瓦匠从庙门里走出来，扬手将木刻的工牌扔过去，"老何师傅，劳你大驾，替我把工牌交回大柜，我今天不侍候了。"

夏竞雄说："咱俩一同去找鹿鸣，找个地方谈谈。"

"奉陪！"谷铁铮笑道，"我很喜欢小鹿师傅，他有点像你。"

"像我？"

"没有你深沉大器，也没有你的学识才华，可是比你爽快开朗，比你平民化。"

“我不平民化？”夏竞雄脸红了。

谷铁铮那寒星一般的目光，在夏竞雄身上打了几转，微微一笑，说：“潞河学院的学士风度。不过，没有洋奴气。”

“你今天怎么对我评头品足起来？”夏竞雄纳闷地问道。

谷铁铮不回答他，却又问道：“有个罗擒虎，你认识不认识？”

夏竞雄想了想，说：“不认识。”

“小名叫爬山虎。”谷铁铮提示他。

“是不是盘山石鼓寨的人？”

“正是。”

“那是我童年的好友！”夏竞雄高兴地说，“我在盘山生活了三年，他常找我玩，叫我给他讲故事。现在取名叫罗擒虎，好雄壮的名字。”

谷铁铮说：“我在石鼓寨教过半年书，这个猛虎似的小伙子，有一天莽莽撞撞来找我，请我给他取个大号，我就给他想了这个名字。他很满意，当晚就给我送来两只山鸡，算是谢礼。”

夏竞雄问道：“你今天怎么想起他？”

“他昨天到通州来了。”

“在哪儿？我去看他！”夏竞雄激动起来。

“当天又回去了。”

“你怎么不留他住下，通知我跟他见见面？”夏竞雄埋怨谷铁铮。

“他给贩山货的老客赶驴驮子，东家叫他当天打来回，不能久停；他住我家里，也没坐上一顿饭的工夫。”

夏竞雄怅惘地说：“多年不见，真想看看他。”

“他一看见我，就打听你，更想念你哩！”谷铁铮说，“每年清明节，他都到山口去等你，等了一年又一年，不见你回去；想你必是人往高处去，看不起盘山的乡亲们，把乡亲们忘了，很伤心的。”

夏竟雄脸上一阵发烧，心里一阵难过。他在母亲去世以后，被蔡松鹤接到通州上学，但是每年清明节总要回盘山一趟，给父母双亲扫墓，住上一两天。七年前，袁世凯称帝失败，通州各界的共和人士，为建立民国的辛亥革命先烈们，在西海子公园竖立纪念碑。纪念碑背面，镌刻着通州籍烈士们的英名，夏思问名列其上。蔡松鹤为使这位恩重如山的学兄享受死后的哀荣，又将夏思问夫妇的坟墓从盘山乔迁到通州；从此，夏竟雄不必再回盘山扫墓，也就不再与盘山往来了。想到罗擒虎的深情，又想到龙人海和龙乌骓的恩义，夏竟雄更感到深深负疚，沉重地说：“铁铮，你责备我不平民化，发我深省。”

谷铁铮正要开口，只见鹿鸣迎面跑来。这个十分英俊的小伙子，身穿满是油渍的工装，全身焕发着青春的朝气，兴冲冲地喊道：“竟雄哥，你叫我踏破了铁靴，原来在跟谷师傅一起做逍遥游！”

谷铁铮玩笑道：“小鹿师傅，一别三日如隔三秋，别来无恙否？”

“老板请我‘高就’了！”鹿鸣笑嘻嘻地说。“他说他的工厂是个澡盆大的水池子，搁不下我这条混江龙，还是请到五湖四海去兴风作浪吧！”

夏竟雄眉毛一扬，问道：“究竟是什么原因？”

“祸从口出！”鹿鸣仍然嘻嘻哈哈，一副无忧无虑的神气，“这个敲骨吸髓，杀人不沾两手血的家伙，逼迫工人一天干十二小时活，动不动还要加班加点，加班加点不加钱。我就拿着五月一号出刊的《春草》，把你那篇《劳动节感言》念给工友们听，跟工友们商量，齐心一致，罢他的工。这个家伙一听我煽动工人犯上作乱，立即请我‘高就’，以免后患无穷。”

夏竞雄说：“《春草》也应该跟这个资本家打一仗。”

鹿鸣笑道：“我找你，就为这个；我不会写，还要靠你那火花之笔。”

“你先助我一臂之力吧！”夏竞雄拍着鹿鸣的肩膀。“有件大事，要跟你俩商量；你们看，到哪儿去谈？”

谷铁铮想了想，说：“到西海子公园去，那儿清静。”

“等一等！”鹿鸣说，“我去买一束鲜花，敬献给夏伯父。”

他蹦蹦跳跳地跑进一家花店，一会儿捧出一簇鸡冠红跑出来，像捧着一团火。

西海子公园在通州城西北角，纪念碑建立在西海子公园人迹罕至的菱角洲边，孤零零地坐落在一道黄土冈上。因为是私人集资兴建，买不起在公园里占有重要位置的地皮，只好建造在这个寂寞冷清的地方，平日也无人照管，更显得这些革命马前卒身后的凄凉。

碑座已被茂盛的青草掩蔽，碑身也遭风雨侵蚀，只有当年建碑发起人手植的十几棵松柏，高大起来，傲岸挺立。夏竞雄、谷铁铮和鹿鸣走到烈士碑前，鹿鸣把那一束鲜红如血的鸡冠花恭恭敬敬地放在青青的茂草上，就像点燃了一支火炬，然后三人肃立默哀。致敬完毕，三人便在松柏阴凉中坐下来。

夏竞雄拿出两份文稿，一份交给谷铁铮，一份交给鹿鸣，说：“看后交换，提出意见。”

“《农民抗暴后援会宣言》！”鹿鸣轻声念道，抬起头望着夏竞雄，“是不是成立一个到民间去的新团体？”

夏竞雄微笑说：“你且看下去。”

“《为声讨土豪劣绅告民众书》。”谷铁铮的眼睛迸发出热烈的光芒，“好！不再纸上谈兵，而要披甲上阵了。”

等两人交换着看完两份文稿，夏竞雄说：“我跟叶兰在客轮上商定，发动春草社全体社员，向恶势力田连阡展开集团战。”

“我支持你！”谷铁铮坚决地说。“我在乡下教书四年，亲历目睹土豪劣绅的凶残暴虐，为穷苦人鸣不平，打了八场官司，场场都输了，还被他们买通教育当局，把我革除出教育界。乡村恶势力根深蒂固，单枪匹马，寡不敌众，必须列成战阵，群起而攻之。”

鹿鸣欣喜若狂地说：“竞雄哥，你比我们有学问，比我们有能力，比我们眼光远大，率领我们勇猛进击吧！”

“我们要听候叶兰从广州发回的指示，革命先驱者的指示。”夏竞雄心驰神往，满怀深情，“我们居住在通州这个闭塞的地区，生活在军阀和官僚的桎梏下，思想被封锁，视听被蒙蔽，需要革命先驱者给我们指引前进的方向和奋斗的目标；叶兰将从普罗米修斯那里引来光明之火，给我们照亮模糊不清的道路。”

“中国的普罗米修斯是谁？”谷铁铮和鹿鸣同声问道。

“共产党！”夏竞雄的眼睛一片光明，“这几年，我从外文报刊上，知道中国有了共产党，零零星星知道共产党的一些主张，然而只不过是皮毛的印象，并没有探求和深思。直到今年一月，共产党帮助孙中山先生召开中国国民党第一次全国代表大会，南方革命形势焕然一新，我才对共产党产生了崇高的敬仰之情。现在，叶兰的姑父和姑母从苏俄回来，在广州担当革命重任；他们在俄国参加了布尔什维克的革命战争，一定是共产党人，因而我对共产党的认识更具体化了。”

鹿鸣激动得坐立不宁，说：“但愿叶大姐到广州加入共产党，回来之后，再把咱们介绍进去。”

谷铁铮庄严地说：“我希望她能带回一些共产党的书报，使我能深刻了解共产党的真谛。”

“这件事，就谈到这儿，不要泄露给别人。”夏竞雄收起两份文稿，站起身，挽着谷铁铮和鹿鸣到菱角洲上散步。“我打算今晚召开社员大会，着手筹备与田连阡交战的各项工作。”

他们直到中午才离开西海子公园。

## 10

夏竞雄在返回潞河学院途中，先后通知了几名社员，才急急奔回蔡宅吃午饭。

一进门，只见王无冕坐在葡萄架下，搭着二郎腿，嘴角衔着香烟，一副小人得势的形状。

“竞雄，我恭候多时了！”王无冕欠了欠身。“足下密谋举事，却摒老友于族类之外，岂非薄情少义乎？”

王无冕跟夏竞雄从中学时代起，就死不对头。叶兰和夏竞雄创办《春草》周刊，他托平步云讲情，钻了进来。他嫉恨夏竞雄，在周刊的编辑工作和社务活动上，常常无理取闹，以致夏竞雄曾主张将他开除，两人的关系十分紧张。不过，今天他怀着鬼胎，另有打算，所以隐蔽了寻衅的态度，装出受了委屈的样子。

夏竞雄冷冷地问道："什么密谋，什么举事，什么族类？你说清楚！"

"用词不当，失言，失言！"王无冕嬉皮笑脸，"不过，你有事找究翁和鞶卿商量，对我却不屑一顾，未免厚彼薄此吧？"

夏竞雄冷笑道："我和冯兄是找过你的，但是你正热衷于全面改良《民言报》，恐怕倒是一心乔迁，无暇旁顾，却又来倒打一耙。"

"呵！我恍然大悟，原来你是恼我跟《民言》往来。"王无冕挨到夏竞雄身边，神情诡秘，"竞雄，我的终极目的。是为了给《春草》开拓一块比本土还要广阔的殖民地，就像罗德斯爵士为大英帝国开拓南部非洲一样。"

"《春草》并不想与《民言》同流合污。"

"哪儿的话！"王无冕叫屈，"《民言》必须奉《春草》为宗主，唯《春草》之命是从。"

"韩识荆并非善类。"

"你抬举了他！那小子不过金玉其外而已，几个回合，就被我擒下马来，全盘接受我的改良方案。"

"我拭目以待。"

"睁大眼睛看！"王无冕赌咒发誓，"只要你向田连阡正式宣战，我就以《民言》为阵地，与你两下夹攻，使其腹背受敌。我是最痛恨为富不仁，与恶势力不共戴天的。"

竺姨端上午饭，特意给夏竞雄炒了两个好菜。虽然王无冕酒气喷人，夏竞雄不得不客气一下，问道："你吃过饭了吗？再吃一点吧！"

王无冕早已垂涎三尺，忙说："叨光，叨光。"

整个上午，他已经骚扰了两家。先是早晨去找冯文藻，以恩人自居，旁敲侧击，挤兑得冯文藻不得不又打酒又买肉，请他大吃大喝一顿，没有把姜翠花心疼死。离开冯家，他又到林宅去访平步云。中午，平步云留他吃饭，南方人喜欢吃清淡口味的食品，王无冕是个馋痨，怎么受得了？哗啦翻了脸，指着平步云的鼻子吼道："吝啬鬼，你把我当成了叫花子招待！"平步云从中学时代就不敢惹他，上大学以后仍然心有余悸，于是又央求，又赔礼，连忙下令林宅的厨子，给这位魔王开了一桌大五荤，他又吃了个精光。现在，他一见竺姨的美味，虽然腹中已经无隙可挤，却肚饱眼馋，还想吃。

王无冕坐在夏竞雄对面，大箸吃菜，狼吞虎咽，竺姨的精心杰作，十分之九入了他的肚子。他一抹嘴儿，说了声："晚上见！"东摇西晃地满载而去。

晚上，在石舫楼上召开会员大会。灯光从窗口照到黑夜的湖面上，照在碧叶间几茎含苞挺立的荷花上，就像从湖水中燃烧起几支火把。

正在暑假期间，家住外埠的社员回家度假，出席大会的只到社员半数。

夏竞雄先说明开会宗旨，然后选举后援会的正副会长，推选各股的干事。夏竞雄被一致推举为会长，在选举副会长的时候，鹿鸣抢先大叫："我提名谷铁铮兄！"

谷铁铮是入社以来第一次参加社员活动，大多数人都不认识他。

有人说："请谷君起立，跟大家认识认识。"

谷铁铮站起身，跨前一步，站在明亮的灯光下；光头，板刷胡，白粗布小褂，黑灯笼裤，踢死牛的洒鞋，在这些时装打扮的学生群中，突出地显得土气。

“哪个学校的？”又有人问。

谷铁铮那寒星一般的眼睛，闪烁着嘲弄的微笑，响亮地答道：“民立鲁班大学。”

“哈哈哈！”哄堂大笑起来。

夏竞雄忙说：“谷铁铮兄毕业于通州师范，历任江东和盘山各村小学教员，因抗争地方恶势力而遭革职，傲骨如铁，令人敬佩。目前，谷铁铮兄在鲁班会入册做画匠；劳工神圣，我们有谷铁铮兄做社友，是引以为荣的。”

谷铁铮一挥手，大笑道：“竞雄，何必为我吹嘘？干脆说吧，我是被赶出文庙之门，跳进鲁班的墙，从劳心者变成了劳力者，靠汗水换饭吃了。”

鹿鸣接着说：“谷铁铮兄到鲁班庙后，带领众多工匠弟兄，折倒把头，破除许多积弊，深受众多工匠弟兄的拥戴，正可作后援会的强有力后盾。”

夏竞雄请大家继续提名。一个社员，过去念小学时是冯文藻的学生，提名他的老师。王无冕明知局面已定，却故意又提平步云，为的是叫这个小心眼儿而又脸皮薄的年轻诗人落选，自尊心受到伤害，而对夏竞雄不满。

“交付表决！”夏竞雄说，“先提名的后表决；赞成平步云兄的请举手。”

王无冕一边举手，一边点数，高声说：“三票！”

“赞成冯文藻兄的请举手。”

“四票。”

“赞成谷铁铮兄的请举手。”

王无冕慢腾腾站起身来，懒洋洋点了点数，忽然怪叫道：“十票，不足半数儿！”原来，今晚出席大会的社员是二十一人。

“不对！”谷铁铮高高举起自己的手臂，打破惯例，投了自己一票。

王无冕目瞪口呆了，正想说几句刻薄话来挖苦这个狂野的家伙，但是一接触到谷铁铮那凛冽的目光，慌忙又咽了回去。

散会后，天已很晚了，夏竞雄挽留谷铁铮和鹿鸣到蔡宅住一夜。王无冕拖住平步云和冯文藻，站在石舫二楼，凭栏乘凉赏月。

“竞雄真是喜新厌旧！”平步云对月伤心，声音直打颤儿，“那谷铁铮分明是个恶棍，鹿鸣也是个小痞子，竞雄却爱如至宝，把咱这些老朋友都冷落了，真气人！”

“他们早有勾结，蓄谋已久！”王无冕恶毒地冷笑，“夏竞雄虽然颇有才华，但是并非上品，所以喜与下流分子合污。我敢断言，长此下去，终归要重蹈乃父覆辙，走向末路。”

“不要背后议论竞雄，更不应非议革命先烈！”冯文藻忠厚地说，“竞雄与谷铁铮和鹿鸣建立友谊，是出于为社会服务的目的；我们不但不应心存嫉妒，而且应该为竞雄得到强有力的助手而高兴。”

王无冕拂袖而去，三人不欢而散。

除了冯文藻，夏竞雄再也找不见平步云和王无冕的影子，于是每天便跟谷铁铮和鹿鸣四出奔走，不能不顾此失彼了。

竺姨一个人关门过日子，并不知道夏竞雄在奔忙什么，一见他进门，便唠叨起来：“你就野鸟满天飞吧！早晚遇见秃老鹰。渴了吧？饿了吧？要喝水，要吃饭，先给我念兰子的来信。”

夏竞雄抱住竺姨，大笑道：“我的竺姨，您啰唆了半天，只有这一句话有用。”

竺姨从她房间里拿出叶兰的来信，交给夏竞雄。

素笺上，写的是世界语。

亲爱的：

我与父亲已安抵广州。姑父和姑姑事先接到我们从轮船上拍发的电报，早在码头迎候我们。久别重逢，百感交集，父亲泫然泣下，我也不禁热泪盈眶。姑父和姑母都很惦念你的。

在姑父和姑姑的住所，见到了久已向往的周恩来先生。周先生为五四运动时之天津学生领袖，后赴法国勤工俭学，遍游德、英、俄三国，现在黄埔军校主持政治部工作；年青英俊，才干无比，中山先生誉为难得之青年军事家和政治家，深受广州革命青年热爱敬仰。

周先生认为，通州学生本来不多，目前又值暑假，不宜上街示威。应动员春草社员到民间去，开展调查和宣传活动。通过发动农民抗礼斗争，可先成立秘密的革命团体。黄埔军校为国民革命军培育骨干力量，望你动员通州有志青年，投笔从戎，前来入学。此间有一位共产党领袖毛泽东先生，思想文章，杰出群伦，现正筹办农民运动讲习所；周先生要你为雏哥筹措路费，速来广州入所学习……

急于发信，寥寥数语，言不胜情。

兰

又及：我最想竺姨和《春草》，不想你……

竺姨看夏竞雄只是默默看信，催道："你倒是念出声来呀，我急得要打你了。"

夏竞雄逗她说："都是写给我的话，您听了有什么用？"

竺姨伤心了，说："没良心的女子，一句话也不写给我呀！"

夏竞雄故意在信上找来找去，忽然欢呼一声："找到了一句！只有一句。您听：'我最想竺姨……不想你'。"

"我的好女儿！"竺姨喜泪直流。"别看这一句，一句值千金。到底是吃我的奶水长大的，就是比跟你亲。"

当天，夏竞雄就决定到鹊桥去。他给龙大海买了一盒什锦糕点和两瓶好酒，又想到还有一位芳倌儿小妹，另扯了几尺花布，打成包袱，背在身上。为了重温难忘的童年的回忆，为了历览久别的家乡的风光。他不雇车马，徒步而行。

## 11

鹊桥村坐落在北运河东岸，绿树浓荫，百户人家，都是碧水湾官僚大地主田连阡的长工佃户。

鹊桥村不但面临北运河，而且村北一条牛郎河，村南一条织女河，村东还有半条投梭河。

牛郎河和织女河是北运河的支流，而投梭河又是织女河的分支，弯弯曲曲向牛郎河流去；但是流到半路途中，蒲柳芦苇丛生，水干河断了，所以只算半条河。等到进入雨季，大河水涨小河满，投梭河才得牛郎和织女两条河连接一起。于是，鹊桥村便四面环水，与外界一刀两断。但是，也不能完全闭关自守，便在投梭河上搭起一座小桥，出入往来。也许是特殊的风土人情吧，小桥必须在阴历七月初七太阳落山之前搭成，七月初八清早才许通行。说是七月初七的夜晚，织女从河西岸，牛郎从河东岸，走到桥上相会。正是出于这个神话，这座小桥便成了神话中喜鹊飞架天河的鹊桥，鹊桥村也因此而得名。

眼下，正是七月。七月初八晌午，鹊桥村东口，投梭河桥头，有个少女坐在瓜楼上，身边一支柳叶枪，一支牛角，一边看瓜，一边放哨。

这个少女小名叫芳倌儿，龙大海的女儿，龙乌骓的妹子。

她自幼无拘无束地长大，就像一朵开放在旷野上的野花，不怕风吹雨打，不怕烈日曝晒，顽强而鲜丽。她最能爬树登高，春天摘杨芽儿，捋榆钱儿，直上高树云端，就像一只飞上飞下的黄鹂。她的身子又轻，能两手挽住柔软的枝条，在半空中打秋千，远看就像缥缈的游丝。她也很能浮水，帮着爹爹驾船打鱼，跳下水去扯网，就像一只在碧波中穿梭来去的鱼鹰子。

女大十八变。这两年，芳倌儿大起来，也没有谁管束她，自己就不知不觉收敛了儿时的顽皮，一举一动十分庄重了。然而，也别看她平时和颜悦色，一笑俩酒涡儿，说话轻声细语，从不粗声大气，待人有大有小，十分知情识理。可要是惹恼了她，那就捅了马蜂窝。有几个调皮捣蛋的小伙子，壮了壮胆儿，想跟她打牙逗嘴，但是一见她两道弯弯的秀眉一皱，黑白分明的豆荚眼冷冷一瞥，就吓得他们马上咬住舌头，慌忙溜之大吉。

她个子很小，体态轻盈，身穿自织的柳条布衫和紫花布裤，清新秀气。她很警觉，坐在瓜楼上，眼观六路，耳听八方。南风吹来，青纱帐沙沙响，她便一跃而起，手搭凉棚，四下张望。

自从哥哥惹了祸，跳江逃走，黑夜悄悄而回，隐藏在家。田连阡的团丁搜查很紧，她和老爹就日夜换班看瓜，守卫小桥，监视投梭河外的动静。

已经正午时分，芳倌儿有点饿，更觉得渴，就到瓜田里摘了一条肥大金黄的香瓜，又掐了一片瓜叶，擦净香瓜上的泥土，咬了一口，回到瓜楼，一边吃着，一边瞭望。

忽然，她发现投梭河东，青纱帐里，黄泥路上，有一个背包拽伞的行人，拖着长长的身影，趔趔趄趄地奔鹊桥而来。

这个人，好古怪。

他，城里人打扮，却戴一顶乡村牧童的柳圈，身背一个鼓囊囊的包袱，手提一柄雨伞。冒着毒热的阳光，踏着滚烫的土路，汗流浃背，满面灰尘。看样子，他是长途跋涉，远道而来。他已经疲惫不堪，踉踉跄跄，好似田野上吓唬鸟雀的谷草人，被南风吹得摇摇晃晃。

芳倌儿跳下瓜楼，提着柳叶枪，飞奔前去。

“站住！”

那人只觉得眼前闪过一道寒光，忙站住脚，舐了舐干裂的嘴唇，沙哑地说：“姑娘，我是来鹊桥走亲戚的。”

芳倌儿眯起眼睛，充满敌意，头上脚下打量这个人，越看越觉得可疑，更断定他来路不正。于是，她冷冷一笑，目光咄咄逼人，厉声喝道：“你是衙门里的探子！”说着，柳叶枪直指那人胸口。

那人也手疾眼快，一闪身子，抓住柳叶枪，连说：“姑娘，有话好讲。”

芳倌儿恼了，像一只野狸子扑了上去，那人躲闪不及，被芳倌儿抓住了脖领子。他不能还手，也已经没有还手之力，脸色苍白，有口难开。

“芳倌儿，放手！”青纱帐里哗啦啦闯出一条好汉，手提一口雪亮大刀：“竞雄，可盼来了你。怎么这么些日子才来？”

芳倌儿跳到路边，连连眨着豆荚眼。她看见，夏竞雄的脖颈和手背，被她抓得伤痕累累；三十六计走为上计，一溜烟逃回瓜楼。

夏竞雄说：“路上有点事耽搁了。”他摸着隐隐作痛的伤痕，笑着说：“芳倌儿妹子真有万夫不当之勇。”

龙乌骓笑着说：“连我也怯她三分。”

他们走进瓜田，芳倌儿一见夏竞雄，跳下瓜楼，又想逃避。

“别跑！”龙乌骓大喝一声。“快去摘个上等成色的好瓜来，给竞雄大哥消气。”

芳倌儿难为情地一笑，一低头，钻进瓜田深处，不大工夫，双手抱着一个斗大的花和尚西瓜走过来，面带歉色，轻声说：“竞雄哥，刚才冒犯了。”

夏竞雄忙说：“言重了，言重了。”

芳倌儿拿出瓜刀，切了一大块西瓜，黑子红瓤儿，鲜灵灵，水汪汪，递给夏竞雄，笑吟吟地说："吃吧，别口羞；我再去摘几个醉八仙甜瓜，你尝尝。"

她提着个编花的柳条篮儿，又跑进瓜田，蹲在地上，手拨着层层瓜秧，寻觅着最熟、最香、最大的甜瓜，摘了一个又一个。

夏竞雄跟龙乌骓说："别让她摘那么多，吃不了。"

"摘吧，我沾你的光。"龙乌骓挤挤眼睛。"小小的人儿，过日子太精细；我跟她讨个瓜吃，不是给个拳头大的，就是给个地蛆咬的。"

正说着，芳倌儿提着柳篮高高兴兴地回来了，晒得鼻尖上沁出一层汗粒，柳条布衫的后背都湿透了，又是笑吟吟地说："竞雄哥，今年的甜瓜是我的手艺，不好吃，只算换换口味。"

"你不过是叫人家多夸你几句！"龙乌骓抢过篮子。"我们到我的金銮宝殿去吃。夸你也听不见。"

芳倌儿沉下脸说："有两个上上等的，我掐了十字儿，你不许动。"

龙乌骓站起身，说："竞雄，咱们走吧！我在这儿不能久坐，怕给田连阡的团丁扫上影子。"

他们钻进一片玉米地，又穿过一片高粱地，来到牛郎河畔的柳棵子地里。这里有个坟圈子，龙乌骓搭了个小小的窝棚，窝棚背靠着一棵孤高的钻天杨。

夏竞雄笑问道："这几天，就在此地藏身吗？"

"白天在这儿睡觉，一擦黑就出去走动。"龙乌骓放下篮子，挑个成色最差的小瓜吃起来，他饿了，"团丁每天骑马在河边巡逻，还有两只小划子埋伏在芦苇丛里，我白天也不敢一口气睡到天黑，一有风吹草动，就爬上树尖张望，方圆十里都收在我眼里。刚才我就是在树上看见了你，急忙下树，浮水过河，从青纱帐里抄近路，救了你的驾。”

夏竞雄问道：“你又串连了多少人？”

龙乌骓反问道：“弟妹来信了吗？”

“今天一清早接到她的信，我就急忙赶来了。”夏竞雄敞开汗衫，吹着凉风，神情十分激动，“她到达广州的当天晚上，在布谷姑父和松洁姑母的住所，遇见了共产党的领袖人物周恩来先生。周先生跟布谷姑父是老同学，当年率领省会的爱国学生包围省公署，又到北京总统府门前示威游行。那时候，我跟叶兰刚念高中，周先生是我们心目中最敬佩的人。后来，周先生又率领布谷姑父和松洁姑母这些青年志士，到法国去……”

“周先生给了哪些指教？”龙乌骓心急地问道。

“周先生的意见，没有革命党的领导，北运河还掀不起革命的高潮。他主张，只要咱们破坏了田连阡为他儿子大办生日的活动，灭一灭他的威风，显示一下劳苦大众的力量，就是胜利。然后，他希望咱俩到广州去上学。”

“上学？我去上学？”

“我进黄埔军校，你进农民运动讲习所。”

“那就放开手脚干起来！”龙乌骓大喜地说，“我要把一个个吃了豹子胆的弟兄们，都串连起来。”

“我在鹊桥住几天，还要到盘山走一走。”夏竞雄说，“那边有一位好大哥，要请他助咱们一臂之力。”

“是不是爬山虎？”

“你还记得他？”

龙乌骓笑道：“当年我跟爹进山去看望你和大婶，他和我争着跟你一块玩，打过好几场架，不分胜负。”

夏竞雄说：“如今他的大号叫罗擒虎，我跟他也有几年不见了，很欠情的。”

“那可好！”龙乌骓大喜，“猛虎下山，谁能敌挡？”

高粱叶子唰啦啦响，露出芳倌儿的笑脸，说：“竞雄哥，我爹来换我的班，叫我带你回家去。”

夏竞雄急忙说：“先带我去拜见大伯。”

芳倌儿又把夏竞雄带回瓜田，夏竞雄一眼就望见了龙大海大伯。老人头戴一顶破草帽，光着上身，赤着双脚，前胸几处枪伤刀疤，闪闪发亮。老人虽然年近六十，但是腰杆不弯，像一棵挺直的不老松，苍劲有力。他手持义和团时代的丈八蛇矛，身背一张红木硬弓，仍然是威风凛凛，不减当年的勇士风貌。

夏竞雄悲喜交加，百感交集，叫了一声：“大伯！”扑上去，抱住老人，哭了起来。

“孩子，别哭呀！”老人的声音也发颤了，“爷儿俩久别重逢，应该欢天喜地。”

夏竞雄哭着说：“大伯，我十几年不来看望您，忘恩负义了。”

“傻话！”老人闭上泪眼，温情地抚摸着夏竞雄的双肩，“一是路途不便，不来看我也怪不得你；二是念书要专心，不能牵三挂四，荒了学问。只要你有出息，替你爹增光，给你娘争气，也就是孝敬我了。”

这位像土地一样质朴的老人，从来没有想到过自己对夏家两代人恩重如山，从来没有想到过为朋友两肋插刀和出生入死就应该索取任何报偿。因而，他不但没有抱怨过夏竞雄多年不来看望他，相反，却常常责备自己未能将夏竞雄抚养成人，对不起九泉之下的夏思问兄弟，深感内疚，于心不安。

芳馆儿也忍不住心酸，背转身去，连连抹泪。但是，她天性开朗，不爱伤感，便跺脚催道："快走吧，我还得给你们做饭哩！"

夏竞雄只得暂离大伯，跟在芳倌儿后面，踏上一条柳荫白沙小道。

## 12

小路弯弯曲曲，曲曲弯弯，沿着生满绿苔青萍的织女河，通向树木葱茏的村西南角。路很窄，柳棵很密，只能望见一片青天，漏下一缕阳光。柳丛里，小河边，开放着一簇簇红的、白的、蓝的、紫的、金黄的、淡青色的小花，沉静而清香。芳馆儿前边走，夏竞雄后面跟，他们的脚步声，惊动草棵里的蚂蚱和树丛里的鸟雀，蹦的蹦，飞的飞。一只黄鹂引逗得他童心萌动，钻出柳棵子追到河边，黄鹂叫唤一声，飞入云天了。

清澄碧透的织女河，倒映着蓝天白云，层层树影，微风掠过水面，吹动点点飘萍，顺流而去。水平如镜，映见他那汗污的面影，他忽然自惭形秽，便蹲下身边。连头带脸清洗一番。

芳倌儿见他一去不回，很不放心，呼叫着："竞雄哥，竞雄哥！"

"来啦！"夏竞雄喜兴兴从小河边跑回来，脸上还湿漉漉的挂着水珠。

芳倌儿一见他那洋溢着孩子气的笑脸，不知怎么忽然一阵害羞，一溜碎步跑起来，夏竞雄赶也赶不上，只能不远不近，若即若离地望见绿柳垂杨中那飘忽的身影。

夏竞雄走出柳荫白沙小道，便看见一道高高的沙冈上，一片桑、枣、榆、槐，掩映着一座荆条篱笆的小院落。他的脚下一挫，站住了，眼前一阵朦胧，好像坠入了梦境。十几年来，他在盘山中，他在通州城里，有多少回梦见这个小院落，梦见这个小院落里的亲人，梦见这个小院落的鸡、狗、猪、羊，梦见小院落四外的树、花、草、蝈蝈、鸟儿……只是一年比一年梦得少了，梦景一年比一年模糊。现在，这一切都在他的眼前真实地展现出来，泪水却又模糊了眼睛。

芳倌儿跑进柴门口，高声向邻居的小院落喊道："喂！我家来亲戚了，把你家的饸饹床子借我用用。"

喊声未落，只见从邻居的小院落里，跑出一个喜眉笑眼的大嫂，欢欢喜喜地说："怪不得清早喜鹊喳喳叫，原来是你家有贵客到！"她的嗓音嘹亮，手脚利落，一望而知是个性情爽朗的女人。

夏竞雄走上前去，行礼问道："大嫂是……？"

"我是端正家的！"说罢，她却一阵咯咯发笑，"这真是个没道理的称呼，端正家又有鸡，又有狗，还有锅，碗、瓢、盆、杈把、扫帚，我算哪一宗？"

"你算是在邢大哥家搭了窝，撵也撵不走的山喜鹊！"芳倌儿玩笑着说，"竞雄哥，看在邢端正大哥的面上，你就管她叫声桂枝嫂吧。"

夏竞雄回忆说："我小时候，端正大哥常给我削木刀，编蝈蝈篓儿，做打鸟夹子，他是个手巧的人。”

芳倌儿笑道：“如今我哥的屋里，屋顶上还挂着一口碧桃木刀，原是端正大哥削给你玩的；你跟大婶搬到盘山去，临走时给我哥留下当念物。我小时候瞧着这口木刀秀巧，总想摘下来玩，我哥心尖子似的舍不得，打我的手，抢过来挂在屋顶上。”

芳倌儿家，三间柳枝糊泥巴的窝棚屋，院里有一架葡萄，篱笆上爬满豆角秧。芳倌儿接过夏竞雄的包袱和雨伞，拿到她住的西屋。东屋是她爹和哥居住，堆放着农具、渔网、席篓，下不去脚。她的屋里，窄窄小炕，铺着她手织的雪白新席，席上一条蓝花土布被子，地上也扫得干干净净。窗外，还有一棵紫丁香树，阳春三月，开满一嘟噜一嘟噜的丁香花，香花装满了屋子，充满了小院，还飘散到街坊四邻去。

芳倌儿放下夏竞雄的东西，就到院外抱柴火，在冷灶上点火，桂枝嫂抱来饸饹床子，就动手和面。

夏竞雄插不上手，问芳倌儿道：“我干点什么呢？”

“屋里躺着，等着吃饭。”

夏竞雄站立不动，说：“我不能四体不勤，饭来张口呀！”

芳倌儿四下看了看，说：“你就挑两趟水，浇浇篱笆根的豆角。”

夏竞雄高兴地挑起水筲，走了出去。不远处有一眼土井，井边种着转角莲和毛子姜，绿荫生凉。井口圆，井水清，水面距离井口不到三尺。夏竞雄还记得家乡的打水方式，用扁担的铁钩挂在水筲的横梁儿，垂下井去，用力摆动一下，只听扑通一声，水筲直沉井底，他直了眼。

他只得空手而回，红着脸说：“我把水筲掉井里了。”

芳倌儿并不着急，反倒吃吃笑道：“我早就料到了。”她找了一根麻绳，走了出去。

夏竞雄跟在芳倌儿后面，只见芳倌儿摘下扁担的铁钩，拴在麻绳上，扔下井去，手腕轻轻抖动一下，就像探囊取物，不但捞上水筲，而且带上满满漂漂一筲水。

“你真巧妙！”夏竞雄啧啧赞叹。

“这有什么出奇呀，也值得大惊小怪？”她又给扁担安上铁钩，挂住另外那只空筲，垂下井口，两臂微微一摆，满满一筲水又打了上来。但是，她却把这筲水哗啦啦又倒进井里，将扁担交给夏竞雄，说：“你再练一练。”

夏竞雄认真模仿芳倌儿的姿势，把水筲垂下井口，全神贯注，两臂也微微一摆，这一回水筲倒没沉下去，可是摘了钩，漂在了水面上。他摇头叹气：“唉，唉！这……这……”

“一回生，两回熟，熟能生巧。”芳倌儿垂下扁担钩，挂在漂浮水面的水筲上，挂满了水提上来，“多在家乡住几天，天天给我浇豆角，就练会了。”

芳倌儿虽是这么说，却自己挑了起来，夏竞雄抓住扁担不放，说：“我来挑，我还寸功未立呢！”

芳倌儿见他执意非挑不可，就让给了他。夏竞雄平时喜爱长跑和浮水，并非弱不禁风，也不是手无缚鸡之力，也比王无冕有力气；但是，两大筲水压在肩膀上，却感到不大胜任了。他憋得满脸通红，才挺起腰，抬起头，两条腿却只是打晃，迈不开步。芳倌儿急忙替换他，他摇头不止。他就像木桩子似的直立着，定了定神，运了运气，终于迈出了左脚，喘了喘，又迈动了右脚。然后，他鼓足余勇，两手抱住扁担，摇摇晃晃地前进起来。芳倌儿看他那副喝醉了酒的样子，拍着手笑倒了。但是，他却感到无比的喜悦，笑声朗朗，不怕出丑。

他一连挑了四趟，头嗡耳鸣。然而，一趟比一趟脚步坚实，一趟比一趟驾轻就熟。脚踏家乡的土地，肩挑家乡的井水，他觉得地也亲，水也亲。

饭熟了。玉米面羼合榆皮面的饸饹，鸡蛋、青豆、草蘑和黄瓜片打卤，这在农村的穷苦人家，就是上等的饭食，不来客人，一年也吃不上两顿。

芳倌儿在紫丁香树的阴凉下，放好一张小桌，搬来一个蒲团，摆上一副碗筷，卤只有一碗，饸饹只有一小盘，那是专供夏竞雄一个人享用了。

"快点吃吧，再耽搁就糟了！"芳倌儿笑着说，"不陪你，我得给爹和哥送饭去。"她跑进东屋，用一块破布包着吃的，抱在怀里，匆匆忙忙跑走了。

夏竞雄感到异常，走进东屋一看，挂在吊钩上的饭篮里，只有两个糠皮野菜团子，几颗咸菜疙瘩，菜团子已经干巴巴，黑褐色。他感到一阵剧烈的痛楚，就像一支利刃刺进了他的心。这就是他的两代恩人悲惨生活的写照，比他十几年前离开鹊桥时更苦、更难了。他的落生之地的家乡，方圆百顷肥田沃土，却是一块饥饿的土地。他伸手拿起这两个团子，托在掌心上，大滴大滴的眼泪落在上面。七岁以前，他跟母亲在鹊桥，有时也吃这样的菜团子，但只是母亲一人吃，母亲不让他吃。七岁以后，他跟母亲到盘山，这样的菜团子常常吃，而且母亲也不得不忍心让他吃了。那时候，他小小的心灵，是多么仇恨那些每日鸡鸭鱼肉，吃得肥头大耳、油光满面的富人；他是多么希望自己、骓哥、爬山虎以及所有的穷孩子，都能吃上净米净面，不再面带菜色；他是多么希望母亲、龙大伯和所有穷苦人，都能吃上饱饭，不再饥肠辘辘，骨瘦如柴。十岁，他被接到通州，蔡松鹤每月收入很高，虽然蔡松鹤比起其他教授学者生活简朴，但是与鹊桥村和盘山的乡亲们生活相比，已是天壤之别。蔡松鹤怕委屈了他，又心疼他童年营养不良，所以待他比叶兰更优厚：正餐之外，还另加牛奶、糕点和水果。他很不习惯，咽不下去。在他上小学和初中的时候，同学中也有一些工人和城市贫民的子女，吃穿都很困难，他跟他们对照，感到羞耻，因而一再请求蔡松鹤，不要给他买新衣服，不要给他增加补品。升高中，上大学，环境变化了，大多数同学，都是富家儿郎，千金小姐，锦衣玉食，奢侈享乐，在他身边已经没有比他生活水平更低的人，没有比他更节俭朴素的人，因而他也就习惯了蔡家的每日三餐有肉，一年到头细粮，渐渐淡忘了鹊桥村和盘山的糠皮野菜团子。现在，这个能够引起他回忆童年苦难的菜团子又呈现在眼前，他感到无比辛酸，也感到无比羞愧。他的两代恩人吃得这样坏，他这个受恩于人者却吃得那样好；他本应该跟自己的两代恩人同甘共苦，然而十几年来，恩人们并没有跟他同甘，他也并没有和恩人们共苦，这不但是不公平的，而且是不道德的。

他怀着深深的负罪感，拿着这两个糠皮野菜团子走出去，坐在蒲团上，含泪一口一口吃起来。每一口都细细地咀嚼。显然，这两个野菜团子就是芳倌儿的午饭，以支持下午的沉重的劳动。他吃完这两个菜团子并不饱，那么，芳倌儿岂不是每天都要忍饥挨饿吗？他捞了满满两碗饸饹，浇上鸡蛋、青豆、草蘑和黄瓜片的浓卤，留给芳倌儿吃；自己只吃剩下的半碗，泡的是薄薄的卤汁。

芳倌儿一阵风似的跑进来，她惦记家里的客人，往返都是飞奔。一进门，只见夏竞雄已经吃完，坐在紫丁香树下呆呆出神，便笑问道："吃饱了吗？"

夏竞雄点着头说："吃饱了，你快吃吧。"

芳倌儿走到桌前一看，剩下两大碗，浇满了浓卤。她为难地轻声问道："不好吃，咽不下去，是不是？"

"好吃！"夏竞雄凄然地一笑，"多年不吃家乡的饭，吃起来分外香，我把你留下来的两个菜团子也吃了。"

芳倌儿一听，从耳根子红起来，跺着脚嚷道："谁叫你吃那个的！你这是羞我不会招待你。"说着，头顶着紫丁香树，呜呜哭起来。

夏竞雄站在她的身后，哽咽着说："我不是羞你，是羞我自己。咱们两家，是血肉相连的亲人，大伯当年收留了我的父母，帮助他们安身立命；我跟母亲搬到盘山去以后，大伯、大娘和骓哥还挂念我们母子。你们的日子跟我们母子一样难，可是年年还要给我们送吃送穿，割你们的肉，补我们的身。我们两家本应同甘苦，共命运，可是我……我到了通州，十几年来，吃得好，穿得好，却没有想到过你们……"

"难道我们怨恨过你吗？"芳倌儿哭着说，"你吃得好，穿得好，我们一家人也就放心了。为了给大叔增光，为了给大婶争气，你好好念书，就应该吃得好，穿得好。"

"不应该！"夏竞雄说，"如果说我在完全依靠蔡叔父的时候，衣食不能跟你们分享，还情有可原；那么，在我上大学以后，年年都得到奖学金，每月十五块大洋，能买五石玉米，只要我肯于过平民化的生活，每月有五元就够了，完全可以分给你们……”

“你说的是什么话呀，你说的是什么话呀！”芳信儿又羞又恼，又气又急，跳着脚，“我们帮不了你，对不起大叔大婶，还有脸跟你伸手，从你嘴里夺食吗？”

“我们是谁和谁呀！”夏竞雄也又愧又急，“从下月起，我每月分给你们十元。如果我的生活道路没有变化，明年我就毕业了，蔡叔父是要留下我当助教的，那么第一年我每月拿六十块大洋……”

“我们不要，我们不要！”芳信儿哭叫着。

夏竞雄委屈地说：“我不能再眼看着你们受苦，而自己过着优裕的生活。你们不要我的钱，就是不把我当作一家人。”

芳信儿陡地转过身，豆荚眼闪烁着冷冷的泪光，久久地盯着夏竞雄，颤抖着的嘴唇吃力地说出一句话来：

“我们只要你的心！”

## 13

夏竞雄没有歇晌，他到芳信儿的屋里打开包袱，取出书刊文稿和纸笔墨水，到紫丁香树下，为《春草》周刊的专辑重写刊头语。在进入鹊桥村，跟龙乌骓见了面，来到一别十几年的龙家小院落，又跟芳信儿发生暴风雨一般的争吵以后，他觉得在通州已经写出的初稿，虽然义正词严，但是空洞贫乏，必须重新写过，才能表现乡亲们的愤怒，传达乡亲们的呼声。

本来每天歇晌时候，芳信儿都要背一只大筐，到河边野外去剜野菜，粗的猪吃，细的人吃。今天她得陪客，不能出门，就坐在屋檐下，抱着夹板，给哥哥纳鞋底。她是个天真无邪的农村少女，有一颗芳洁的心灵，刚才跟夏竞雄大吵一顿，不但不觉得隔阂，反而觉得跟夏竞雄更亲近了。她跟龙乌骓常常发生争吵，吵起来雷电交加，吵过去雨过天晴，心灵上不留一片乌云。

这时，她停住手里的针线，抬起头问道："竞雄哥，你写什么呢？"

"《讨田连阡檄》。"

"什么叫讨田连阡呀？"芳倌儿又问道。

夏竞雄含糊其词地答道："就是打田连阡。"

"打田连阡还要编成戏呀？"芳倌儿打破砂锅问到底。

夏竞雄被她逗乐了，说："跟田连阡开了仗，得写个文书告示，向社会上宣布他的罪状，讲明我们的道理。"

"真好！"芳倌儿高兴地说，"我看看。"她扔下夹板，搬个蒲团，坐到夏竞雄的身边。

夏竞雄大为惊奇，问道："原来你认识字呀？"

"斗大的字，也认得三两囤哩！"芳倌儿眨巴着眼睛说，"我跟端正大哥念过书，快把他肚子里的墨水淘干了，才饶他，多少给他留了一瓶子底儿，不念了。"

"死丫头，风大把你的舌头刮走！"邻院，桂枝嫂隔着篱墙笑骂道。

桂枝嫂帮芳倌儿做完了饭，就回家了。在芳倌儿跟夏竞雄争吵的时候，她听见芳倌儿的头一声哭叫就跑出来，后来一听人家的争吵都是一片骨肉深情，就悄悄退回屋去，侧耳听着。听到伤心之处，想起自己的苦难，忍不住也哭起来，哭得比芳倌儿还伤心，只是不哭出声。她性子傲，人前不掉泪。现在，听见他们又欢欢喜喜地说起话，她也转悲为喜，走出了屋。

芳倌儿点头叫她："来，来！听我品评品评竞雄哥的文章，你也长一长人才。"

"美得你！"桂枝嫂说，"我替你臊得慌。"

夏竞雄也邀请她说："我把这篇文字带到乡下来，就是想倾听乡亲们的指正，以便真正切合民心，代表民意。"

桂枝嫂说："好吧！芳倌儿胡吣，我撕她嘴！"她走过来，拿起芳倌儿扔下的夹板，替芳倌儿纳鞋底。

芳倌儿拿过夏竞雄的初稿一看，就耸了耸鼻子，说："我哥说你的学问有五车六船，可一瞧你的字儿呀，还比不了端正大哥。"

"你可真是醉雷公，胡批一气！"桂枝嫂说，"人家竞雄兄弟是梅花篆字。"

"蜘蛛爬！"

夏竞雄发窘地说："我在书法上本来极差，又是初稿，写得更加潦草。"

"给我笔！"芳倌儿跟夏竞雄要过笔来，小心翼翼地捏着笔管，在一页白纸上，一笔一画，端端正正，倾心用力地写了一个龙字。

"好笔力，好风骨！"夏竞雄大声赞美。

"端正大哥给我的大仿上，画双圈儿！"芳倌儿骄傲地说。"他说我要是一直念下去，比田连阡那个念过洋学堂的千金小姐强百倍。"

夏竞雄忙说：“我带你到通州去上学。”

“挑水的回头，过景啦！”芳倌儿用玩笑掩饰她的伤感，“我奔高枝儿飞了，我爹我哥的鞋袜儿谁管！谁给他们做饭吃？谁来喂那几只鸡，谁来给那口猪挖野菜？”

桂枝嫂哼道：“一顶花轿把你抬走了，看人家过不过？”

芳倌儿涨红了脸，说：“十六抬大轿，也抬不走姑奶奶。”

“心里早抓抓挠挠了，还嘴硬！”桂枝逗她，“昨晚上，我站在篱笆那边偷看，亲耳听见你祷告月下老儿，亲眼看见你手拿一条红线穿了针。”

北运河的风习，七月初七夜晚，渴望出嫁的姑娘，都背着人，先悄悄祷告月下老人，然后扯一条红线，月下穿针。一下子穿过去了，今年必定大喜，心里想的是谁，必定跟那个人结成美满良缘。

“你少在我面前嚼蛆！”芳倌儿的豆荚眼冷冷一瞥桂枝嫂，弯弯的秀眉高扬起来。

夏竞雄看见桂枝嫂吓得一哆嗦，大气也不敢出一口。

“书归正传吧！”夏竞雄连忙岔开话题。”我洗耳恭听你的品评哩。”

“等你的字写得有个模样儿，我再看。”芳倌儿把初稿扔给夏竞雄，“我想看看那本书。”

那是夏竞雄从通州出发之前，刚刚出版的一期《春草》。夏竞雄递给芳倌儿，说：“里边有我习作的一篇小说，写的是咱们家乡和你我两家的故事。”

芳倌儿打开《春草》的封面，翻了两页，找到题目，看见夏竞雄的署名，便伸出右手的食指，点着头一行，轻轻嗽了一下嗓子，虔敬地低声念起来：

“我出生在北运河畔的一个小村落里，那是个风景如画但却笼罩着阴云愁雾的地方。我的父亲是个狂士，我的母亲是个苦人；父亲用鲜血写完了他那叛逆的一生，母亲用泪水写下了她那平凡的传记……”

纳鞋底的桂枝嫂也抬起了头，停住了飞针走线，听了起来。

小说的生字很多，句式很长，芳倌儿念得很不流畅，而且还要不时停顿下来，问夏竞雄：“这个字念什么？干吗不换个好认的字儿？是不是写出的字儿叫人认不得，说出的话叫人听不懂，就算是有学问？”

但是，渐渐地，念故事的人沉浸到故事的境界中去了，也越来越念得流利起来。不认识的字儿就跳过去，不好懂的词句就省略不念，夏竞雄的小说虽然被她念得七零八落，但是故事的主要情节，还是被她传达出来。而那个听故事的人，也越来越被引入故事的境界，越来越深受感动。桂枝嫂开始是两眼发呆，面色灰白，接着是坐立不安，咬紧嘴唇；忽然，像堤防决口，她哇的一声哭出来，两手捂住脸跑回家去。

“她怎么了？”夏竞雄大惊失色。“你刚才不该那么冒犯她，说话要有分寸，不该没轻没重。”

芳倌儿摇摇头，说：“不是恼我，是勾起了她的伤心事。”

“伤心事？”

“她才真是苦啊！”芳倌儿叹了口气，眼圈儿发红。“她五岁就没了娘，七岁又死了爹，本家的一个叔叔，把她卖给田连阡的一个远房哑巴侄子当童养媳，给她爹换了一口棺材。十三岁她跟哑巴圆房，不到两年，哑巴暴病死了。她的公公把她卖给一个贩山货的老客，老客交了身价，正要领人，田连阡出了面，说：‘好马不配二鞍，烈女不嫁二男，哪儿来的野小子，胆敢败坏我田家的门风？’他下令团丁，把那个老客打得半死，还扣下了他的驴驮子。又逼着桂枝嫂的公公，拿出那笔身价钱，请了合族几桌酒席，还到祠堂给祖宗的神主跪香三天。桂枝嫂的公公本来也是个老禽兽，早就对儿媳妇起了黑心，桂枝嫂抓伤了他的狗脸，跑到田连阡面前告状。田连阡又出了面，一定叫她的公公、婆婆在合族面前给桂枝嫂下跪，还要罚她公公站笼示众，合族的人都去啐脸，吓得她公公拿出三亩好房产地给了田连阡，才算了结。田连阡又假充善人，说是怕桂枝嫂再遭她公公的暗算，为了保住桂枝嫂的名节，他要收容桂枝嫂到他家去，逼着桂枝嫂的公公，给桂枝嫂拨出五亩养身地，归他掌管。桂枝嫂进了田家大院，才知道爬出苦井，又跳火坑。田连阡糟践了她，田连阡的大老婆却反咬一口，不依不饶，说要把她捆到祠堂，交给合族人评罪，脖子上拴一块大石头，扔下河去淹死。桂枝嫂受了欺侮，还得求生告饶，不敢声张，一年到头白给田连阡使唤。正巧，端正大哥给田连阡家织了一个月的席，两人好上了，双双逃出了田家大院。田连阡硬说他俩拐走了他的金银财宝，打发团丁四出捉拿，要把奸夫淫妇千刀万剐。这时候，忽然传说宣统又在北京坐了龙廷，田连阡顾不得再捉拿桂枝嫂和端正大哥，急急忙忙穿上朝服补褂，到通州抢官。没过几天，宣统又退了位，田连阡也坐了牢。桂枝嫂和端正大哥在外边流落了几个月，找不到安身之处，听说田家大院扫了威风，这才悄悄回到鹊桥来。桂枝嫂的公公也像丧了家的狗，托出个拉纤儿的媒婆子，只跟端正大哥要了桂枝嫂的身价，立了个买卖文书，今后两不相干。田连阡出牢以后，回到碧水湾，这几年也没再提这件事。前些日子，他的把兄弟汤金銮到通州当了镇守使，他又张狂起来，叫他的狗腿子放出风声，还要跟桂枝嫂和端正大哥追赃。如今，桂枝嫂日夜提心吊胆，端正大哥横下一条心，反定了田连阡。”

夏竞雄全身像着了火，愤怒地在院子里走来走去，怒不可遏地说：“这个暗无天日的社会，必须推翻，必须摧毁！”

小院篱墙外，柳荫白沙小道上，一阵奔走的脚步声，一个欢快的声音喊道：“芳倌儿，是竞雄兄弟来看望咱们吗？”

芳倌儿忙跟夏竞雄说：“是端正大哥回来了。他给我哥当军师，专管到外村串连人。”

夏竞雄急忙迎出柴门外。

邢端正三十一二岁，瘦高个儿，黧黑的脸膛，乐天性格，温和脾气。他光着膀子，肩上搭着一件破小褂，挽着裤腿，两脚泥巴，但是抬手投足却很斯文，又跟一般农民有点不同。

他是个多才多艺的能工巧匠，没有进过学堂的读书人。他从小给外村的地主当牧童，好学惊人，放牛时常到夏思问的塾房窗外，偷听讲课，默记心里。夏思问被他感动，每隔三五日，花一晚上，给他一人开讲，他很用功，长进很快。夏思问殉难以后，他失去恩师指点，更靠刻苦自学；常为一个难字、一句成语，四处求教，有时为了换取点滴知识，不惜白白贡献大量的劳动。同时，他在农活上，是个全面的高手把式，又是个头等的织布匠和织席匠，对于瓦木两作也颇精通，此外还会攒筲、绱鞋、补锅和给六畜治病。他一天累得腰酸腿疼，也要借着月光读半宵书，手中哪怕只有几文钱，也要花在买书上。所以他一年到头辛勤劳苦，节衣缩食，也是两手空空。他跟桂枝嫂悄悄回到鹊桥村，不敢走出鹊桥一步，无以谋生。龙大海出面，全村人搭起三间棚子，办起个私学，请他教本村的孩子们识几个字，每家轮班管饭，芳倌儿便是她的首届门生，而且堪称得意弟子。他教了两年书，田连阡出狱回乡，暗中派人到县教育科告密，县里派了个督学前来鹊桥村，查禁了这个民办的学堂。于是，他又靠打短工和耍手艺为生，空闲时候，还指点芳倌儿一人，比别的孩子多识了千八百字。

"端正大哥！"夏竞雄抢上一步，紧握他的手，亲热地叫他。

"好兄弟，还认得穷大哥！"邢端正热泪盈眶，"你身登龙门，学富五车，竟不忘贫寒故人，真不失夏大叔的侠义之风。"

邢端正好读书，喜欢结识读书人，但是他所遇到的那些读书人一个个两眼望天，觉着跟他这个泥腿子说一句话都有失身份，他很伤心。而夏竞雄的身份比他所遇到的那些读书人都高，却对他如此亲敬有礼，他非常感动。

夏竞雄面带愧色，说："通州距离鹊桥不足百里，我却一别十几年而不回故土，是很无情无义的。"

邢端正说："可是你一回故土，就跟乡亲们同心共命，大哥敬佩你。"

夏竞雄说："让我为乡亲故土出力报效，以求补过吧！"

邢端正笑眯眯地说："我在给乌骓兄弟跑腿儿。刚才见到他，他说你来了，调查田连阡的罪状，到城里为我们喊冤助威，我欢喜得飞跑而来。一是为了赶快见你一面，二是有件东西给你。"

芳倌儿问道："什么贵重物件呀？"

邢端正放开夏竞雄的手，不再斯文，跑回家去。一会儿，从屋里拿出一册家村常见的豆腐账簿，更是心急，不想出门入户，从篱笆上跳了过来。

“这是几年来，我给田连阡记下的恶行账！”邢端正把这厚厚的账簿递给夏竞雄。“一桩桩，一件件，某年某月某日，点滴不漏。”

“大哥真是有心的人！”夏竞雄激动地说，“我们要把他这本账，照原样儿登在《春草》上。”

**14**

晚上，龙大海从瓜田回来了。一到天黑，龙乌骓就走出他那个柳棵子地里的避难所，自由行动。老人要回家一趟，他替老人看一会儿瓜田。

老人身上有武功，走路轻捷无声，足迹很浅。芳倌儿刚做完晚饭，跟夏竞雄坐在紫丁香树下，正谈天说地。老人走进柴门，她才发觉，连忙站起身，走上前去，接过老人的矛，摘下老人的弓。

“饿了吧？”

夏竞雄忙说：“我给大伯带来一盒点心，两瓶酒，不成孝心，您尝一尝。”

老人那饱经风霜的脸上，漾起一抹欣慰的微笑，说：“留着它，一会儿祭奠你爹去。”

他走进东屋，打着火镰，点起破灯碗上的油芯，灯光很弱。他找到一个包笼，取出一件古铜色的半大布衫，一块红绫包头，一条黄缎子的褡袍。然后，舀了满满一盆水，将通身上下洗个干净，又用清水漱了口，这才穿戴起来，走出屋去。那神态，就像当年义和团大师兄，沐浴斋戒之后，登上祭坛。

芳倌儿问道："这就去吗？"

"这就去，"老人说，"一会儿你哥哥的那些弟兄们来齐了，竞雄脱不开身。"

芳倌儿向夏竞雄打了个手势，夏竞雄走进芳倌儿屋里，洗了脸，换上潞河学院的白色夏装走出来。然后，芳倌儿又进屋洗净了手脚，穿上一件白粗布小衫儿，扯下红头绳，扎上一缕黑线。

"没有高香。"她跟爹说。

老人拍了拍身上的箭壶，说："你大叔生前不信鬼神，更不爱排场，就以箭代香吧。"

于是，芳倌儿用一根柳枝儿，挑着一盏白纸灯笼，走在前面；夏竞雄左手抱着糕点盒子，右手提着柳条篮子，篮子里装着一把酒壶，一只酒盅，三张菜碟，走在中间；龙大海扛着矛，背着弓，随在后面。

走出柴门不远，芳倌儿忽然站住，说："应该给大叔捎几个钱去。"

老人说："你大叔是个重义轻财的人。"

"还有大婶哩！"芳倌儿说。

"那就去铰几张，"老人说："也不要多。"

夏竞雄接受现代科学文明思想，是个无神论者。但是，他也被老人的庄严和芳倌儿的虔诚感染了，默默地跟随芳倌儿回去。他拿出一叠白纸，芳倌儿找来剪子，他挑起灯笼给芳倌儿照亮，芳倌儿飞快地剪着片片纸钱，放到他的提篮里。

铰完了，芳倌儿说："走吧！"他说："等一等。"拿起那本刚刚出版的《春草》，哧地一声，扯下他写的那篇小说。他想，如果父母地下有灵，那么这篇小说正表达了儿子的最深沉的哀思，让它伴着纸钱一起飘向冥冥中去吧！

爷儿仨迈着沉重的脚步，怀着沉重的心情，白纸灯笼摇曳着微光，引导他们向北运河高岸的杜梨树下走去。

月儿弯弯，星光点点，在河面上闪烁明灭。距离杜梨树还有十步左右，龙大海说："芳倌儿，把灯笼给你竞雄哥。"又说："竞雄，去找一找你爹的坟座。"

夏竞雄从芳倌儿手里接过灯笼，绕着杜梨树走了三遭，就在大树面向西北方向的一簇野花上站定，将灯笼高高擎起。

老人走过去，看了看，说："孩子，还没忘记你爹。"

夏竞雄说："父亲埋在我的心底上，刻在我的记忆里。"

老人问："你还记得他的模样吗？"

夏竞雄说："我闭上眼睛，爹的音容笑貌就浮现在我的眼前，栩栩如生。"

"还记得你娘带你送他上船吗？"

"记得！"夏竞雄声音哽咽，"那天，天也这么昏昏明明。我爹先跟我娘在杜梨树下说话，我只当我爹不过是出远门，也不在意，蹲在一边草丛里捉萤火虫儿。后来，爹叫我：'雄儿，过来！'我跑过去，爹把我抱在怀里，说：'爹走了，你要听娘的话。'我说："听娘的话。'爹说：'过年你该上学了，要好好念书。'我说："好好念书。'爹又说：'长大要为国为民出力报效。'我连连点头。爹就抱起我，从高岸的斜坡走下去。一只小船拴在河柳上，爹把我放在沙滩上，忽然给我娘叩了个头，然后一纵身跳上小船，拔出腰刀，砍断缆绳，小船像离弦箭似地冲向江心。”

“还记得你娘给你爹收尸回来的情景吗？”

“那是刚下过一场暴雨的夜晚，天边还响着雷声，大娘带着我和骓哥到河边去；我和骓哥都是披麻戴孝，端正大哥给我糊了一顶白幡。几位乡亲大伯，抬着一口白皮棺材，带着几把铁锹，走在我们前面。刚到河边，江心上传来打桨声，您把小船靠了岸，背着我爹的尸体下了船，我娘亲眼看着关了殓。我也想看我爹一眼，您怕惊吓了我，不许我看。您问我娘，将我爹葬在何处，我娘指了指高岸上的杜梨树。乡亲大伯们抬着棺材上了高岸，又用铁锹挖了深坑，将棺村缓缓放下坑去。您叫我连抓三把土，我跪在地上放声大哭，骓哥也跪在我身后放声大哭，您家大娘也哭起来，乡亲大伯们都哭起来。只有我娘不掉一滴眼泪，紧咬着嘴唇，淌着一道道鲜血。您强忍着悲痛，劝大家回村，又叫我把白幡插在坟头上。我一边走一边回头，白幡在黑夜的河风中抖动……”说到这里，夏竞雄泣不成声。

“好孩子，你什么都没忘！”老人含泪说，“记住你爹，你爹是一位英雄豪杰；记住你娘，你娘是一位贤妻良母，他们都有金石一般的人品。你爹原是个翰林公子，州学高才，想当官能步步高升，要发财能日进斗金。可是他却一刀斩断了这条孽根，跟穷苦百姓同命相连；穿土布衣，住破草房，吃粗茶淡饭，最后为国为民倒净了一腔子血。北运河三百里，我耳闻眼见，能这样气贯长虹的只有你爹一个人。孩子，你能吗？”

“能！”夏竞雄昂起头。

“那就祭告你爹吧！”老人数出三支箭。“给你爹上香。”

白纸灯笼挂在杜梨树上，芳倌儿打开糕点盒子，在三张菜碟里摆供品，又提起酒壶，斟满一盅酒，安放在夏思问的坟址前面。夏竞雄插地三支箭，深深鞠了三个躬，然后将这盅酒泼洒在地。

老人说：“芳倌儿，给你大叔上香。”

芳倌儿也插三支箭，鞠三个躬，敬一盅酒。

龙大海整了整红绫包头，紧了紧黄缎子褡袍，拉了拉古铜色半大布衫，一手握着箭，一手托酒盅，跨前一步，上香敬酒。他是兄长，只深深作了一揖，然后抱拳说：“兄弟，哥哥带着你侄女芳倌儿，陪伴你儿子竞雄今晚来祭奠你。哥哥喜看你儿子树大成材，问心有愧，恨我没有亲手把你儿子抚养成人。从今以后，哥哥要将功补过，一家老少男女三口，以命相保，保他水火不敢欺，刀枪不敢伤：生死关头，三命换一命！”

夏竞雄扑通跪倒，说：“大伯，您是我的重生亲父母！我要跟您老人家，跟骓哥，跟芳倌儿妹子，跟穷苦乡亲们，同生共死。”

芳倌儿也跪下来，给大婶烧纸。她先用酒壶压住纸钱，拜了几拜，说：“大婶，侄女芳倌儿给您捎钱来了，您使钱来吧！”她划着火柴，点了火，拿开酒壶，那一片片带着火光的纸钱，被河风吹上夜空。

夏竞雄点燃了小说，火光熊熊，他远远地抛向河面，照得大河通红。

龙大海老人拿了几样供品，半壶剩酒，自己回瓜田。芳倌儿仍旧用柳枝儿挑着白红灯笼，夏竞雄仍旧提着柳条篮子，原路而回。

走在路上，夏竞雄忽然听见芳倌儿在轻轻啜泣，忙问道：“你怎么还哭呀？”

芳倌儿揉了揉眼睛，说：“一个蠓虫儿飞进了眼里。”

“不对！”夏竞雄说，“你要是不把我当外人，就把你的心事告诉我。”

芳倌儿抽泣着说：“我给大婶烧纸，也想起我娘来了；过几天是七月十五盂兰节，我要给娘多烧点纸钱。”

夏竞雄委婉地劝道：“每个人都热爱自己的母亲，烧一点纸钱，表示自己的哀思，也是可以的。但是，万不可信神信鬼。天上没有天堂，地下没有阴间，那是当皇上的，当统治者的，为了叫老百姓永远当他们的牛马，当他们的奴隶，编出这些瞎话吓唬人的。谁要是说有天堂，请他带我去观光观光；谁要是说有阴间，请他陪我去游览游览。”

芳倌儿说：“人死如灯灭，我倒不怎么信神鬼，只是想到我娘一辈子受苦，心里难过；再想到我这辈子也甜不了，早早就没了娘，比我娘更苦，更觉得伤心。”

夏竞雄说：“那就要自强自立，自己做自己的主，自己走自己的路。”

芳倌儿叹了口气，说：“什么自己做自己的主呀，早晚还不是我爹我哥说了算？什么自己走自己的路呀，还不是生来一世围着锅台转？”

“不，只要有志气，有决心，就能争到平等自由。”夏竞雄说。“骓哥见过，蔡松鹤叔父的女儿叶兰，是个大学生，比她的那些男同学功课都好，还是我们春草社的社长，《春草》周刊的主编，凡事要向她请教，写文章要请她修改。她的姑姑蔡松洁，到法、德、苏俄三个外国留学，现在回到广州，是个革命党。再有……你知道我为什么叫竞雄吗？”

“我怎么知道呢？”

夏竞雄说：“我原来的名字，父亲给取的是志雄，意思是立志做个英雄。后来，在我六岁那一年，也就是我父亲殉难的前一年，著名女革命家秋瑾，为了推翻清朝，被朝廷逮捕，英勇就义。秋瑾烈士字竞雄，我父亲非常崇敬她，希望我学习这位女革命家的伟大精神，就把我的名字改动一字，也叫竞雄。”

芳倌儿问道：“她一个女人家当革命党，家里人不拦挡她吗？”

“她挣脱了礼教的束缚，冲破了家庭的牢笼！”夏竞雄说，“她自幼生在书香门第，长大嫁到官宦人家，丈夫又是个顽固不化的官僚；可是她却不顾三从四德，冒犯七出之条，跟婆家娘家一刀两断，到日本去留学读书。学成回国，她又创办女子学堂，培养更多的女革命党。当被绑赴刑场砍头的时候，她一路谈笑自若，临刑慷慨悲歌，多么可敬可佩呀！”

夏竞雄的这些大而空的谈话，并不能解决一个农村穷苦女孩子的具体困难；然而，却也在这个不甘心于任人摆布的女孩子的心灵上，产生了启蒙作用，激发起奋斗的志愿。

**15**

迎面，龙乌骓身背一口大刀和一张弓，腰间的箭壶插满了利箭，踏着茫茫月色，大步流星而来。

“你们说得好热闹啊！”他大笑着，“竞雄，你多开导开导芳倌儿，给她精批细讲《女儿经》，教她学点规矩；跟哥哥说话，要低眉顺眼，轻声柔气，不许横眉立目，雨打芭蕉。”

芳倌儿从鼻孔里哼了一声，说：“如今我才醒过梦来，过去我是三从四德，往后我可要自由平等，你的话就是不听。”

龙乌骓眨了眨眼睛，嬉笑着说：“那我就更别想跟你讨瓜吃，连地蛆咬过的也不给了。”

夏竞雄说：“我在劝她立志气，做一个女革命党。”

“还是把你的心力花在男革命党身上吧！大伙儿都在牛郎河边的沙滩上等你哩。”龙乌骓接过夏竞雄的提篮，好像怕累着他似的。

夏竞雄问道：“来了几位？”

“算上端正大哥，五位，”龙乌骓骄傲地说，“都是贴心换命的好弟兄。”

夏竞雄急着说：“那就快去看他们吧！”

芳倌儿说：“你总得喝一碗稀粥再去。”

夏竞雄说：“肚子里像装着火，不觉得饿。”

芳倌儿说：“越是有火气，更不能空肚子。”

“让人家久等，不礼貌。”

龙乌骓笑道：“不必跟他们礼多，那就远了。”

回到家，芳倌儿在天黑之前，就淘出一盆稀粥，蒸得了糠菜团子，拌了一盘黄瓜，腌了一碟豆角丝儿。稀粥已经晾得凉凉的，芳倌儿背着身，给夏竞雄盛了一碗稠的，给龙乌骓盛了一碗稀的。龙乌骓早就饿了，抓起团子大口吃着；夏竞雄口干舌燥，端起碗来就喝凉粥，谁知一个剥了皮的光溜溜圆的鸡蛋，滚进他的嘴里。他一怔，正想看看龙乌骓的碗里有没有，芳倌儿却催起他来："快吃吧！五个人等着你们俩哩。"他只得默默吃下去。但是，喝到半碗，又有一个鸡蛋在碗里滚动，他想夹给龙乌骓，乌骓早已吞下两个大糠菜团子，又一仰脖儿，灌进一碗稀粥，扔下碗筷到门外等他。

夏竞雄喝了一碗粥，吃了两个鸡蛋，赶忙跟着龙乌骓出村南口，奔牛郎河边的沙滩去。

这是一片洁白如银，柔软如绵的沙滩，五条汉子从河里爬上岸，往沙滩上咕咚一倒，四脚八叉，横躺竖卧，在月光下，满身亮晶晶的沙子。沙滩四外，草丛树棵里飞舞着蓝莹莹的萤火虫，像是天上洒下点点繁星。

五人中间，邢端正最大，又算得上识文断字，所以大家都敬重他，遇事请教他。躺在他旁边的小伙子叫蓝铁砧，是在北运河上专拉顶风逆水船的纤夫。他为人剽悍，性情暴躁，嫉恶如仇，傲慢不驯，北运河上的船主，很少没有尝过他的拳头，所以平时没人雇他，常饿肚子。但是，当大船在激流中团团打转，狂风吹折桅墙的时候，船主们却都争先恐后跑来请他，求他。他赤裸着钢筋铁骨一般的身子，只系一条窄窄的围腰，套上纤板，两手抓地，大喝一声，绷紧纤绳，就像一只巨大的铁锚深深地钉在了岸上，任凭水再急，风再猛，大船纹丝不动。然后，他通过纤绳的感应，适应着水流的变化和风力的强弱，将大船从僵死中又拖活过来，慢慢地端正方向，一步一步地战胜险阻，转危为安。距离邢端正不远，有个小伙子趴在沙滩上，嘴里咬着一根青草，人很白净，长得秀气，名叫杨望春。杨望春虽然很年轻，发育得也不茁壮，却是个有强力、有韧性、有板眼、有智慧的农民。夏收几十人一起割麦，骄阳似火，烟尘弥漫，人人汗如雨下，泥头垢面；杨望春身披白汗布，手持一把银镰，一上垄就跟龙乌骓并驾齐驱，寸步不离，割下半天来，汗布还是那么白，身上没泥点，人们都管他叫杨骏马。躺在沙滩上就扯起鼾声的小伙子叫任贵和，圆头方脸，两只大脚那厚厚的老茧，高粱茬也扎不透。挨着他的是个娃娃脸的马倌，叫岳十五，用一根茅茅草捅他的鼻子，任贵和不断打着喷嚏，但是哼哼两声，又睡着了。

河边，传来沙沙的脚步声，邢端正说："来了！"跟着，蓝铁砧和杨望春也忙站起身，马倌岳十五揪着任贵和的耳朵，把他扯起来。五个人，一字儿排开。

龙乌骓哈哈大笑，说："坐的还坐，躺的还躺，竞雄兄弟不是外人。"

夏竞雄亲热地跟每个人拉拉手，蓝铁砧和任贵和比他大，就叫大哥，杨望春和岳十五比他小，就叫兄弟。

蓝铁砧直勾勾地望着夏竞雄，充满感情地说："我小时候，夏老师在我们村里教过书，晚上还教年轻人练武。你长得真像他老人家，看见了你，就像他老人家又活了。他老人家要不是打道台衙门升了天，如今必定是民国衙门的大官，咱们也就不受田连阡欺侮了。"

龙乌骓不同意，摇着头说："夏大叔活到今天，也不会在民国的衙门当官，这民国的衙门跟前清的衙门有什么两样？还不都是有钱就有理，板子打在穷人屁股上？夏大叔活着，必定还得反这个民国衙门。"

邢端正叹息着说："我常想，夏大叔死得冤；早知道民国是这个样子，何必为它抛头颅，洒热血？"

蓝铁砧大叫道："咱们自立一个真正革命党，拉起一支真正革命军，先打碧水湾，再占通州城，竞雄兄弟当县长，乌骓当司令，端正大哥管审案，专审那些欺压穷人的狗官跟财主。”

娃娃脸的岳十五问道：“铁砧哥，你当个什么官儿？”

“我当打板子的！”蓝铁砧认真地说。“端正大哥一拍惊堂木：‘把田连阡拉下去，痛打四十！’我答应一声：‘喳！’把田连阡扯死狗一样扯到堂下，一板子下去叫他皮开肉绽，两板子下去叫他三魂出窍，三板子下去叫他七窍流血……”

憨头憨脑的任贵和说：“你小点劲儿，慢点打；三板子就打死了，便宜了他。”

“对，对！小点劲儿，慢点打。”蓝铁砧连连点头，“四十板子只打他七成死，一天打一回，打他七七四十九天，哪一天我打得没兴致了，再一刀切下他的吃饭家伙。”

任贵和又说：“一刀又便宜了他。”

岳十五说：“交给我，我把他五马分尸。”

“说远了，走题了！”龙乌骓挥手叫大家止住，“竞雄兄弟比咱们明白大道理，请他给咱们说明白。”

夏竞雄轻轻咳嗽一声，说：“咱们不能另立旗号，还是要归附到广州的革命党大旗下……”

蓝铁砧叫起来：“等打下江山，再奉送给什么圆大头、方大头、扁大头呀！竞雄兄弟，不怕你过意，我佩服夏老师，可就不信奉他们那个革命党。”

夏竞雄笑道：“如今的革命党，跟过去的不大相同了。现在的革命党里，有新成立起来的共产党人参加，他们代表劳苦大众的利益，绝不会打下江山送给有钱人。”

邢端正好学好问，忙挨近了夏竞雄，说：“兄弟，你就专讲共产党。”

夏竞雄反倒为难起来，说：“我知道得很少，只怕讲不明白。”

龙乌骓说：“你总比我们这些头顶高粱花儿的人知多见广，有多少就讲多少。”

是的，夏竞雄只不过是通过外国报刊的折光，才知道中国有了共产党。直到近一两年，他才从国内的报刊上，零零星星读到一些关于共产主义学说的文章，但是还构不成完整的印象和深刻的了解。他不是通过书本，而是通过他所敬爱的共产党人表现出的思想、行为和品格，产生了十分亲切的对于共产党的崇敬感情。在他的心目中，周恩来就是共产党的象征。

五四运动的时候，他还是个天真烂漫的中学生，周恩来的名字是多么强烈地激励他，多么强烈地吸引他。通过距离省会二百里，北运河把通州和省会连接在一起。周恩来在省会讲坛上发出的战斗呼唤，伴着河水、河风和河声，震荡到通州，震荡他的心弦。他没有见过周恩来，但是他所钦佩的布谷和蔡松洁，像他钦佩他们一样钦佩周恩来，因而周恩来就更引起他的深深敬佩。成立春草社和出版《春草》周刊，虽然是今年春天的事情；但是它的源起，却是去年。他从天津《民意报》的《觉邮》副刊第二期上，读到周恩来寄自欧洲的诗作《生别死离》，其中的一段诗句：“没有耕耘，哪来收获？没播下革命的种子，却盼共产花开！梦想那赤色的旗儿飞扬，却不用血来染它，天下哪有这类便宜事？坐着谈，何如起来行？”激励了他这个本来不尚空谈的人，行动起来。

成立春草社和出版《春草》周刊，是他起来行动的第一步；现在，他正迈出第二步……

龙乌骓见他陷入沉思，久久沉吟不语，就向大伙儿眨了眨眼睛，又跟邢端正咬着耳朵说："我猜想，竞雄兄弟就是共产党，这是上不传父母，下不传妻子的，别打破砂锅问到底了。"

夏竞雄听见了他们的耳语，脸一红，忙说："我不是共产党，我想加入共产党。"

"你加入，我也跟着你加入！"龙乌骓说。

"也得把我们都带进去！"大伙儿一齐说。

当时，党还很小，全国才只有几百名党员，三百里北运河还没有一名共产党人。但是，党的光芒广阔远大，在三百里北运河的一个小村落的野外，在开始觉醒的一个青年知识分子和六个青年农民的心头，像启明星闪闪发亮。

天将破晓，他们才分手。蓝铁砧、杨望春、任贵和、岳十五浮过牛郎河走了，龙乌骓仍旧留在柳棵子地的窝棚里，夏竞雄和邢端正相伴回村。

## 16

夏竞雄虽然很不信任王无冕，甚至很憎恶他的品行，但是仍然太单纯，太不警觉了。他不但没有想到，而且没有想过，王无冕在暗地里大挖墙角，并且伺机从背后刺他一刀。

春草社在石舫开完会，王无冕假装跟冯文藻和平步云在协和湖畔乘凉赏月，在夏竞雄与冯文藻和平步云之间，散布不和的细菌。然后，又像一只绿头蝇飞向垃圾堆，跑到《民信报》社跟韩识荆会面。

韩识荆刚从马千乘的团部回来，正在顶楼他那高高在上的办公室里，摇头摆脑地吟哦杜病鹃为他代笔的妙文，一唱三叹，颇有点得意忘形。这个跑街西崽起家的小报混子，自从跟王无冕交往以来，忽然茅塞顿开，恍然大悟自己在通州市不能登大雅之堂，被有身份的人看不起，原来是因为他只知逐利，不知追名。今天他登门叩拜马千乘，那个洋行大买办的少爷，租界花花公子出身的青年军人，露骨地向他表示，《民言报》今后应该常常刊登颂扬他的文章和消息；同时又暗示，他将来必定接任镇守使，当然要论功行赏。

韩识刑像风吹鹅毛一般，手脚轻飘飘回到报馆，命令杜病鹃，十万火急，写一篇《儒将剪影·马千乘团长访问记》，署名韩识荆，明天见报。

王无冕推门进来，他抬头就问："你看我印堂之上，是否官星发旺？"

"马千乘答应帮忙吗？"王无冕拿起韩识荆的香烟，抽出一支，半个屁股坐在写字台角上，吸起来。

"结了个善缘儿，"韩识荆不想露底，"你找过田中玉了吗？"

"不忙！"王无冕胸有成竹。"田中玉这个活宝，你上赶着巴结他，他就端起大架子；你先给他一包辣的尝尝，他就像软蜡一样，怎么捏都行。"

"兵贵神速，你快准备吧！"

"看我一石二鸟吧！"王无冕得意地说，"我明天就搬到报馆来住，先刮一场黑风。田中玉是个尿种，我不费吹灰之力，就吓麻了他的手脚，再变着花样儿摆布他。”

果然，在夏竞雄离开通州的第二天，《民言报》在头版刊登一则大字标题的新闻：

田连阡为富不仁春草社吊民伐罪

本报走访消息：碧水湾土豪劣绅田连阡，为臭名昭著之满清余孽，曾因呼应张勋复辟而锒铛入狱。出狱后匿居乡里，非但不知闭门思过，改恶从善，反而变本加厉，横行不法，鱼肉乡民。近竟假借为其子田中玉大办生日之名，逼迫乡民出资，为其子铸银虎打金锁，以取吉利，敲诈勒索，莫为已甚。乡民龙乌骓揭竿而起，聚众抗礼，田连阡竟出动恶奴，欲置龙乌骓于死地。孰料龙乌骓虽系一乡野愚氓，却是潞河学院高材生夏竞雄之盟兄。盟兄走投无路，乃向盟弟哭诉求救。夏竞雄义不容辞，责无旁贷，誓为乡民发不平之鸣，扶危济困。况夏竞雄之父夏思问与田连阡乃二十年前之死敌，夏竞雄岂止吊民伐罪，亦且为父报仇也。夏竞雄为通州唯一学生团体春草社领袖，振臂一呼，应者云集。日前召开社员大会，兴师动众，部署战阵，准备对田氏父子大张挞伐。夏竞雄不但深得青年学子之坚决支持，而且更有潞河学院四大博士之一的蔡松鹤教授做强有力之后盾。故夏竞雄与田氏父子之间必有一场恶战，实为我通州近年之一大空前盛事。究竟鹿死谁手，读者刮目以待，本记者将随时迅速报导也。

这则新闻，是王无冕挖空心思，使用春秋笔法写出来的。

同时，在另一版上，发现了杜病鹃代笔，韩识荆署名的吹捧平步云的文章。王无冕在审阅校样的时候，又动手增加了一段绝妙好词，把平步云比喻为宋玉，既有宋玉的诗才，又有宋玉的美貌。王无冕暗暗发笑，平步云读了这一段，一定甜滋滋，美滋滋，就像接到章涟漪的情书一样。

在广告栏上，刊登了《民言报》的郑重启事，宣告它新设的副刊《古香》，将于下星期与读者见面，特聘潞河学院高才生、青年学者冯文藻主编。广告的文字，是受雇于广告课的文丐写的，原稿没有青年学者四个字；在发排付印的时候，王无冕笔下生花，添加了这个头衔。给冯文藻头上扣上一顶廉价的炭篓子，也就等于给这位学究套上了笼头，更易于驾驭了。

除此之外，这一天《民言报》上的所有文章和消息，都是王无冕一手选定、修改和编排的，确实别开生面，他非常洋洋得意。从昨天起，他搬进报馆来住，韩识荆为他在二楼腾出一个房间，作为他的编辑室兼卧室，他通宵没睡，地上扔满了烟蒂，像是一堆堆的甲虫。这时，清晨四点钟，发行科那几辆运送报纸的排子车，轱辘辘滚出铁栅栏门，就要分发到几个大报贩子手中，再由大报贩子分发给二三十个小报童，大街小巷奔跑叫卖。王无冕站在窗口，目送着这几辆排子车朝不同方向滚去，仿佛觉得自己是一名指挥若定的司令官，调动几路人马，开赴前线。

敌人是谁呢？他的嘴角挂着阴毒的微笑，自言自语地说：“夏竞雄，我要把你逼到乌江边去。”

“老弟，你的这条新闻写得高，高！”韩识荆踢门走进来。

这个家伙也一夜没睡，亲自指点和督催杜病鹃为他再写一篇《儒将雅闻·马千乘团长沙场赋诗》。要想马儿跑，就要舍得草。他请杜病鹃在他的长沙发上，吸了两管鸦片烟；但是，鹰饱不拿兔儿，杜病鹃很想再吸一管，他却不给烟泡了。他那篇“剪影”，很讨马千乘的欢心，赏他一顿丰盛的酒饭。酒筵上，马千乘说：“今后刊登我的事迹，先要送我过目一下，以免遗漏失实。”他奉命唯谨，这篇“雅闻”写成之后，又命令杜病鹃恭楷誊清一遍，准备在今天上午送呈马千乘审阅。离开报馆之前，他对于今天的报纸很不放心，从头到尾都仔仔细细看了看，不禁暗暗佩服王无冕的阴险毒辣，所以跑进来夸奖几句。

王无冕从窗口转过身，不动声色地问道：“何以言之？”

“借刀杀人，而杀人不见血。”

“愿闻其详。”

“第一，”韩识荆扳着手指，宝石戒指一闪一闪发亮，“你明里称赞夏竞雄的侠行义举，暗中等于向当局和对方告密，暴露他的图谋，使其最后一事无成。”

王无冕挑了挑眉毛，说：“算你蒙对了。”

“第二，”韩识荆以明察秋毫的得意神气说下去，“龙乌骓‘揭竿而起’，且是‘聚众’，那就迹近谋反。而夏竞雄誓为谋反者‘扶危济困’，并且开会‘兴师’，‘部署战阵’，已经不仅是从贼附逆，而且是扩大暴乱。这个罪名，你的笔头轻轻一拨，就扣在了夏竞雄头上。”

王无冕扯动了一下嘴角，笑道：“谁说识荆兄不学无术？我看腹中并不空空如也。”

“第三，五四运动以来，当局最忌学生结社闹事。你不但公布春草社为通州唯一学生团体，而且揭发他们与暴民呼应，当局正好假以口实，下令取缔。第四，田连阡老谋深算，老奸巨猾，岂能屈服于一伙乡野愚氓和白面书生？你故意提起夏思问与田连阡的旧恨，张扬夏竞雄子报父仇，就更加激怒田连阡，必然引起一场恶战。而你，正是为恶战扇风点火，推波助澜，铲除异己，以图一快。”韩识荆一口气说完，眼角瞟着王无冕的神色。

王无冕被他识破天机，心中不悦，但是不得不说：“知我者识荆兄，但此中不可与人道也。”

韩识荆打了个哈欠，说：“老弟，你这则新闻定能大敲田中玉一笔竹杠，但是也不能一人独吞，撑破肚皮呀？”

王无冕暗暗咬牙切齿，心里说：妈的！胆敢虎口夺食，狗东西。表面上，却嘻嘻哈哈地说：“我王某人一向是‘乘肥马，衣轻裘，与朋友共’。”

韩识荆走出门去，王无冕在他背后做了个狰狞的嘴脸，一个念头在他的脑海里飞转开来。

据他摸底，《民言报》的全部资本，不过三千多元，韩识荆要想有所发展，资金大大不足，所以正在张罗招股。他想，田中玉是个大银库、大肉头，如果引诱田中玉向《民言报》大量投资，那么他就可以充当田中玉的全权代表，在《民言报》有决策地位，而不像现在这样，虽然一时得逞，到底还要受制于韩识荆。

他合衣而卧，小睡儿一会儿。醒来，精心梳洗，换上他昨天从旧货摊购得的一套半新西装，又把他那一双旧皮鞋上油擦亮。他穿戴齐整，照了照镜子，虽然其貌不扬，也还算容光焕发。于是，昂首阔步走到街上，叫了一辆洋车，到田中玉的小公馆去。

## 17

田中玉在通州南城金枝胡同，有一座富丽堂皇而小巧玲珑的公馆。计有一个管事的，两个护院的，一个拉车的，两个厨子，一个奶妈儿，两个通房大丫头，九个仆人侍候他。田连阡大小老婆四五个，好不容易有了他这个宝贝儿子，所以从小就拿他当活祖宗供着。

他已经二十三岁，潞河学院的大学生，但是除了吃饭喝水自己动口之外，一切日常生活杂事都得别人动手。早晨一睁眼，一个通房大丫头给他穿衣服，穿袜子，穿鞋；一个通房大丫头拿着手纸，陪他出恭。而后，一个大丫头给他打洗脸水，舀漱口水，连牙粉都得给他抹在牙刷上。等他梳洗完毕，奶妈儿进房来给他吃奶。他本来也想学时髦，像洋人一样喝牛奶，可是他的爹娘虽然事事依他，唯独这一件不肯答应，怕的是他喝牛奶变了人性，不孝顺爹娘。吃完奶，又到餐室去吃早饭。他有一个专用的高手厨子，不但会给他煎、炒、烹、炸，而且会给他做什锦美味小吃。吃过早饭，他坐着铜饰华丽、金光闪闪的专用洋车，车夫拉他上学，车后还飞跑着一个护院的彪形大汉给他保镖。上课的时候，他雇了一个穷同学给他记笔记，并且负责在他打瞌睡而即将发出鼾声的时候，轻轻捅醒他。中午放学，还是坐洋车，保镖的护驾。回到家，两个大丫头侍候他洗脸吃饭。吃饭的时候，一个大丫头给他盛饭，一个大丫头给他夹菜。酒足饭饱，一个给他打漱口水，一个给他递上洒香水的手巾帕。而后，一个给他点烟，一个给他削水果。抽足了，吃够了，两个大丫头送他回屋午睡。那时候还没有电扇，天气热他睡不着，两个大丫头还得轮班给他扇凉。睡醒之后，早已给他沏得不凉不热的香茶，不多不少只喝三盅，又去上学。晚上，他吃了饭，洗了澡，不是听留声机，就是跟仆人们打牌。打牌的时候，一个大丫头给他抓牌看牌，一个大丫头给他点烟递茶，用牙签往他嘴里送果片。玩到深夜十一点，临睡之前，还要吃奶，吃夜宵、吃补药，上厕所。躺在床上，一个识字的大丫头给他念几段香艳言情小说，在催眠声中，昏昏睡去。如果把他每日的寄生虫生活详细描写，不但极其无聊，而且令人作呕。

在他的爹娘如此百般疼爱和仆人们如此精心饲养下，田中玉的体重超过二百斤，而且有增无减。他非常羡慕那些风度翩翩，举止潇洒的美少年，找了一位洋医生给他减肥。那位洋医生告诉他一要多运动，二要不吃肉，三要不吃饱。他试验了一天，便叫苦不迭，宣布停止。他怕累，体育运动很疲劳，吃不消；他天生有口福，一顿不吃肉就馋得慌；他大概是饿死鬼投胎，不但每日三餐不可少，而且两顿饭之间还要吃点心，上课的时候书包里也装着零食，不停地偷偷往嘴里扔巧克力和小饼干。半夜醒来也叫饿，不吃点东西就别想再睡着。所以，他不但减不了肥，反而一天比一天上膘。

眼下正是暑伏时节，天气像蒸笼一般闷热，田中玉早晨起床，不穿衣服，只穿一件肥大的薄绸睡袍，吃过奶，就到小花园的凉亭里吹着风，吃早饭。他端着一碗冰糖莲子粥，用小银匙一口一口地吃着，两只小肉泡眼眯成一道缝儿，痴呆呆在想心思。最近，他陷入两大苦恼之中，一大苦恼是两年来追求章涟漪所花的银圆，能够铸成章涟漪一个银身，却成效甚小。刚刚给章涟漪买了一块瑞士金表，这个小贱人戴在手腕上，就跟着林和霖洗海水浴去了，没有一点良心。另一大苦恼，是汤金銮硬要把他那个麻脸而淫乱的女儿嫁给他，并且准备在他二十三岁生日那天，亲自到碧水湾去，跟他爹喝会亲酒。他是个不爱发愁，胃口旺盛的人，近日却愁眉苦脸，食量锐减。

一碗冰糖莲子粥吃了半个小时，只吃下小半碗，这时，护院的送来刚到的《民言报》，一个大丫头给他展开在面前的藤桌上。他一眼就看见了头版上那则大字标题的新闻，吓得他啊呀一声，手里的莲子粥碗滚落在地上，登时就冷汗淋漓，脸色灰白。一个大丫头拚命给他打扇子，一个大丫头慌忙给他找暑药。

他吃了暑药，还是冷汗直流，脸白如纸，大丫头担不起这个责任，跑去报告管事的，管事的忙喊车夫，去请洋医生。

“不，不！”他摇着肥头，“拉我去找干爹。”

车夫跑来了，搀扶他说：“少爷，起驾吧！”

他吃力地站起身，忽又想起，去见汤金銮，汤金銮必定将那个麻脸的烂货塞给他。于是，他又变了卦，一屁股坐在藤椅上，说：“我不去了，不去了。”

正在这时，又一个护院的进来禀告：“少爷，您的同学王无冕先生，前来拜访您。”

“叫他走，叫他走！我不见他。”

护院的答应一声：“是！”

但是，他转念一想，王无冕是潞河学院学生中一个十分霸道的家伙，又是春草社的五魁之一，此来必有目的，不见不妙。也许跟这个家伙拉拢拉拢，能够缓和春草社对他的攻击。于是，他又连忙改口，说：“请，快请！请他在客厅稍候片刻。”

话犹未了，王无冕已经大摇大摆走进来，喧嚷着：“中玉兄，安乐窝中，逍遥宫里，大享清闲艳福，好不快活自在！”

田中玉起立，一副哭相，说：“无冕兄，别取笑我了！什么安乐窝，逍遥宫，我是热锅上的蚂蚁。”说罢，吆喝两个丫头搬藤椅，拿扇子，端糖果，沏好茶，点香烟。

王无冕观察田中玉的神色，故作惊讶地问道：“中玉兄，为何闷闷不乐？”

田中玉牙疼似地呻吟着说：“家父年老昏聩，要给我大办二十三岁生日……”

“我预祝中玉兄芳辰！”王无冕一拱手，“祝你福如东海，前程似锦。”

“烦死了我！”田中玉抱着肥头，好像头疼欲裂，“没看见今天报上的新闻吗？你们春草社准备对我们父子大兴问罪之师了。”

“这确实大煞风景！”王无冕的脸拉长了。“令尊的名声本来欠佳，如果报纸再大扬其丑，你们父子可就身败名裂了。”

“我该怎么办呢？”这个有头无脑的蠢材，向魔鬼求救了。

“难，难！”王无冕站起身来，背着手，皱着眉，沉着脸，在凉亭里走来走去。

田中玉可怜巴巴地张大了嘴，说：“无冕兄足谋多智，务必为学弟思一良策。”

王无冕陡地打了个旋转，又站定了脚，说：“中玉兄，恕我直言。

你身为巨富，又接受了高等教育，却不想有所作为，而只知沉溺于富贵温柔之乡，醉生梦死，岂非一具行尸走肉？”

田中玉耷拉着脑袋，说：“无冕兄虽然忠言逆耳，却对我大有教益。”

“好男儿应心雄万夫，壮志凌云！”王无冕高声大叫，“请看令先祖孟尝君田文，挥金如土，养士三千，历史上万代留名，何等伟大。中玉兄理当振作精神，发奋图强，继承先祖遗风，并发扬光大之。”

“对，对！”田中玉活了心，“闻君一席话，胜读十年书，但是，从何着手呢？”

王无冕哈哈一笑，说：“人生一世，不过争名夺利而已，中玉兄的财富已经十分充足，似乎不必热衷夺利；而对于争名，必须全力以赴。”

“怎么争呢？”

“控制报纸！”王无冕说，“《民言报》不过是一个传声筒，谁把它抓到手里，它就替谁说话。”

“怎么抓呢？”

“有钱能使鬼推磨呀！”王无冕进入正题，“为了适应时代潮流和政情变化，《民言报》正在进行改良和扩充；如果中玉兄大量投资入股，成为它的财东，它不就完全听凭你的支配，乖乖供你驱使了吗？”

田中玉眉开眼笑，欢喜地说：“我投资，我入股！专门叫它骂我的仇人。”

王无冕跟着又说：“你还应该馈赠那位写这则新闻的记者一百大洋，以便控制他那支笔。”

“我不给！”田中玉板起了胖脸，“他把我们爷儿俩骂了个狗血喷头，我反而倒贴金钱，岂不成了任人宰割的肉头？”

“小不忍则乱大谋呀？”王无冕恫吓说，“令尊当年只因过于吝啬，得罪了那位老传教士，不但饱尝铁窗之苦，而且破财过倍，你应该记取这个惨重教训。”

田中玉胆寒了，忍痛说：“好吧，给他一百，只当我多养了一条叭儿狗，给狗买肉吃了。”

王无冕心里骂道：“妈的！老子这一杠子敲得不狠。”

田中玉灵机一动，问道：“我能不能也向《春草》投资，让它替我推磨。”

“办不到！”王无冕说，“叶兰和夏竞雄不是见钱眼开的人，你就是倾家荡产，也买不动他俩。”

“那么我还得挨《春草》的骂呀！”田中玉又烦恼了，“它比《民言报》凶得多。”

王无冕狞笑一声，说：“对于《民言报》，你是‘量小非君子’；而对于《春草》，你就必须‘无毒不丈夫’。”

“我该怎么毒它呢？”

“求你干爹，查禁《春草》，逮捕夏竞雄。”

“我不去求他。”

“为什么？”

“反正不去。”

“为什么呀？”王无冕提高了嗓子。

田中玉吭吭哧哧地说：“他死乞白赖非把他那个麻脸闺女嫁

给我。”

王无冕差一点没笑出声来，心里说：你这个草包，就该配那个烂货。但是，为了实现他的借刀杀人之计，他忍住笑，一拍胸脯，说：“解决这个难题，我也有妙计。”

田中玉几乎要下跪，说：“无冕兄，救命吧！要多少钱我都给你。”

王无冕扮出一副庄严神气，说：“为朋友两肋插刀，而我要为你引火烧身，更是亘古一人，绝无仅有。”他咬着田中玉的耳朵，如此如此。

“咯咯咯！”田中玉的小眼睛笑出了泪珠儿，满脸的愁云都散尽了。

王无冕一拍他的肥肩，说：“走吧！咱们马上到镇守使公署去，你看我的眼色行事。”

田中玉也想嘴尖舌巧一下，笑眯眯问道：“无冕兄，你是春草社中人，却从背后将《春草》暗杀，未免不义吧？”

王无冕阴森森一阵冷笑，说：“孟子曰：‘义者，宜也。’《春草》对我不宜，我也就以不义报之。”

**18**

通州镇守使汤金銮，是个三等小军阀。

他已经五十多岁，瘦高个子，水蛇腰，长胳臂，鹭鸶腿，尖脑瓜顶儿，两只小三角眼贼亮贼亮，一条歪鼻子又是鹰钩儿，他虽然当上了将军，但是仍然脱不掉偷鸡贼的风度，走路东张西望，跳跳蹿蹿，举止毛毛躁躁，坐立不安。除去出操、检阅、开会、典礼，他不喜欢穿军装，也不喜欢穿长袍马褂，只喜欢穿黑绸密扣窄袖的紧衣小打扮，抓地虎快靴。所以，他走动起来，很像戏台上的武丑儿，更像一只下山的长臂猿。他对自己那两只长胳臂很引以为荣，因为刘备双手过膝，是帝王贵相。

汤金銮心胸狭窄，小肚鸡肠，多疑无信，手狠心黑，因而嗜杀成性。他每驻在一处，头三天必定在衙门前、城门口、十字街、闹市上，挂满血淋淋的人头。在营盘内，有时他突然下令副官、秘书、随从、马弁紧急集合，眼放凶光，猛地抓住一个人的脖领子，揪到队列前面，宣布那人的罪状，然后将那人一脚踢翻，一枪毙命。在家庭里，姬妾十几人，他总怀疑她们之中有人跟他同床异梦，给他戴绿帽子，往往在饮酒作乐的席面上，他陡地脸色一变，一声号叫，一把挽住他所怀疑的那个姬妾的青丝，百般凌辱之后，当场处死。

他杀人如麻，杀人不眨眼，却管不了他的女儿，不敢管他的女儿，而且要受他的女儿管。

这是因为他年过半百，只有这么一个女儿，疼得像命根子，爱得像掌上明珠。汤月容小时候长得并不丑，所以秘书长史友诗给她起名，取的是“沉鱼落雁之容，闭月羞花之貌”的意思。汤月容很有父风，一是好玩枪，七八岁就跟着她爹到校场上打靶。到十一二岁，她爹不但教她打飞禽走兽，而且教她射杀逃兵和囚犯。另一个爱好，是偷窃。她家堆着金山银垛，吃的，喝的，穿的，戴的，使的，用的，无所不有。但是，她却偏偏喜欢偷点零碎儿；所到之处，贼不走空，顺手牵羊，不露痕迹。不幸，她十八岁那年，出了一场天花，一张粉脸变成了翻卷石榴皮，哭得死去活来，怕出丑不再上学，性情越发乖戾。她本来就很轻浮，年龄渐大也就淫乱起来。为了这个，汤金銮枪毙了一个年轻的副官，两个漂亮的卫士，而且严禁四十岁以下的男子进入内宅。

这天上午，他坐在警卫森严的外书房里，脸色气得焦黄。他的秘书长史友诗，正在絮絮叨叨地劝他不要过度气恼，以免有伤贵体。从内宅里，传出他的女儿汤月容那一阵阵刺破耳膜的哭号声和叫骂声。

“汤小叨子，你不枪毙了姑奶奶，你就是窑姐儿养的！”

他的女儿叫着他的小名骂他。

今天父女俩这场争吵，起因是汤月容静极思动，要求她爹给她请一位家庭教师补习英文，理由是田中玉是个教会大学的学生，常跟洋人来往，她不会洋话，不能陪客。汤金銮知道她别有用心，醉翁之意不在酒，不肯答应，于是她宣布绝不嫁给那个胖猪。汤金銮气不过，一时溜了嘴，说：“老鸹落在猪身上，自个儿也不照照镜子！”这一下可惹下了塌天大祸，汤月容不但大哭大闹，大叫大骂，把内宅砸得稀烂，而且还要放火。秘书长史友诗赶忙救驾，打躬作揖，才把汤金銮从女儿的扑咬中解救出来。

后宅里，汤月容已经骂到第十八代祖宗了。汤金銮那窄巴巴的太阳穴上，暴起青筋，霍地从太师椅上挺身站起。史友诗只当他要去杀死汤月容，忙张开胳臂拦道：“大人息怒，大人只有小姐这点骨血……”

汤金銮一跺脚，长叹一声，说：“我去求她别骂了，顺者为孝，我依她就是了。”

等他从内宅得到女儿赦免回来，秘书长史友诗正陪着田中玉和王无冕说话。

汤金銮一见东床佳婿那肥头大耳的福相，就喜上心头，亲热地玩笑道：“好小子，还没订亲，你就踢老丈人的门槛子，自由乱爱起来啦！”

田中玉看了看王无冕的眼色，王无冕点头示意。于是，他咳嗽一声，说：“孩儿给月容姐请来一位家庭教师。”说着，他向汤金銮介绍王无冕：“潞河学院特等高才生。”

王无冕惟妙惟肖地模仿着洋绅士的派头儿，歪了歪头，抬了抬手，算是行礼，又用洋话说道：“镇守使阁下，认识你很高兴。”

田中玉忙用中国话翻译过来。

汤金銮大为惊奇，怎么女儿刚想请个家庭教师补习英文，田中玉就送来一个假洋鬼子？难道月下老儿的红线，不是拴在这两个孩子的脚上，而是系在他们的心上，就像通了电话线似的？但是，他掩饰住脸上的喜色，故意冷冷淡淡地说：“月容又不上学，你们很快就会结婚，还请什么教师，念哪家子书？”

田中玉早被王无冕教会了一套巧妙的擒拿术，对答如流地说：“孩儿是个教徒，婚姻大事必经教会认可。因此，孩儿与月容姐的婚姻，已经禀告本堂牧师。牧师老人家觉得女貌郎才，门当户对，很是满意，并且表示愿意赏光作媒，在教堂里举行订婚仪式。但是，后来一听月容姐不是教徒，又不会洋话，牧师老人家又不赏脸了。”

汤金銮大喜过望，洋牧师当媒人，教堂里拜堂成亲，脸上何等放光！忙说：“好办，好办！我叫你月容姐马上入教，从今天起，就请这位王先生教她学洋话。”

田中玉的肥头摇得像货郎鼓，说：“如今入教，可不像二十几年前吃教那样，三请六劝，外加一份钱粮。现在，必须熟读圣经，洋话说得流利，考试及格，才能洗礼。”

汤金銮吐了一下舌头：“行市涨得飞快呀！”

田中玉紧接着又说：“孩儿是巴不得高攀月容姐的，怎奈孩儿身为教徒，不能违忤上帝和圣母的旨意；牧师奉上帝和圣母的使命，孩儿只有唯命是从。如果月容姐难于达到教会的标准，孩儿只有跟她来世再为夫妻了。”他挤了挤眼睛，居然挤出几滴眼泪。

汤金銮急忙说：“我对牧师大人的要求，完全接受。事不宜迟，兵贵神速，你火急陪着王先生去跟月容见面。王先生的束脩，一定从优。”

田中玉又看看王无冕的眼色，王无冕又点头示意。于是，他换上另一副哭丧脸儿，说：“干爹，孩儿还有一件为难之事，求干爹替孩儿作主。”

汤金銮笑道：“说吧！你跟我还不好开口吗？”

田中玉眼泪汪汪地说：“孩儿的生日办不成了。”

汤金銮哈哈大笑，说：“你那守财奴的爹舍不得花钱，我掏腰包！”

“不是！”田中玉悲悲切切地说，“潞河学院物理系学生夏竟雄，是被前朝杀了头的乱党夏思问之子，他啸聚一伙捣乱分子，成立了一个图谋不轨的春草社，出版了一个宣传赤化的《春草》周刊，更要煽动乡民暴行，必欲把我们父子置于死地而后快。”

“抓！”汤金銮咆哮一声，“乱党之子，宣传赤化，煽动愚民，图谋不轨，犯的是杀头斩首之罪。”忽然，他又多了一个心眼儿，问道：“姓夏的小东西，是不是教徒？”

王无冕插嘴说：“他不但不入教，还公开鼓吹无神论。”

“那就更得抓起来！”汤金銮大吼，“秘书长，你马上行文，命令袁宝锭立即行动，反抗拒捕者，就地正法。”

等田中玉和王无冕离开外书房到内宅去，史友诗忙嘴贴着汤金銮的耳边，小声说：“大人，使不得。”

汤金銮一瞪眼，说：“姓夏的不过是个乳臭小儿，又不是教徒，我抓起他来怕什么？杀了他的头又怎样？”

“大人三思！”史友诗捻着老鼠须，“姓夏的虽不是教徒，却是潞河学院真正的高才生，六所教会大学会考，他得了第一名。不但许多教授引以为骄傲，就连查理·金院长也把他当金字招牌。而且，潞河学院享有治外法权，未经查理·金院长允许，我们不能进校抓人，也不能取缔他们的学生社团和查禁他们的出版物。”

汤金銮烦躁起来，恼火地说：“难道这个姓夏的小东西，在我眼皮子底下大闹天宫，我连屁也不能放一个响的！”

“我自有安排！”史友诗奸笑一声，“镇守使公署发布通告，通州市实行不定期戒严，在戒严状态下，严禁三人以上集会，违令者严惩不贷。在戒严期间，严禁传递、张贴任何文字，违令者轻则罚款、鞭笞、重则以军法治罪。这一来，就把夏竞雄封锁在潞河学院的高墙里，自生自灭了。”

汤金銮瓷着眼珠儿，说：“这一来可就闹得人心惶惶，动荡不安，市面萧条；我收不上税，这几千人马吃什么？”

“另有生财之道！”史友诗说，“我们可以高价出售特许证和通行证。那些妓院、烟馆、赌场、饭庄、戏园子，谁不来买特许证？那些嫖客、烟鬼、赌徒、戏迷，谁不来买通行证？”

汤金銮想了想，又补充说：“违令罚款的，要多罚，该鞭笞的，只要出钱，也可以免打，财源就更茂盛了！”

偷鸡贼出身的三等小军阀汤金銮，民国以来，朝秦暮楚，投靠过几个大军阀，但是一直保持自筹粮饷和自由行动的独立地位。他只想保存实力，割据一块地盘，不被大号军阀吞并，就很知足了。二十几年来，尤其是这几年，他拼命搜刮民脂民膏，存到天津租界的外国银行里，以便一旦垮台下野，就跑到租界里当寓公。

从下午起，通州市大街小巷，三步一岗，五步一哨，骑兵也枪上膛，刀出鞘，各处巡逻。

## 19

这几天，平步云遵夏竞雄之命，在写血与火的诗。但是，他的大脑皮层对于血与火，就像绝缘体，产生不出一丁丁灵感。几天来，满纸涂鸦，没有写出一句一字。

他住在姐夫家里。林和霖是潞河学院学生指导长，院长查理·金和院长太太玛丽·金的红人儿，享有上等住宅，那是坐落在一片玫瑰园里的小洋楼。但是，平步云却住在这座上等住宅的一个下等房间里，那是在楼下角落里的一间斗室，只能放一张小床儿，一张小桌儿，一只小凳儿，一只小书架儿，而且常年不见阳光，十分阴暗，白天都要开灯，夏季更是潮湿闷热，很像一间单人牢房。

他考入大学，又得到奖学金，本想搬到学生宿舍去住，但是他姐夫不答应，说学生宿舍鱼龙混杂，怕他受到不良影响，沾染恶习。其实，林和霖留住平步云有三大便宜，一是等于白雇一个私人秘书，他的讲话稿、工作报告和备课资料，都是平步云起草和整理。二是等于白雇一个家庭教师，平步云每天都要给他的两个孩子补习功课。三是等于白雇了一个男仆，林和霖一家人和两个女仆都住楼上，楼下的一切就完全交给平步云照料了。平步云的姐姐虽然不愿看见弟弟每日忍气吞声，但是更不愿他到学生宿舍去住，那是因为她常常遭到丈夫的凌辱，有弟弟在她身边，林和霖多少要有所顾忌，而且在遭到凌辱之后，也能得到弟弟的抚慰，可以活下去。平步云一不敢得罪姐夫，二不忍心撇下姐姐，只好陷在这间阴暗的单人牢房里，作茧自缚。

姐姐希望他大有成就，为死去的爹娘和败落的家门争光，所以她很不满意弟弟又走上家传的诗文老路，怕他重蹈父亲的覆辙。后来，平步云的新诗在北京的杂志上崭露头角，而且省城里的一个书店，也花了几十块钱的稿费，买了他的两本诗集出版，姐姐又转悲为喜，殷切期望他成为一个大诗人而享盛名，也算光宗耀祖。

平步云写不出血与火，就走到玫瑰园里去散步，敲击着麻木的额头。这时，邮差响着车铃进来，送来两份英文报和一份《民言报》。林和霖是不看中国新闻报的，平步云的姐姐粗通文字，为了消遣无聊，订了一份《民言报》在茶余饭后消磨时光。平步云也看不起这一类地方小报，偶尔才浏览一下。现在，他留下两份英文报，将《民言报》交给女仆，送到楼上去。

他伸了个长长的懒腰，在玫瑰林的草地上躺下来，打开报纸，正要展读一则世界新闻，楼上姐姐连声叫他："阿云，阿云！上楼来。"

平步云从草地上抬起头，问道："什么事儿？"

"报上赞美你的新诗呢！"姐姐从窗口探出苍白的脸儿，由于兴奋，两颊泛起了红晕。

对于《民言报》，平步云是看不起的，但是对于赞美，他还是乐于接受的。于是，他从草地上爬起来，上了楼。

姐弟俩头并头，读着这篇韩识荆署名的文艺评论，姐姐忍不住轻轻念出声来。

平步云心里高兴，嘴上却故意说："韩识荆不过是一个小报混子，怎么能懂诗！"

"我看人家挺懂的，"姐姐说，"你看，他把你比作外国的雪莱，中国的宋玉，还说你将来能和徐志摩媲美。"

平步云明明看出来，这篇文艺评论除了奉送给他一顶又一顶的桂冠，戴也戴不完以外，其实所评各点，都没有搔到他的痒处。不过，把他比作雪莱，虽然自愧弗如，却道出了他所向往的目标；而把他比作宋玉，他虽然很不好古，心里却是甜丝丝的。平步云不但对于自己那些脂粉气息很浓的诗作非常自负，而且对于自己那近似女性的容貌也很自负。有一回，章涟漪捧着他的脸儿，看了又看说："你如果穿上我的衣裙，人家一定会猜你是我的妹妹。"他一直佩服章涟漪的独具慧眼。至于把他跟红得发紫的徐志摩相提并论，他还有点不大服气；他觉得，何必将来，现在他的诗也不比徐志摩逊色，只是没有徐志摩的好运气。

午睡，他做了个梦。梦见他的诗集一册接一册地出版。筑起一座直上青云的高台，他头戴华美的桂冠站在高台上，章涟漪忽然生出两只彩凤的翅膀，从海边向他飞来，他张开双臂欢迎她……

轰隆隆一声巨响，高台倾倒，他惊叫一声醒来，出了一身冷汗，原来是有人踢门。

“鞶卿，大热的天，你关门大睡，不怕蒸熟呀？”王无冕在门外呼叫着。

对于这位不速之客破坏了他的美梦，他很恼怒，开了门，噘着嘴说：“你这个家伙，总是风风火火，又吵人，又吓人。”

“狗咬吕洞宾！”王无冕恶眉瞪眼，喷着酒气，“我看到《民言报》上赞美你的文章，欢喜若狂，不怕烈暑，跑来向你庆贺，你倒赏我当头一棒，还有点人味儿没有？”

平步云觉得他盛情可感，连忙道歉说：“我错怪了你，真该死。”

“这又跟我见外啦！”王无冕粗脖子红脸，“别看咱哥儿们爱逗你掉眼泪儿，心可跟你火盆儿一般热；不像夏竞雄，心口不一。”

平步云的嘴又噘起来，说：“竞雄也真会强人之所难，逼勒人家写什么血与火的诗；鲜血淋漓，烈火熊熊，多么可怕的意境，怎么能入诗？这几天我的头都快要炸了，一滴血一点火星儿也写不出来，我打算交白卷了。”

“我已经决定跟夏竞雄分道扬镳，各奔前程！”王无冕拖着平步云到玫瑰园去，“为了给他盟兄雪恨，为了替他自己复仇，他把咱们当作他的喽啰走卒，呼来唤去。‘一将成名万骨枯’，咱们不能给他当垫脚石。”

“反正我不想活受罪了！”平步云说，“本来，暑假期间，我想再写一首长诗《恋歌》，生生让这个血与火把我的宝贵时间白白浪费了，而且扰乱了我的诗情文思，恢复起来可费劲儿哩！”

“滚他的血与火吧！”王无冕变脸变色地说，“你没上街，不知道城里戒了严，大刀队站满了大街小巷，骑兵全副武装巡逻。据我密访消息，汤镇守使有令，只要夏竟雄胆敢闹事，就要取缔春草社，查禁《春草》周刊，把他和他的同党抓起来严办。反正他现在跟谷铁铮和鹿鸣桃园三结义，把我、你和究翁视为异己，咱们干脆躲他远远的，不给他当殉葬品。”

“天哪！”平步云慌了神儿，“我不写了，不写了！我姐夫早就跟我透过口风，查理·金院长已经觉察夏竟雄形迹可疑，指示学生指导处密切注意他的活动。我这个人太多情，总跟他藕断丝连，真可气。”

“你还是只跟章涟漪一个人多情吧！”王无冕色眯眯地说，“这位香艳的水妖，可曾鸿雁捎书？”

“没有。”平步云悲伤地垂下头，“走时未留一言，去后不寄一字，女人的心变幻不定，难以捉摸。”说着，两大滴眼泪，落在了草地上。

王无冕忙出主意，说：“发表《心曲》，连同这篇评论，再加上几大篇甜言蜜语的情书，一古脑儿给她寄去，她一定投桃报李，惠予佳音。”

“《心曲》到哪儿发表呀！”平步云怨声怨气地说，“夏竟雄霸占《春草》，不给刊登；北京的杂志又嫌太长，硬叫我把三百行压缩成五十行，我才不削足适履哩！”

“你看，我竟忘记肩负的重任！”王无冕拍了一下天灵盖，“韩识荆风闻你的《心曲》是一篇绝妙好诗，情愿以一个半版给你刊登出来，请我代为约稿。”

平步云扭着身子，说：“我不在他那个报上发表作品，有失身份，降低诗格。”

“你是一只白脸狼！”王无冕号叫起来，“人家跟你够朋友，你怎么一点也不讲面子？你的这首长诗，《春草》不登，北京削足，你还摆的什么臭架子？说实话吧，《民言报》已经控制在我的手中，你不交出诗来，就等于是跟我宣告绝交。”

平步云吓得连连说：“给你！给你！你真是我的前世冤家。”

王无冕降伏了平步云，又风风火火地奔赴喜鹊胡同大杂院。

一进大杂院的后院门口，就听见姜翠花正在声严而且必定是厉色地在训夫。他忙站住脚，想听个仔细，再决定自己扮演哪一种角色为宜。

这些天，家里有两袋兵船粉，一包西贡米，生活大大改善，姜翠花也不再到街上抛头露面，叫卖香烟，于是心满意足。但是，一家人多年过穷日子，食量很大，面粉和大米消耗很快，二十块大洋已经花得精光，她又心慌起来，催逼着冯文藻去找王无冕，再向《民言报》伸手。冯文藻却只当耳旁风，这几天竟跟一个粗野的画匠谷铁铮来往，下坡子溜，可恼可恨。

自从冯文藻被聘为《民言报》副刊编辑，发行课照例每月赠阅一份，直到解聘为止。家里有了一份报，姜翠花更觉得自己在同院中高人一等。她识几个字，便常常当众宣读报纸，以显示自己的高等身份。她最感兴趣的是广告栏，虽然广告上那些琳琅满目的商品，她一件也买不起，但是念一念也颇感快意。所以，报纸一来，先看广告。今天上午，报童送来报纸，她打开广告栏，赫赫然入目的是《本报郑重启事》，而且一眼就看见了她的丈夫的名字，以及封赠给她丈夫的两大头衔：潞河学院高才生和青年学者，她快乐得一声欢叫，立即尖着嗓子高声念起来。

中午饭，她给冯文藻多加了一碟炒三丁儿，作为嘉奖。但是，冯文藻从一大早出去，便一去不回头。左等也不来，右等也不来，直到过午之后，冯文藻才满头大汗而归，于是姜翠花那满腔怒火爆发了。

“天生的贱骨头！你分文不挣，替夏竞雄卖命，又勾连上一个姓谷的臭苦力，你还要不要功名利禄？人往高处走，水往低处流，你怎么一心要当下流坯子？”

冯文藻在妻子面前一向低声下气，便满脸堆笑地说：“受人之托，忠人之事。竞雄临行之前，我承担了一些事务，总要守信用去办。”

“信用值多少钱一斤？能换米，还是能换面？今天广告上登出来你要编副刊，你拿了人家的钱，还没动一动手，这也算守信用吗？”

冯文藻委屈地说：“他们事先不跟我打个招呼，就突然宣告下礼拜一出刊，陷我于措手不及，是他们不讲信用。这一定是王无冕背后捣鬼，为了拆竞雄的台不择手段。”

“你还埋怨人家无冕兄弟呀，没良心的！”姜翠花下雹子似的数落起来，“夏竞雄要让你穷得卖孩子、当老婆，人家无冕兄弟一心要抬举你成人上人，吃香、喝辣的。仨多俩少你都算不过账来，还亏你是个堂堂大学生！”

这个女人，集自私、贪婪、刁泼、刻薄、虚荣于一大成，好动点小心计，耍点小手腕儿，讨点小窍头，自作聪明，不知强以为知，觉得自己比谁都能，从待人处世到领兵打仗，她没有不会，没有不懂的，所以事事随便插嘴，乱加指点。她觉得丈夫一点不懂通情达变，因此必须她每日耳提面命，加以训导。

王无冕已经听出了底细，便咳嗽一声，说："究翁，又在聆听嫂夫人的堂训？"

"哟！是无冕兄弟大驾光临，快请屋里坐。"姜翠花比过去欢迎夏竞雄更热烈，就像大年初一接喜神儿似的，眉眼笑成一朵绣球花。而且，慌忙从屋里迎出来。

"我还有要事在身，不耽搁了！"王无冕大模大样地一只脚蹬在门栏上，"我是从这儿路过，顺便替韩主笔捎个口信儿，今天晚上请文藻兄到鸿宾楼吃顿便饭，酒席上还要谈编辑《古香》的公事。"

"哎呀哟！"姜翠花受宠若惊，"韩主笔这样看重文藻，连我都觉得感激不尽。"

"这就叫思贤若渴，爱才如命！"王无冕口风一转，话中带刺儿，"人敬我一尺，我敬人一丈，文藻兄应该不负知遇之恩。"

冯文藻气呼呼地从屋里走出来，说："你们突然宣布《古香》出刊，也不预先通知我一声，这是拿我耍把戏！"

"话不能这样讲！"王无冕沉下脸来，"你接受了聘书，收下了编辑费，就应该全心全意，倾注在《古香》的筹备和编务上，而不应一心二用，更不应该完全荒废正业。"

冯文藻摊着两手说："一篇稿子还没有呀！"

王无冕大笑道："《古香》一期不过五千字，以究翁之高才，日夜加班，赶写出几篇短小而有趣的文字，不费吹灰之力。"

冯文藻苦恼地说："可是，竞雄之托……"

王无冕挥手打断他的话，冷冷地说："那只有二者必居其一了。如果你跟夏竞雄难舍难离，那就退回聘书，归还编辑费，《民言报》再另请高明。"

姜翠花一听要砸饭锅，手指着冯文藻的鼻子，恶声尖叫："你敢！我们跟夏竞雄一不欠债，二不欠情，从今后，断绝来往。"

冯文藻搓着手说："谷铁铮来找我，我无言以对呀！"

姜翠花叉着腰，一副泼妇相，说："我卷出他去！"

王无冕眼珠儿一转，说："嫂夫人，还是请文藻兄到报馆暂住，一可以集中精力写文章。二可以躲开夏某等人的纠缠，不知嫂夫人以为然否？"

"再好不过了，我马上就给他打行李！"姜翠花特别高兴的是，冯文藻住进报馆，家中因此省下一份嚼谷。

王无冕软硬兼施，冯文藻束手被俘。

## 20

夏竞雄从鹊桥村起，调查田连阡的罪状，后来又跟着邢端正到外村去；几天工夫，他写满了厚厚的一册。

形势紧张起来了，田连阡的团丁，黑夜也出来巡逻和搜索，龙乌骓和邢端正将鹊桥村的乡亲们动员起来，挖出深藏地下的当年义和团的武器，磨洗掉大刀长矛上的铁锈，仍然寒光耀眼，锋芒逼人。家家户户都出人站岗放哨，有的在前半夜，有的在后半夜。龙大海老人在瓜楼住，日夜守卫着投梭河小桥，一夫当关，万夫莫开。芳倌儿前半夜带班，吃完晚饭，扔下筷子就走，夏竞雄替她刷碗。

夏竞雄也想站岗，但是龙乌骓和芳倌儿都不叫他去，一是怕他太累，二是也不放心。他一个人放哨，至少得有两个人护驾，更不合算。

所以，他晚上只好足不出户，在紫丁香树下放好小桌和蒲团，一盏马灯挂在丁香树枝上照明，激情而敏快地写作。写得累了，就背靠着紫丁香树休息一下，仰视夜空，头上的银河，跳动的星子，像是北运河倒挂在天上，闪烁着密密麻麻的桅顶上的灯光。村野一片沉寂，只有篱边的南瓜秧里，几只蝈蝈在吟唱，远方传来一两声犬吠。此时此地，此情此景，引起他的感情的巨大激动，像二月的春潮，涨满了他的心房。于是，他又拿起笔来，像蚕吃桑叶，沙沙沙地写完一页又一页。

不知过了多久，柴门外传来风掠青萍一般的脚步声；芳倌儿下岗子，已是后半夜。

“还没睡呀？”芳倌儿问道。

夏竞雄笑了笑，说：“今晚上一点也不困。心里像涨潮，写起来像流水。”

芳倌儿拾起被夜风吹散的纸片，说：“后半夜下露水，打湿了纸，进屋写去吧！”说着，就动手摘马灯，搬桌子。

夏竞雄住在芳倌儿的西屋，芳倌儿到她爹和哥的东屋住。夏竞雄在西屋写字，听见芳倌儿在东屋低低地哼着一支渔歌，摸着黑在纳鞋底儿。

夏竞雄问道：“你白天干了一天活，黑夜站了半夜岗，怎么还不睡呀？”

芳倌儿说：“今晚上我也不困。”其实，这几夜她都在纳鞋底儿，只是夏竞雄在西屋已经熟睡，不知道。

夏竞雄问道：“给谁做鞋呀？”

芳倌儿笑道：“你猜。”

“是大伯的吧？”

“不是。”

“骓哥的？”

“不是。”

“你自个儿的？”

“也不是。”

“那么是谁的呢？”

“不告诉你！你甭猜了，猜不着。”

夏竞雄暗想：一定是心上人的。也就不便再问了。

他写完最后一页，已经十分困倦，便熄灭了马灯，躺了下去。朦胧中，耳边还隐隐约约听芳倌儿那低柔婉转的渔歌声，轻快匀适的飞针走线声。

忽然，他被一阵紧急的脚步声惊醒，睁眼一看，窗外阳光普照，紫丁香树上有几只麻雀跳跃欢叫。

“竞雄哥，快起，快起！”芳倌儿慌慌张张闯进屋子。

跟着，龙乌骓和邢端正也走进来。龙乌骓倒并不惊慌，沉着地说：“杨望春打发马倌岳十五送来口信儿，田连阡已经知道你的行迹，派人到通州去告你的状。你赶快收拾东西，芳倌儿驾一只小船送你走。”

夏竞雄咬着嘴唇想了想，说：“我不走！仓皇而去，反倒给他们造成加罪的口实。”

芳信儿推搡着他，说：“快走吧！他们一肚子狼心狗肺，好汉不吃眼前亏。”

夏竞雄淡淡一笑，说：“我早想会一会田连阡，今天正是难得的机会。”他将几件衣服和那厚厚的一册调查记录，以及邢端正送给他的田连阡恶行账，包裹起来，然后又提笔写一封便笺。

忽然，柳荫白沙小道上，马蹄声响。

芳信儿叫了一声：“抓人的来了！”

龙乌骓侧耳一听，说：“是岳十五。”

果然，马到柴门外，从光背马上跳下娃娃脸的岳十五，闯进院里喊到：“竞雄哥快走！田连阡打发轿车来请你，凶多吉少。”

“骓哥躲一躲！”夏竞雄将小包袱和便笺交给龙乌骓，“三天之内，我不回鹊桥来，你打发人到潞河学院蔡先生家，把这两件东西交给竺姨。”

芳信儿说：“你单刀赴会，我送送你。”

夏竞雄说：“谁也别送，免得连累你们。”

他走到村口，只见一辆翠盖红窗小轿车，已经接近投梭河小桥，后面还跟着四个骑马挂枪的团丁。夏竞雄傲岸地在桥上一站，从车上跳下一个身穿纺绸裤褂，头戴一顶马尾罗白凉帽的管家，一溜碎步跑过来，点头哈腰地说：“如果鄙人没有猜错，想必您就是夏竞雄先生吧？”

“你是什么人？”夏竞雄问道。

“鄙人是田大老爷的管事阎伯贤，奉田大老爷之命，恭请夏先生过府一叙。”

夏竞雄轻蔑地冷笑一声，走过小桥，一扶车辕，纵身上车，独自在车中一坐，只让阎伯贤跨坐在车辕上。

碧水湾距离鹊桥村十里，是个几百户的村镇，以盛产水蜜桃闻名。织女河穿村而过，夹岸都是桃林，阳春三月，桃花盛开，倒映水中，水色绯红，就像织女脸上搽了胭脂，容光潋滟。眼下正是蜜桃成熟的季节，一株株桃树，绿叶中闪露着颗颗红桃，累累坠坠，压弯了枝头。

轿车进村，一个团丁飞马先去报信。夏竞雄在车中看见，一座高墙大院，像一座恶山，耸立在全村最高处，一定是田连阡的巢穴。但是，轿车从大宅院那狼牙铁门的大开口经过，却在相邻的一座竹篱小院的柴门外停住。一个八楞大脑壳的家伙，挎一口腰刀，背一支洋枪，从院里飞跑出来，屈膝给夏竞雄打了个千，翻滚着两只灰白大眼珠子，扯着嗓子喊道："小子牛三青，迎接夏先生！"夏竞雄下了车，只见柴门两侧，五棵柳树，却巧加修饰成五种姿态，失去了天然本色，正表现出主人的矫揉造作。大管事阎伯贤前边引路，夏竞雄昂然而入。迎面，一座高大的粉白影壁上，是田连阡手写的陶渊明《归去来辞》，字体柔媚，损坏了文章的清高。拐过影壁，一条石路，路东的篱边种着几畦菊花，路面平地上，数垄红豆，草盛豆苗稀，此外还疏疏落落、星星点点种有高粱、玉米、瓜果。田连阡头戴一顶雪白大斗笠，身穿上等丝绸的短褂，脚上一双芒鞋，手持一柄小锄，正站在桃树荫下吹风。他五十多岁，胖肿的白脸，漆黑的八字胡，一副假貌伪善的奸相。

阎伯贤紧走三步，然后垂手而立，躬身报告："启禀大老爷，夏竞雄先生到。"

田连阡装出一副惊喜交加的神色，扔下小锄，迎上前来，说：

“呵，夏世兄！子陌耳目闭塞，孤陋寡闻，竟不知世兄几日前衣锦还乡，未曾相邀一面，略备菲酌洗尘，甚感负疚。”

夏竞雄冷冷地说：“田先生过誉了！我还没有做过道台。不曾腰缠万贯，广置田产，怎能和田先生相媲美？”

田连阡当然听得出夏竞雄的弦外之音，发出两声干笑，也话中有话地说：“世兄少年英俊，风华正茂，倘若努力正途，必将扶摇直上，鹏程万里。”

夏竞雄问道：“田先生所谓‘正途’，是何所指？”

田连阡嘿嘿笑道：“请到草堂叙话，促膝长谈。”

这哪里是一座草堂，明明是一座小小的离宫。五间虎斑石基的高大青堂瓦舍，八级石阶，廊下摆着一盆盆佳花美卉，檐下挂着铜丝鸟笼，豢养着一对红嘴绿鹦哥儿。走上台阶，只见抱厦上一副金字对联：“采菊东篱下，悠然见南山”，门楣上悬挂一块金字牌匾：“陶庐”，都是宋徽宗赵佶的瘦金书体。夏竞雄仔细看那落款，却出自一位三等官僚政客的手笔，就更玷污了陶渊明那淡泊清远的意趣。

大管事阎伯贤轻轻挑起珠帘，夏竞雄走进客厅。客厅东西各隔断一间，东间是书房，西间是静室。客厅正面墙壁上，是一幅山水人物画的中堂，画的是姜太公渭水垂钓，就更暴露了田连阡这个老奸的野心不死。一张檀香条案上，正中摆着一只铜鼎，缥缈着淡淡的细香，左案头陈放着几卷黄绫封面的缮本，右案头搁置着一只古琴。此外，便是满堂名贵的木器和瓷器。

“这是我数年来手录的陶彭泽的诗文，”田连阡手托着缮本，眉飞色舞，“子陌绝意仕途，有如脱离苦海；捧读陶公诗文以自娱，宛若身临仙镜。挂冠之乐，非言语所能形容。”

夏竞雄大笑道：“我记得，陶渊明挂冠归来，住的是蓬屋绳牖，穿的是结褐鹑衣，而且常常不免要饿肚子，同田先生的景况，大不相同。”

“景况虽异，志趣却是相同的！”田连阡已经流露出愠怒的气色，“夏世兄，请坐。”

夏竞雄落座，大管事阎伯贤敬烟献茶，夏竞雄一一拒绝，说：“我不会吸烟，也并不渴。”

田连阡垂着眼皮，抱着白铜水烟袋，呼噜噜吸了一口，从鼻孔里冒出两股白烟。然后，猛一抬头，凌厉的目光逼视着夏竞雄，说：“夏世兄，子陌与令尊昔日同窗，犬子又与世兄今日同学；你我有两代同门之谊，所以子陌不揣鄙陋，愿与世兄结为忘年之交，不识肯屈尊否？”

夏竞雄冷峭地答道：“家父与田先生虽曾同窗，而道不相同；令郎与我固属同学，而人各有志。道不同，志有异，无论同年忘年，都是难以相交的。”

“那么，我也不想高攀了！”田连阡的脸色阴森起来，“不过，做为一个比你多吃了几年咸盐的人，很想奉劝你几句逆耳的忠言。”

“领教。”

“你年轻，聪明，有才学，听说潞河学院查理·金院长也十分看重你；将来出洋留学，前程一片锦绣，珍重啊，珍重啊！”

“田先生忘记了，我是夏思问的儿子。”

“我更记得你是夏翰林的孙子！”田连阡沉着脸说，“你的祖父，是三百里北运河独一无二的钦点翰林，不仅荣耀你们夏家的门庭，也给三百里北运河增添光彩。而你的父亲嘛，恕我直言，他忤逆父母，自绝士林，是不足为训的。”

“收起你的假貌伪善，鬼话连篇吧！”夏竞雄拍案而起，“我是夏思问的儿子！我为有这样的父亲而感到无上光荣；因为他以自己的热血和头颅，冲击了你们那赖以生存的吃人的社会。而我，可以公开向你宣告，我将继承和光大我的父亲的遗志！”

“你……你这个狂妄无状的乳臭小儿！”田连阡气急败坏，浑身打颤儿，“田某出于念旧之情，怜才之心，对你以礼相待，晓以大义，委婉感化；而你竟敢执迷不悟，出口不逊，可恼，可恨！”

“田连阡，我正告你！”夏竞雄指着田连阡的鼻子，“你一生奴颜婢膝，认贼作父，助纣为虐，为虎作伥，鱼肉乡里，荼毒百姓，罪行累累，劣迹昭彰。今天，时代迥异，民众觉醒，再也容不得你继续横行霸道，为所欲为。”

“一派胡言！”田连阡声嘶力竭地叫喊，“田某挂冠归里，淡泊以明志，行善以积德，乡党有口皆碑。”

“厚颜无耻！”夏竞雄也气得大叫起来，“自从汤金銮盘踞通州，你又狐假虎威，穷凶极恶，借为儿子办生日为名，敲骨吸髓压榨长工佃户，巧取豪夺勒索乡民百姓；我这个鹊桥村出生的孩子，不能袖手旁观，坐视不管。我，一定要让你办不成！”说罢，起身就走。

“来人！”田连阡把一只古瓷茶杯摔碎在地，“给我把这个蛊惑乡民犯上作乱的歹徒，捆绑起来。”

“喳！”从门外蹿进来牛三青和两个保镖护院的。

夏竞雄先下手为强，一个虎扑按倒了田连阡，于是客厅里混战起来。到底寡不敌众，夏竞雄被捆绑了手脚。

“打，打！”牛三青狂叫着，“给老爷出气。”

“使不得……”田连阡捂着青紫的眼眶，从嘴里吐出一颗被打掉的牙齿，呻吟连声，“我要亲自把他押送潞河学院，敬请查理·金院长发落……”

## 21

夏竞雄被关在潞河学院学生禁闭室。

禁闭室设在协和湖畔小教堂的地下室里，幽暗狭小，只在地平面上开有一个铁栏小窗，室内一张木床，一只木桌，桌上一册圣经。一片阳光，从铁栏小窗照进来，夏竞雄走到小窗下，抬头仰面，只见小窗外的地面上，生长着一簇簇火焰般的野花，他还能看见一小块蓝天，一小朵白云，一道疾掠而过、转瞬即逝的淡淡鸟影。

鹊桥乡亲们的苦难煎着他的心，父亲夏思问的血液在他的血管里燃烧，鹊桥村和盘山所哺育他的野性，发作激扬起来。他恨不得化成万吨火药，炸碎这个暗无天日的社会，甚至同归于尽，也在所不惜。

过道上传来脚步声，校警打开门锁，训育员白德利站在门口，点了点头，带他到办公大楼去。

在办公大楼那宽敞、明亮、华丽的大会客室里，章通伯和史友诗坐在长沙发上，马千乘和袁宝锭在两只小沙发上陪座。客厅三面高窗通风，窗外绿树浓荫，室内很是凉爽；但是章通伯为了炫耀学院的豪富，特意打开当时还很罕见的电扇，让这三个人开开眼界。

章通伯五十多岁，鸟头，猫脸，稀疏的几根头发，梳得光光整整，熨熨帖帖。他虽然鼓吹文化复古，衣着却十分追求时髦，一身笔挺的西装革履。形容枯槁的史友诗，换上一身绣着金线的文官制服，不但没有增加他的威严气度，反而更显得他猥琐不堪。他原是穷秀才出身，当了大半生的刑名师爷，虽然眼下官职不低，但是在高贵显要面前，仍然本能地自惭形秽，畏缩拘束，局促不安。在他的心目中，章通伯是前清举人，比他这个秀才高一等；章通伯到外洋留过学，比他这个穷酸文人又高一等；章通伯当过大总统府秘书，比他这个刑名师爷更高一等；章通伯曾任省教育厅长，比他这个镇守使公署秘书长官大三级，如今，章通伯虽然丢了官，仍然荣任大学教务长，而他倘若丢了官儿，最多当个中学国文教员，身份上还是比他高而又高。所以，他在章通伯面前，坐立不安，唯唯诺诺，连连掏出手帕擦汗，而章通伯却越发谈笑风生，神气十足。警务处长袁宝锭，先后在十来个大小军阀部下混过，眼皮子杂，世故很深，但是不学无术，不敢插话，只是呆坐一旁，有时龇牙一乐。只有马千乘是洋场大少出身，上过保定士官学校，两年前在孙中山先生的非常大总统府卫队团当过连副，见过大场面，喜好舞文弄墨，人又长得漂亮，举止潇洒，而且自命不凡，所以能够适应潞河学院的气氛，跟章通伯谈话也口舌爽利。他开口章老师，闭口章老师，有意要拜在章通伯的门下；而章通伯对他的态度，也分外亲昵，气味相投。

夏竞雄走进办公大楼，就听见从会客室里，传出对章通伯的一片吹捧声，以及章通伯那沾沾自喜的刺耳笑声。

白德利抢先到达会客室门外，整了整衣冠，毕恭毕敬地报告："回章教务长，夏竞雄带到！"

室内寂然。章通伯威严地喝道："带他进来！"

夏竞雄傲然走进门去，一直走到客厅中央的地毯上站住，也不向章通伯行师生之礼，对于那三位文武官员，更是旁若无人。

当着三位客人，夏竞雄大扫章通伯的面子，气得他脸发青，一拍面前的茶几，说："夏竞雄，你干的好事！"

"是的，我并没有干坏事！"夏竞雄响亮地答道，"我同情苦难的乡民，反对欺压乡民的恶霸，是光明正义的行为。"

"放肆！"章通伯喊叫，"你败坏校誉，触犯刑律，可知潞河学院的校规森严如铁？！"

夏竞雄冷笑道："这个保护田连阡横行不法的刑律，我不但要触犯它，而且要粉碎它！潞河学院的校规，如果也为田连阡张目，我宣布不受它的约束。"

章通伯恶狠狠地说："夏竞雄，我奉命署理校务，有权开除你的学籍，把你引渡到警务处去。"

夏竞雄怒目而视，说："这吓不倒我！"

史友诗一看章通伯下不来台，忙站起身，拱着手说："章大人息怒，学生开导夏生几句。"然后，转过脸来，皮笑肉不笑地说："夏生，你煽动乡民作乱，行为已属不端；毒打田连阡先生，更为错上加错；尤有甚者，公然辱骂汤镇守使，实为罪不可恕……"

夏竞雄断喝一声："停止犬吠！"

史友诗还是吠个不止："镇守使大人十分震怒，本欲严加治罪，田连阡先生有古君子风，恳请镇守使大人姑念夏生年幼无知，法外开恩。并且委托鄙人向夏生转致诚意，邀请夏生出席他的爱子寿筵，敬如上宾，双方捐弃前嫌，永结和好。”

“好个大慈大悲的豺狼！”夏竞雄纵声大笑，“我也委托你向田连阡转致我的诚意，我很高兴再到他的府上去，去砸烂他那吃人的筵席！他妄图诱骗我向他摧眉折腰，忘记了我是谁的后代，他是什么东西！”

“你……你……”史友诗手脚冰凉，嘴唇发紫，“你怎么如此不识时务，不通情理？”

章通伯暴跳着说：“袁处长，你把这个不知改悔的歹徒抓走，严惩不贷，以儆效尤！”

袁宝锭刚要起立，马千乘扯住他的袖子，咬着他的耳朵说：“老头子气昏了。他已经拍电报请示金院长，金院长的电示到来之前，不可轻举妄动。”

袁宝锭吐了一下舌头，两眼一翻，看天花板。

正在这尴尬的时候，校长室的一个职员匆匆而来，把一封电报交给站在门口的白德利，白德利瞟了一眼，赶忙递交章通伯，小声说：“院长示下。”

章通伯打开一看，电文写着：

所请不准。夏之事，待我回校处理。在此期间，取缔春草社，禁止《春草》周刊出版。夏不得离校；踰出校界，不予保护。

章通伯大失所望。他在打给查理·金的电报中，不但建议取缔春草社，查禁《春草》周刊，而且建议将夏竞雄开除学籍，交给警务处惩办，以泄私愤。但是，查理·金很狡猾，他保护夏竞雄，并非有意怜才，而是为了笼络夏竞雄的心，为其所用；同时，也是避免得罪蔡松鹤这块金字招牌，大损潞河学院的阵容。

史友诗偷眼看那电报，全是洋文，他一字不识，忙问道："章大人，金院长如何指示？"

章通伯只得硬着头皮宣读电稿，但是把"所请不准"一句略去了。念完，板着面孔问道："史秘书长，马参谋长，袁处长，对于金院长的电示，你们三位意下如何？"

史友诗起立说："金院长圣明公断，学生代表汤镇守使表示，谨遵不误。"

马千乘语意双关地说："金院长刚柔相济，面面俱到。佩服。"

袁宝锭应声虫似的忙说："佩服，佩服。"

章通伯又问夏竞雄道："你呢？"

夏竞雄讽刺地一笑，说："我将以行动回答金院长的'圣明公断'。"

章通伯提高了嗓子叫道："袁处长！"

"卑职在！"袁宝锭垂手直立。

"请你下令贵部，如果发现夏竞雄出校，或春草社社员有所活动，立即予以逮捕。"

"是！"

"请你勒令印刷局，不得承印《春草》周刊，书铺不得代售《春草》周刊，报贩、报童不得偷送《春草》周刊。"

"遵命。"

夏竞雄转身而去。

马千乘急忙追出门外，连连唤道：“竞雄兄，留步。”

夏竞雄停住脚步，问道：“你想绑架吗？”

“误会了！”马千乘亲密地挽着夏竞雄的胳臂，“我们到楼下走一走，兄弟有几句肺腑之言奉告。”

他们走到办公大楼前面的大花坛里，夏竞雄很不愿意呼吸他那从军装里散发出来的香水气味，皱着眉头说：“如果我猜得不错，你是马千乘团长吧？有何见教，请讲。”

“请直呼我的名字吧！”马千乘热辣辣地说，“兄弟对竞雄兄仰慕已久，只是无缘拜识，怅甚。千乘与汤金銮并非同类，跟竞雄兄才是亲如一家。”

“我真莫明其妙。”

“令尊夏先烈是同盟会员，同盟会员也就是中山先生的信徒，竞雄兄子继父业，也必然信仰中山先生的三民主义。千乘不才，两年前曾充中山先生卫士，服侍左右，对中山先生忠心不二。因此，千乘与竞雄兄，是一家人。”

夏竞雄问道：“你既然是中山先生的卫士，为什么不到广州去？”

“兄弟负有蒋介石兄委以的秘密使命。”马千乘压低声音，神秘莫测，“竞雄兄有志革命，大可不必孤身冒险，与今愚为伍；千乘热望与竞雄兄结为秘密同志，精诚合作，共赴大业。”

夏竞雄不明他的底细，不敢相信他的花言巧语，说了声：“知道了！”便急急回蔡宅去。

## 22

谷铁铮和鹿鸣一见夏竞雄，就大骂王无冕，恨不食肉寝皮。

这些天，王无冕一手扒上了镇守使公署，一手抓住了田中玉，脚踏着《民言报》，呼风唤雨，兴妖作怪。

冯文藻被他扣留在报馆，像一头拉磨的骡马，在王无冕那无形的皮鞭催逼下，连夜为《古香》赶写王无冕点题的古代文人奇闻轶事。冯文藻本来是个老老实实做学问的人，硬逼他写这些低级趣味的文字，内心十分痛苦。但是，为了一家七口的衣食，为了满足妻子的虚荣心，他不得不忍辱含垢。后来，他从王无冕那鬼鬼祟祟的活动中发觉这个家伙翻脸无情，正在千方百计陷害夏竞雄和铲除《春草》。他为夏竞雄捏一把汗，更为自己惴惴不安，生怕被这个吃人生番所吞食，于是只有哑口无言，低头忍受。

冯文藻在惴惴不安，平步云却正飘飘欲仙。《民言报》刊登了他的《心曲》，他连同韩识荆的评论，以及一封倾诉衷肠的长信，寄到海滨避暑胜地，日夜渴望着章涟漪惠赐佳音。前天，王无冕找他，说要专心致力于《民言报》的改良，无暇为汤月容小姐讲解圣经和补习英文，请他暂时代理一下。他本来很不乐意，但是最近王无冕对他帮忙不小，他不能不有所报答，只得硬着头皮答应了。谁知他一进镇守使官邸，镇守使一家大小上下都对他笑脸相迎，盛情款待，奉若神明，因而他就更加沉浸于神仙之乐了。

王无冕忙得很。田中玉大掏腰包，在《民言报》投了资，投资总额超过了韩识荆，并且委托他为全权代理人，吃百分之二十的红利。有钱能使笔头转，他马上报效东家，写了一篇《大学生素描》，吹捧田中玉是今世之孟尝君，腹有实学而虚怀若谷，将来必是国家栋梁之材。过了两天，《民言报》头版上，出现了一则一百八十度大转弯的大字标题新闻，田连阡从为富不仁一变而为慈光普照的活菩萨；从臭名昭著之满清余孽和土豪劣绅，一变而为道德高尚之贤良方正；为田中玉大办生日，也不是鱼肉乡民的借口，而是乡党父老的公意。

今天下午，在竺姨到谷铁铮那里送信之前两小时，谷铁铮和鹿鸣，以及所有在通州的春草社员，都被传唤到警务处，警务处长袁宝锭亲自训话，宣布取缔春草社，查禁《春草》周刊，倘若发现有人暗中继续活动，官法如炉。谷铁铮回到家，他那间小屋遭到警察搜查，他所画的十二副揭发田连阡罪行的招贴画，被扯成七零八碎的一片片，撒满了床上地下。

谷铁铮在夏竞雄面前，气得像全身都着了火，用粗野的语言痛骂王无冕。鹿鸣哭叫着："我跟王无冕没完！此仇不报，誓不罢休。"

夏竞雄并没有激怒和冲动，沉痛地自责说："都怪我天真可欺，没有识破这个出卖灵魂的丑类，我一定要记取这个惨痛的教训。"他拿出叶兰从广州的来信，给这两个志同道合的好朋友看。

"雄哥，你是不是已经打定了主意？"鹿鸣急切地问道。

"我决定到广州投考黄埔军校去！"夏竞雄低沉地说，"科学不能救国，救国要靠武力。"

"我是你的影子，跟你一起走！"鹿鸣雀跃着说。

谷铁铮默默地吸完一支烟，才说道："也许我这个人心胸狭窄，睚眦必报；我要到盘山去找罗擒虎，从此月黑杀人，风高放火。”

夏竞雄叮咛说：“鹊桥村也有几位好兄弟，打算上盘山，你们要亲密合作。我们到了广州，设法把毛泽东先生和周恩来先生的指教，写信转告你们。”

鹿鸣急不可耐地说：“说时迟，那时快，走！”

夏竞雄说：“临行之前，我还想跟文藻和步云谈谈，劝他们不要跟王无冕同流合污。”

“你这个人太多情了！”鹿鸣反对说，“他们已经跟你无义，你何必再为他们操心？冯文藻住在报馆，完全被王无冕操纵，想见也不敢见你，而且也没脸见你。平步云自以为春风得意，更听不进你的逆耳忠言。”

夏竞雄慨叹一声，说：“同学数年，相识一场，总不忍看他们沉沦下去。”

谷铁铮又感动又讽刺地笑道：“因为你多情，才吃了王无冕的亏；但是，也正因为你多情，我们这些人才热爱你，追随你。”

夏竞雄苦笑了一下，说：“那就写几句临别赠言吧，鹿鸣替我给冯文藻送去。”

他到书房，打开铜墨盒，铺开素笺，思索片刻，无限感慨，便振笔疾书起来。有感而发，语重心长，一气写成十页，才意犹未尽地搁了笔。

谷铁铮和鹿鸣走后，天已大黑，夏竞雄到他在锦秀斋的宿舍去收拾东西。被褥已经搬到蔡宅，宿舍里只有一些教科书和笔记本，以及简单的梳洗用具。收拾完毕，他忽然感到舍不得离去，坐在临窗的书桌上，回想起三年前他考入大学，住在这个房间的第一夜的情景。而今晚，却是他做为大学生的最后一天，走出房门，也就告别了他的大学生的生活。这是多么令人辛酸的，留恋的。

月亮升上协和湖畔的柳梢，湖风吹来，几片落花飘进屋里，落在他的身上，他也舍不得掸去。后来，他捏起一朵，嘘出窗外，落花飘呀飘落在草坪上，好像幻化出叶兰的面影。三年中，叶兰曾多少次从小径上笑吟吟走出来，站在楼下叫他，走上楼来看他。

最后，他终于毅然决然地站起身来，提起两只网篮，走出门去，上了锁，并且把钥匙扔在门下，表示永别。

告别锦秀斋，走到湖畔，路过弓脊小桥，却发现平步云伫立在湖心小岛的一角，叨叨唠唠，口中念念有词。友情在夏竞雄的心中一阵激荡，想走过去跟平步云谈谈；但是，又想起不过十天之前在湖心小岛的谈话，言犹在耳，而平步云早已背信弃义，便觉得不必枉自多情了，于是匆匆走了过去。走出十几步，总觉得自己还应尽到最后一分心意，便又转身走了回去，喊了一声："步云！"

平步云被吓得腿一软，一屁股坐在了地上，哆哩哆嗦问道："谁？"

"我！"夏竞雄的声音里带着怒气。

"啊，不要杀我！"平步云好像神经错乱了，连滚带爬地逃跑。

"这个废物！"夏竞雄发出恨声。

他哪里知道，平步云正想自杀，却又怕死；自杀的罗曼蒂克风味吸引着他，死的恐惧却又吓得他不敢小试一下。

平步云的神仙之乐已经乐极生悲，上了王无冕的当却还蒙在鼓里。

王无冕当初愿当汤月容的家庭教师，不过是想利用汤月容做为他向上爬的政治阶梯；谁知刚一接触，他就发觉这位小姐万万沾不得。为免杀身之祸，只有赶快金蝉脱壳，便抓了平步云做替身儿。平步云不通人情世故，汤月容一眼就看出他是个雏儿，便故作温柔娇媚，挑逗勾引，平步云就迷迷糊糊失身给她了。汤月容也着实喜爱平步云的风姿秀美和大学生金牌，比起她阅历过的副官、卫士之类的货色，又文雅又体面。于是，她一心要嫁给这个才貌双全的小哥儿，施展出家传的泼皮无赖手段，倒打一耙，大哭大闹；汤金銮提着手枪赶来，要一枪打死平步云，汤月容却又扑在平步云身上，情愿同生共死。史友诗也忙赶来劝解，提醒汤金銮，平步云的姐夫林和霖是潞河学院官居一品的人物，院长查理·金的红人儿，有洋大人作主，是惹不起的。汤金銮头脑清醒，细一思量，自己是个偷鸡贼出身，而平步云的亡父却是江南名士，结起亲来，很给他的门第增光。而且，通过林和霖的途径，巴结上洋大人查理·金，更助他的声威，长他的势力，大有便宜可占。再一想，自己那个麻脸女儿，要人才没人才，要文才没文才，嫁给一个面如冠玉、才高八斗的大学生，明明是大赚特赚。因此，他越发觉得将平步云招为乘龙快婿，自己和女儿都是吉星高照，福气不浅。他跟史友诗经过一番谋划，请来了王无冕。王无冕乐得做个顺水人情，又是哄骗，又是恫吓，逼迫着平步云亲笔写下婚书，按了手模，答应明年大学毕业以后，就跟汤月容举行正式婚礼。平步云又羞，又怕，又愧，又恨，惊吓失魂，回家就发高烧。偏又接到章涟漪的一封来信。章涟漪跟着林和霖到海滨，林和霖厌倦了她，又去追逐别的女人，所以在她给平步云的信中，满含弃妇的哀怨，答应今后她的这颗心只给平步云一人。平步云一想到自己已经给汤月容立下卖身契，肺腑大恸，写了一封留给章涟漪的遗书，决心投协和湖自杀。但是，正如无志之人常立志一样，他是怕死之人常想死，到底还是苟且偷生。

夏竞雄对平步云完全失望了。回到家，躺在床上，百感丛生，夜不能寐，直到天明，才蒙眬入睡。

鹿鸣吵醒了他，他一边披衣裳一边问道："见到文藻了吗？"

"十足的软体动物！"鹿鸣骂道，"他本来是不肯见我的，我在报馆前大吼大叫，他才不得不下楼来，一副心惊肉跳的样子。他草草看完你的长信，对我说：'我就不给竞雄回信了。请你代我向竞雄致意，他对我的友谊，我铭记于心；同时，我也出自一片真情，恳求他急流勇退。以他的超人才智，明年大学毕业，出国留学几年，得个博士学位是轻而易举的，何必铤而走险，自讨苦吃呢？'"

夏竞雄叹了口气，说："完全是犬儒哲学，志不相同心难通。不过，冯文藻总算还比平步云略有人情。平步云昨晚一听我叫他，吓得惊叫狂奔，一点人样子都没有了。"

鹿鸣鄙夷地说："这个小白脸子，本来就不够人格，如今又被汤金銮招赘为婿，也就堕落成为一个面首了。"

夏竞雄吃惊地问道："当真？"

"冯文藻亲口对我讲的。"

"可耻，可恨，可悲！"夏竞雄痛心地说。

鹿鸣问道："你打算什么时候动身？"

夏竞雄寒心地说："此地已无可留恋，天黑就走。我们先到盘山去找罗擒虎，然后就到鹊桥跟龙乌骓会合。"

鹿鸣说："铁铮叫我告诉你，天黑以后你先走，他还有一件事没有办完，要我助他一臂之力。你在盘山口等我们，等到中午不见人影，你就独自去找罗擒虎。"

夏竞雄问道："铁铮一向快刀斩乱麻，怎么这一回却拖泥带水？"

"谁知道他！"鹿鸣装作不知底细，"他这个人脾气古怪，你问他，他也不告诉你。"

鹿鸣走了，夏竞雄对竺姨隐瞒真相，只说叶兰信中叫他到广州去，竺姨给他借了路费，入夜，他从蔡宅后面翻过校墙，头也不回地离开了这块文化殖民地。

沿北运河走出四五里，忽听通州城内响起连珠鞭炮似的枪声。他恍然大悟，一定是谷铁铮和鹿鸣想给通州留下一点临别纪念，怕他劝阻，所以瞒住了他。

## 23

天光大亮，夏竞雄走进螺旋形状的山口，只见从峡谷里淌出一条急湍的小河，绿树夹岸，水汽如烟。夏竞雄仰望山峰，松林郁郁苍苍，红日给山林镀上闪光的赤金色，十分壮丽。他蹲在小河岸上，手捧着清凉的涧水，喝了个饱，漱了口，洗了脸，又脱下鞋，把两脚泡在小河里，解解乏。距离罗擒虎扛长工的石鼓寨还有十二里，要翻过七道山坡，不喘息喘息，再也走不动了。

他走了一夜，又是急如星火，太疲乏了。脚泡在小河的浅水里，身子倒在岸边的野花丛上，就呼呼睡着了。

睡梦中，忽听一声虎啸，山鸣谷应，把他从酣睡中惊醒，跳起来四下张望。

“哈哈哈哈！”

一块嶙峋怪石上，屹立着一个巨人，发出孩子气的爽朗笑声，那笑声像铜钟似的震得人两耳嗡鸣。

这个巨人一般的大汉，粗犷剽悍，头戴卷边大草帽，赤裸着酱紫色的宽阔胸膛，穿一条肥大短裤，脚下飞边洒鞋，俗称踢死牛，身背一支猎枪，满腰缠着枪沙袋子。

“虎哥！”夏竞雄喊道，“你还认得我吗？”

罗擒虎咧开四方大口哭了，说：“兄弟，哥哥就是瞎了眼，听也听得出你的脚步声，摸也摸得出你的模样儿。”他飞身一跳，跳到夏竞雄面前，把夏竞雄高高举过了顶。

这个虎背熊腰，身高六尺的汉子，纯洁得像个孩提，怀有一颗赤子之心。他从小就生得雄壮，憨头憨脑，直心眼儿。他三岁丧母，八岁丧父，给石鼓寨的财主家放羊，练出一身爬山本领；他小名叫虎子，所以人们就管他叫爬山虎儿。他能肩扛一块大石，走悬崖，登峭壁，如履平地；暴风雨夜，电闪雷鸣，也敢攀越险峰峻谷，寻觅失散的羊群。他跟夏竞雄，是幼年的总角之交。夏竞雄跟着母亲搬回盘山，每天跟随母亲上山打柴挖菜，他在山上放羊，天天见面。他一个人放羊很寂寞，一见夏竞雄就眉开眼笑，欢蹦乱跳。他能爬山，胆子大，有力气，就让夏竞雄的母亲看羊，他到山崖上砍柴，砍一回就够烧几天的。然后，他就把夏竞雄拉到山坡树荫下，磨着夏竞雄说故事，听得有趣，笑得在地上打滚儿。他非常惊奇夏竞雄那小小的头脑里，故事说不完讲不尽，就像盘山最高峰上那眼永不枯涸的山泉。夏竞雄的母亲去世，他送夏竞雄到通州念书，一路送，一路哭，哭声震山冈。今天一见夏竞雄的面，深厚的旧情复发。

夏竞雄躺仰在他的巨掌上，笑道："虎哥，放下我吧！举在头上，怎么说话？"

罗擒虎将夏竞雄轻轻放在地上，仍然喜不释手，眼含热泪说："兄弟呀，哥哥想你，一年要做三百个梦。哥哥没爹没娘，没有三亲六故，人世间只有你是哥哥的亲人。"

夏竞雄说："虎哥，如今我离开了那个学校，人世间也只有你和劳苦大众，才是我的亲人。"

罗擒虎的大手抚摸着夏竞雄的脸颊，说："我赶驴驮子给田连阡家送山货，刚打碧水湾回来。那儿的乡亲百姓，提起你为穷苦人打抱不平，单枪匹马跟田连阡对阵，没有不夸赞你的。我又听说你被团丁押走了，心里像滚油煎似的，正想进城打听消息，想不到你鸟儿出笼，飞到盘山来了。"

夏竞雄拉他坐在小河岸上，说："我来搬兵请将，请你猛虎下山，帮我们跟田连阡恶战一场。"

罗擒虎擂得巨石般的胸膛山响，说："我还用你请呀！你喝一声，我就一马当先打头阵。"

夏竞雄说："我要的是兵多将广，万马奔腾。"

罗擒虎喝喝笑道："你别看哥哥人不出众，可有几个敢上刀山的弟兄哩！"

夏竞雄严肃地说："要跟大伙儿说明白，事闹大了，杀头坐牢，身家性命不保，不可勉强。”

罗擒虎笑嘻嘻地说：“这几个弟兄，都是上无老下无小，没有老婆孩子缠手绕脚，论胆量，不敢说包天，也敢说盖地。”

夏竞雄又深一步说：“打了田连阡，事情不算完。我跟鹊桥村的龙乌骓要到南方去投共产党，学会革命再回北运河，留下的人想上盘山，你看有没有落脚藏身之地？”

“山高林密，哪儿不能落脚藏身？”罗擒虎贴着夏竞雄的耳朵，小声说，“你也是盘山长大的，听说过有个小桃源吧？多少年谁也找不着，可叫我找到了。天机不可泄露，我谁也没有告诉。”

夏竞雄好奇地问道：“那里面果真有人烟吗？”

罗擒虎失望地摇着头说：“我只看见几间石屋，几座锅灶，没有人住，想必是早就搬走了。”

夏竞雄说：“快带我去看看。”

罗擒虎勒了勒腰带，说：“肚子饿了，先到石鼓寨吃饭，吃完饭再去。”

他俩爬过七道山坡，来到盘山八十八村寨的中心石鼓寨。石鼓寨背靠一座山崖，三面虎斑石寨墙，寨内二三百户人家，街道崎岖，到处有山花古树，只在十字街头有两家杂货铺，几家山货作坊，还有一家小饭馆。他们吃的是山小米饭，炖山鸡肉，烹调不佳，味道很美。吃过饭，就去爬山。

出石鼓寨东门，沿一条草茂树深，藤萝蔓延，绿苔斑驳的迷鸟道，盘旋而上；再登一条直刺苍穹的上天梯，便爬上一片方圆二亩的平坦山岩。站在这片悬空凸出的山岩上，仰望云雾茫茫，奇峰壁立，好似刀山剑树；俯瞰村寨小山，星罗棋布，隐没林莽之中；远眺三百里北运河，像一道游丝细线，缠绕在苍茫大地上。这片山岩名叫伏虎台，有一个传奇故事发生在此处。传说，千百年前，一个年轻猎人入山寻猎，从朝至暮，追逐一只吊眼金睛白额虎。太阳落山，月色朦胧，猎人追到这片山岩上，忽见吊眼金睛白额虎匍匐在地，战栗不止，猎人弯弓而射，火星迸溅，一箭没羽，猎人筋疲力竭，倒头沉沉昏睡。天明醒来，睁眼一看，哪里是什么吊眼金睛白额虎，分明是一块虎状巨石，他想拔出箭来，大半截折断在巨石里。

夏竞雄背靠虎石歇一歇脚，嵌在石虎背上的半支箭仍然存住，真是离奇。这个传奇故事，充实了他的气力，他又跟踪罗擒虎，向上攀登。

盘山有多少洞？谁也说不清。山歌云："大洞三千六，小洞似牛毛。"这个数目，并不可靠。因为，即便是一生凿遍盘山每块石头的石匠，挖遍盘山每块泥土的采药人，也说不出盘山大小山洞究竟有多少，传说中的小桃源，就是一个谜。

这个美丽的传说，也说的是有个猎人，追赶一只被他射中的吊眼金睛白额虎，迷失方向，闯进一座山洞，洞口崩塌，断了后路。九死一生，他只得向前寻觅出路。山洞迂回曲折，越走越窄，只能爬行。忽然，前面仿佛有一道亮光，猎人大喜，只当是找到了出洞的洞口，便径直爬过去。谁想，洞中有洞，别有洞天。猎人爬到最深处，放眼望去，啊！好一块阳光沃土，一条清凌凌的小河，夹岸都是桃树，落英缤纷，铺满河边的绿茵小路；几叶扁舟，一群白鹅，浮游水上。猎人沿河而行，只见处处是良田、鱼池、桑园，一条条阳关大道，通向一座座树木葱茏的小村落，鸡鸣犬吠，牛羊成群，一派其乐陶陶的太平景象。猎人又饥又渴，奔向一个村落，讨口吃喝。只见村落里一色的白石小屋和竹篱小院，男女老幼的衣着打扮，都是古风古色。他们发觉闯进一个陌生奇怪的外来人，一阵惊慌，吹起牛角，眨眼之间，全村的男子汉手持棍棒应声而来，把猎人团团围住。一位年逾古稀的长者，和颜悦色地问猎人来自何方，因何至此，猎人一一回答，众人大为惊异。猎人反问众人，此地是何处，属哪一朝，是哪一代，众人笑而不答，只说此地没皇上，不纳粮。猎人被当成贵客，今天这家请他吃酒，明天那家请他用饭，家家都是粮满仓、猪满圈，丰衣足食。他亲眼看见，这里没有富人盘剥，没有官府勒索，没有大兵骚扰，没有偷盗抢劫；这里也没有邻里不和，没有打架斗殴，没有赌博放债，没有财帛之争；这里家家互通有无，不分彼此，休戚相关，情同骨肉；这里日出而作，日入而息，男耕女织，人人勤俭。猎人每天跟众人下地干活，夜晚在打谷场上聚会，听唱戏说书，玩笙、管、笛、箫，非常快乐。一日，他忽然想起本村的穷苦乡亲，若是迁到这里安居乐业，该有多好。于是，就跟那位年逾古稀的长者说出这个心思，老人请全村男女老幼一同商量，大家都很欢迎。第二天，猎人告辞，众人送他上路。猎人返回家乡，挨门挨户，叙述他的所见所闻，劝说大家脱离苦海，迁往福地。乡亲们又想到自己的穷苦亲友，理应有福同享，奔走相告，走漏了风声，被官府知道。县官差遣衙役三班，将猎人拘到衙门，逼他带路，到那个小桃源去征收苛捐杂税。猎人怎能出卖那些好人，死也不肯答应！县官大怒，给他加了个妖言惑众的罪名，严刑拷打，押入死囚牢。猎人受刑过重，又遭百般折磨，惨死狱中，从此再没有人知道那条通往小桃源的途径。

这个故事，人们是爱听的，就像跋涉在沙漠里的旅人，对于海市蜃楼幻象中的青山绿水，也会感到一阵心旷神怡。但是，人们对于这个故事也是半信半疑的，更没有人想去探寻这块乐土。然而，罗擒虎却与众不同，他是个直心眼儿的人，又充满孩子气的幻想，只要他喜爱的故事，都信以为真。他想找到这个小桃源。还因为他从小给财主放羊，挨打，受骂，吃不饱，渴望找到一个能够吃饱饭，又没有人虐待他的地方，这个小桃源正是他所理想的境界。而且，他是个爬山虎，胆子奇大，多险恶的山峰都能爬，多深黑的山洞也不怕。于是，他从十一二岁起，见山峰就上，见山洞就钻，十几年如一日。

攀险峰难不住他，钻山洞可吃苦不少。有的山洞一团漆黑，怪石嶙峋，常常碰破他的头，跌伤他的腿。有的山洞是狼窝，咬得他鲜血淋漓；这个他也不怕，他有胆有力，敢跟恶狼搏斗，能把恶狼打死。叫他胆寒畏怯的是山洞里有马蜂窝和蝎子窝，螫得他头大如瓮，全身红肿。但是，他是个一条道走到黑，九头牛也拉不回的人，千难万险也动摇不了他的决心。终于，前些日子，他扒开一座崩塌的洞口，爬了进去，发现了小桃源的遗址；然而，却使他大失所望，多年的美梦破灭了。

罗擒虎带着夏竞雄走进小桃源，山洞里十分幽暗，所以并不是阳光沃土；有一条山泉流泻的小溪，夹岸并没有桃树，只有稀稀落落的野藤和荆棘；当然，也没有良田、鱼池、桑园，更没有道路、村落、鸡鸣犬吠、牛羊成群和衣着打扮古风古色的人。不过，那几间石屋，几处石灶，可以肯定曾经有人居住。

夏竞雄搜索到一枚制钱和一柄折断的锈刀，他拿到从山石裂缝中漏进的阳光下看，制钱上镌刻着“大顺通宝”四个字，于是他发思古之幽情，说：“这个制钱，是李自成的大顺朝的钱币，由此可以断定，曾在这里栖身的必是明末清初的人。再从这把断刀推想，很可能是闯王的一支人马，在败退中与主力失散，退守这个山洞，或到这个山洞隐蔽。而且，可以进一步设想，他们一定在这里居住了较长的时间，并且有随军的女眷，所以才建造屋舍。”

罗擒虎大笑道：“好！你跟龙乌骓走后，我们留下的人就在这儿安营扎寨。”

夏竞雄问道：“你们的驴驮子，哪一天再到碧水湾去？”

罗擒虎说：“明天天一黑就上路，后天太阳落山之前到碧水湾。”

夏竞雄想了想，说：“还有两天一夜，我正好跟你那些弟兄们结识结识，做个掏心朋友。”

他俩走出小桃源，又在伏虎台歇了歇脚，然后下上天梯，走迷乌道，回石鼓寨。

## 24

月黑了，八副驴驮子从石鼓寨出发，出盘山口，奔禹门湾去。八头高大健驴，响着叮当叮当的铜铃声，奔走在青纱帐里的夜路上。八名强壮的脚夫，一个个短衣打扮，身上带着长短家伙。罗擒虎是领队人，比别人多一件火器，腰间还别着两把匕首。他手提马灯，赶头驴，走在前面。

往日，驴驮子走夜路，脚夫们一路上高唱呼叫，笑语喧哗，惊扰得村村犬吠，不得安宁。今晚，却是鸦雀无声，只有脚步嚓嚓地疾行。

罗擒虎从小桃源回到石鼓寨，就把那七名脚夫叫到一起，先跟大伙儿亮了底。这七名脚夫都是二十三四岁的年轻人，一个个争强斗勇，不知道天地间有个怕字，一听说打田连阡大院，也不问成败利害，过节一般欢呼起来。他们对于田连阡的悭吝和蛮横，早窝着一肚子火，正想迸发出来。而后，罗擒虎带着夏竞雄出了场，夏竞雄在这垛已经冒烟的干柴上，又投下一支松明火把，于是他们更要把这昏天黑地戳几个窟窿。

罗擒虎一定不许夏竞雄步行，把他抱到驮筐上。夏竞雄在驴背上默默沉思，心情感到沉重。他刚刚告别了象牙之塔的大学生活，就开始了拿刀动枪的造反者生涯。从领导春草社的一群青年知识分子纸上呐喊，到带领鹊桥村和盘山的青年农民进行抗争，这在他的人生道路上，是一个突变，也是一个巨变。他的思想准备不足，更缺乏指挥能力！他很怕由于自己的失误，重蹈父亲率领二十八名同盟会会员攻打道台衙门的覆辙。

忽然，他的心头一亮，他像是看见了布谷姑父和蔡松洁姑母，也仿佛看见了周恩来，看见了共产党，高举着一支红光普照的火把，照得夜行路上一片通明。于是，他的信心陡增，斗志昂奋起来。

“虎哥！”他俯下身去，拍拍罗擒虎的肩膀，“你们进入碧水湾，要不露形迹；我到鹊桥村以后，就打发人去跟你们接头。”

罗擒虎从腰间摘下一个荷包，荷包上拴着一个石虎坠儿，放在夏竞雄的手里，说：“这就是接头的信物儿。”

第二天太阳平西，他们远远望见碧水湾。夏竞雄跟罗擒虎分手，钻进青纱帐，抄小路奔鹊桥村去。

离开鹊桥村不过两天，他便感到无比的思念。现在，他已经斩断了跟潞河学院的最后一根藕丝，整个儿属于他生身之地的鹊桥了。他走得很快，好像流星赶月，恨不得一步踏上投梭河的小桥。

“站住！”

突然，从他迎面的坟圈子里，蹿出一个酒糟鼻子的团丁，枪口对准了他，他想跑已经来不及了。

“干什么！”夏竞雄怒喝道，“拦路行抢吗？”

“拿你换酒喝！”酒糟鼻子嗡嗡地说。

夏竞雄眉头一皱，计上心来，笑道：“没钱喝酒吗！我腰里还有几十块钱银票，咱们交个朋友。”

“少跟我甜言蜜语！”酒糟鼻子端枪逼过来，“我曲六儿铁面无情。”

夏竞雄引诱说：“你把我押到碧水湾，这几十块钱，分文也到不了你手。”

“掏出来！”酒糟鼻子曲六儿眼红了。

夏竞雄慢吞吞掏出一张银票，几块大洋，一把铜板，故意数了又数，掂了又掂，舍不得给。

曲六儿饿狗一般扑来，夏竞雄正等着他这个动作，猛起一脚，踢在他的腕子上，那支枪落了地。夏竞雄以燃烧起来的勇力，跟曲六儿扭打一起。夏竞雄从小就很文气，极少跟人打架，觉得动手打架是很丢脸的。但是，当他被逼得背水一战的时候，他却表现出豹子一般的迅猛。这时，他像疾风暴雨一般拳打脚踢，把曲六儿打倒在地上。曲六儿呼叫：“来人，救命呀！”他又狠狠地照曲六儿的太阳穴上捣了一拳，曲六儿口、鼻、耳、眼大出血，不能动窝了。

高粱叶子沙沙响，他慌忙从曲六儿身上跳起来，抓起曲六儿的枪，准备抵抗。忽然，他看见，高粱垄里，闪现出芳倌儿的面影和柳叶枪的寒光。于是，他感到一阵极度的兴奋和疲惫，天旋地转晕倒了。

……他的耳边听见潺潺的流水声。吃力地睁开眼睛，发现他躺在织女河边的柳荫下，芳倌儿正用从他身上脱下的汗衫，浸湿了织女河的清水，擦着他的脸，擦着他的胸膛。

“芳倌儿，”他撑起身子，“那个团丁呢？”

“你把他打死了，”芳倌儿神色紧张地小声说，“能站起来吗？跟我过河。”

芳倌儿搀扶着夏竞雄站起身，夏竞雄仍然感到四肢无力，又靠在了一棵柳树上，喘息了一阵。芳倌儿背起枪支弹药，然后又搀扶夏竞雄走到一片浅水处，架着他的胳臂下河。上了岸，钻进柳荫白沙小道，芳倌儿长出一口气，说：“多险哪！”

夏竞雄问道：“怎么那个团丁喊叫来人，反倒把你喊来了呢？”

芳倌儿说：“前晌，杨望春打发岳十五送信来，说有一个巡官带着两个警察来到田家大院，是奉了警务处的命令，把你追捕归案；田连阡就下令他的团丁，在鹊桥四处的大小路旁埋伏着，等你到鹊桥来，就抓住你。我们一听都急了，也分头到青纱帐里躲藏着接应你。谁想，你正跟曲六儿拼命厮打，叫我遇见了。看来，你不像我想的那么文绉绉的，倒是文武双全呢！”说着，忍不住哧哧笑了。

她把夏竞雄搀回了家。夏竞雄倒在西屋的小炕上，就疲乏地闭上了眼睛，说：“你把骓哥找来。”

龙乌骓、邢端正和蓝铁砧一齐来到，只见夏竞雄面无血色，苍白如纸。芳倌儿轻轻摸了摸他的额角，热得烫手，焦急地说：“他病了，我去找药。”一转身，跑了出去。

夏竞雄醒了，挣扎着想坐起来，龙乌骓忙按住他，笑着说：“竞雄，我们起五更赶个晚集，走在你后头了，反倒让你头一个夺了枪。”

“你们也赶快夺枪吧，”夏竞雄说，“今晚上就行动。”

龙乌骓坐在他的枕边说：“田连阡今天派出了四个团丁，你打死了一个曲六儿，还剩下三条癞狗，我们一人拾掇一个，不费吹灰之力。”

夏竞雄拿出那个拴着石虎坠儿的荷包，说：“罗擒虎跟他那七个弟兄来到了碧水湾，跟咱们里应外合；你请大伯拿着这个信物儿，跟他们去接头。”

芳倌儿找药回来了，龙乌骓就带着邢端正和蓝铁砧去夺那三个团丁的枪。

夏竞雄问芳倌儿道：“你到哪儿找来的药？”

芳倌儿笑道：“过江找青灯罩老奶奶，讨来了起死回生的灵丹妙药。”

夏竞雄吃下两丸，说：“你到端正大哥家里，找来笔砚，我把那篇《讨田连阡檄》改一改，写成告示。”

“对！”芳倌儿高兴地说。“过去，只许官府贴那些欺压穷人的告示，这一回该咱们贴一张镇唬财主的告示了。”

夏竞雄刚把告示写完，龙乌骓他们夺枪回来了。

“真是温酒斩华雄！”夏竞雄赞叹地说。

隔壁，桂枝嫂做了一大锅饭，还炖了一盆鸡肉，叫大家过去吃。她决定跟丈夫到盘山小桃源去，所以把鸡全杀了。

正吃着，龙大海老人和娃娃脸岳十五，一同从碧水湾到来。老人笑眯着眼睛说：“这个罗擒虎，真是一只虎：虎头虎脑，虎声虎气，虎胆虎力。”

岳十五说：“这位虎哥都安排停当了：他带着四个最能登高的弟兄，爬上内宅大房，下院子，另外三个弟兄交给乌骓哥调遣。”

夏竞雄问道：“碧水湾还有多少团丁？”

岳十五扳着指头算道：“今晚上，大院里就留了那个巡官、两个警察跟两个保镖护院的；剩下八个团丁轮班在镇里巡逻，反正不是进宝局子，就是钻狗洞，咱们掏螃蟹吧！”

“好！”龙乌骓说，“十五，你快回去捎话给罗擒虎，我们这就动身。”

大家饱食一顿，龙乌骓下令出发，夏竞雄也要去。

“你有病，不能去！”龙乌骓拦住他。

蓝铁砧说：“兄弟，你打死曲六儿，夺了一支枪，立了头功，别抢我们的行市吧！”

邢端正也劝道：“你是佩挂帅印的人，还是留在中军帐里坐镇。”

“逞什么强！”芳倌儿又掏出两丸药来，“吃下去。”

夏竞雄只得留下，把告示递到邢端正的手里，叮嘱说：“贴在人人看得见的地方。”

他和芳倌儿送他们到投梭河小桥，龙大海老人肩扛长矛，身背硬弓，从瓜田里走出来，不声不响地跟在他们后面。夏竞雄想要劝阻老人，芳倌儿扯了他一下，不叫他管。

他俩坐在瓜楼上，等候着碧水湾一声枪响。今晚是个阴天，天地昏黑，田野上呈现着大雷雨前的可怕的沉寂。夏竞雄的身体还很虚弱，靠在瓜楼上，心跳得像鼓响。芳倌儿的手紧紧握着柳叶枪，汗水从指缝里淌下来，咬破了嘴唇，也不感到疼痛。

猛地，吧，吧，吧！枪响了，却又沉静下来。芳倌儿扔了柳叶枪，哧溜溜爬上一棵钻天杨，站在树梢上瞭望。陡然，一团火光腾空而起，枪声像炒豆般响起来，同时也传来了惊天动地的怒吼声和喊杀声。

“火烧田家大院啦！”芳倌儿欢叫着。

大火燃天，夜空一片血红。

## 25

龙乌骓和罗擒虎，带领鹊桥村和盘山的十几名弟兄，还有尾随在后面的龙大海老人，得胜而归。

他们有的骑着那八头健驴，有的骑着田连阡的走骡快马，在投梭河小桥头站下来，列队成行，威武雄壮。

夏竞雄和芳倌儿迎上小桥，罗擒虎大步奔过来，走到夏竞雄面前，低下头去，说：“兄弟，我大篓洒油满地捡芝麻，光顾得杀团丁，砍警察，不提防田连阡钻了地道，再也找不着。你就当着众兄弟的面，按军法治我的罪吧！”

龙乌骓忙跨步上前，说：“打下田家大院，擒虎哥该记大功。他带着四位盘山的弟兄，爬高墙，上大房，跳下内院，杀死牛三青，收拾了巡官、警察、保镖护院的，开了大门，接应我们进去；又放了一把大火，烧得田连阡的狗窝片瓦无存。”

夏竞雄问道：“地契借券都搜到了吗？”

邢端正答道："老洋狗收藏得严密，挖天掘地也找不着。擒虎兄弟火起，这才放火烧个干净。"

龙乌骓在夏竞雄耳边小声说："你给大伙儿说几句话，就赶紧上盘山吧！这儿不能久留。"

于是，夏竞雄走近队列，强忍住激情的热泪和别离的伤感，高声说："好大哥们，好兄弟们！打下田家大院，火烧狗窝，咱们不光跟田连阡结下了深仇大恨，也跟这个欺侮穷人的社会，压迫穷人的官府，不共戴天了。咱们这个举动，古来叫造反，如今叫革命。从此时此刻起，咱们只有横下一条心，宁死不回头。革命好比汪洋大海，好比长江大河，咱们这支小小的队伍，不过一条小水沟，必须接上源泉，才能大河水涨小河满。所以，我跟乌骓大哥要到南方投奔共产党，接上头，学会革命的本领，再回来。留下的弟兄们，邢端正大哥和罗擒虎大哥带领大伙儿上盘山，要同生共死，亲如手足。"

然后，他跟龙乌骓把邢端正和罗擒虎带到瓜楼去，叮嘱他俩要同心共命，带好这伙弟兄，等他们从南方回来时，不能缺少一人。

罗擒虎把夏竞雄紧紧搂在怀里，哽哽咽咽地说："兄弟，你的话，就是金口玉言，哥哥不敢有半句不听。"他抹了一把泪水，给龙乌骓深深作了一揖，说："好哥儿们，万里迢迢，你多照应我兄弟吧！"

龙乌骓抓着他的双臂，感动地说："擒虎哥，你放宽心。我这条命，保竞雄兄弟一路平安。"

邢端正一手拉着夏竞雄，一手拉着龙乌骓，说："你俩虽说是我的兄弟，胆识可比我这个当哥哥的高得多，你们是我的主心骨儿。我只盼你们早回来，早回来。"

村里鸡叫了，龙乌骓催道："你们快带队上路，我跟竞雄兄弟也得火速离开鹊桥。"

罗擒虎跑出去发令，弟兄们整队。桂枝嫂来了，抱着个大包笼，娃娃脸岳十五双手一叉她的腰，举她上了驴驮子。

夏竞雄对芳倌儿说："你也跟桂枝嫂走吧！"

"我不走！"芳倌儿说，"我还要给你们俩送行。"

夏竞雄又问龙大海老人："大伯，您呢？"

老人说："我还是留在平川上，给他们当个耳目吧！"

龙乌骓挥着手说："擒虎哥，带队上路，快走！"

罗擒虎又匆匆抱了抱夏竞雄，急忙跨上健驴，奋勇前行；邢端正骑一匹大青骡子，走在最后督队。

龙大海老人说："他们走了，你们也上路吧！早走早心安。"

夏竞雄依依不舍，说："大伯，您跟我们回家去，再说一会儿话。"

"我还是看瓜守桥吧，"老人说，"坐在一块儿，拉不断，扯不断，又得掉眼泪，出远门不吉利。"

夏竞雄、龙乌骓和芳倌儿回到小院，收拾东西。芳倌儿说："你们今晚不能走，竞雄哥的病还不见轻，走不了长路；我划船送他到青灯罩老奶奶家，再吃几丸药，养息养息。"

夏竞雄说："我能走，还是今晚走。"

这时，碧水湾方向枪声大作，人喊马嘶，遍地灯笼火把。龙大海老人跑来，跺着脚嚷道："汤金銮从通州城发兵来了，你们给我走吧！"

芳倌儿连忙牵着夏竞雄的手，跑向江边，跳上小船，龙乌骓打桨，向江心箭一样划去。他们过了江，把小船藏进芦苇丛中，回头一看江东，汤金銮的骑兵已把鹊桥村团团围困。

他们三人，急急忙忙钻进林莽，奔河湾的三千户，到青灯罩老奶奶的寒窑投宿。

三千户，原是北运河西岸的一个大镇，三百里北运河义和团的总坛，就立在三千户的望河楼上。八国联军入侵，几艘铁甲兵船从河面上炮打三千户，毛子兵上岸又进行一场血洗，三千户只剩下三十户。

义和团的风暴，平息不过二十几年，尽管烈士的白骨已被黄土深深掩埋，岁月如流，冲涤着历史的血污，但是三千户的创伤太重，二十几年并不能愈合。孤儿寡妇的眼泪里，永远有先人的面影，睡梦中，扫墓时，便听见先人号召复仇的呼唤声。未经修复的断壁残垣，泥沙之下的断矛折刀，是这一历史的文物，幸免于难者的口头传说，是这一历史的记录；青灯罩老奶奶，则是这一切最权威的见证。

青灯罩老奶奶的男人，是龙大海老人的师父，三百里北运河义和团的发起者，死于跟八国联军的大血战中。老奶奶当时已经四十几岁，掩埋了丈夫的尸体，披麻戴孝，统领一支青灯罩，都是一色青的裤褂，上阵砍杀，比男人还手狠。因此，青灯罩老奶奶在义和团后代儿郎的心目中，是德高望重的老长辈。龙大海老人像对待亲娘一样孝敬老奶奶，老奶奶最疼爱聪明、美丽、深情、嘴儿甜的孙女儿芳倌儿。

老奶奶的寒窑，坐落在村北的高岗上。寒窑深入地下，两个窗洞跟地面一平，烟囱竖在寒窑背后。寒窑里，四壁抹着花秸泥，一张小炕，一座小灶。老奶奶和一窝鸡、两只羊、一条忠心的老狗生活在一起，每日纺线、养鸡、喂羊、给人扎针、拔罐、治病、接生，勉强糊口。

龙乌骓将夏竞雄和芳倌儿安顿在老奶奶的寒窑里，又过河去观察动静。青灯罩老奶奶给这两个大孩子守夜；他们历尽风险逃亡，疲惫不堪，躺在炕上就睡着了。第二天天亮，老奶奶送他俩到一个最隐蔽的柳棵子地里躲起来，杀了心爱的母鸡，煮了珍藏的鸡蛋，给他们补养身子。

夏竞雄本没有大病，只是连日奔走，不得休息，过度劳乏，又有点中暑。他连睡了两个大觉，吃了青灯罩老奶奶的土药，第二天下午就复原了，又充满了朝气蓬勃的青年活力。但是，夕阳中，他忽然发觉芳倌儿十分憔悴，头发像被烈日烤枯的蓬草，面容黄瘦，而且出现了血亏的锈斑，目光里满含着悲愁。他的心，涌起一股强烈的酸楚，说：“芳倌儿，这些日子，你……受苦了。”

芳倌儿挤出一丝苦笑，说：“从小还不是年年都这样儿。”

夏竞雄说：“妹子，你也跟我们走。”

芳倌儿摇了摇头，说：“你还得别人照应，我能再累赘你？”

夏竞雄心中更是不忍，说：“可是，从今以后，你就更吃苦，更遭罪了。”

芳倌儿咬了咬嘴唇，豆荚眼里噙满泪花，说：“什么罪都我一人受，不让你受。”

夏竞雄的心一阵剧痛，他不愿在一个比自己年小的女性面前大哭出来，便走到树木深处，头顶着一棵河柳，胸膛鼓动着，将满腔泪水咽下去。

龙乌骓从河东岸回来了。他说，田家大院被烧成一片废墟，田连阡号啕痛哭，大口吐血，被送往通州的教会医院去了。汤金銮的骑兵到鹊桥村，烧了他家和邢端正的棚屋，又马踏他家的瓜田。龙大海老人躲了起来，骑兵一走，又回村了，打算搭盖两间窝棚，瓜田改种荞麦。汤金銮的骑兵又杀奔盘山，搜遍满山遍野，也没有找见邢端正和罗擒虎他们的踪影。山里人说，这些人扔下驴、骡、马，上了伏虎台，便在白云深处不见了。

夏竞雄和龙乌骓决定今晚就动身南下。

芳倌儿没有落泪，也没有送行，她只拿出一双布鞋，叫夏竞雄换上。这双鞋，是在前几天，她从夏竞雄留在白沙地上的脚印，偷偷剪下一个鞋样儿，连夜赶做出来的。

夏竞雄看着这一双精工细做的新鞋，舍不得下脚。芳倌儿却逼他一定穿上，而且哭了，夏竞雄只得依她。

他不知道，每只鞋底上都纳了一颗心，心尖儿对着脚跟。为的是他穿鞋上路，行程万里，一步一个脚印，而心向亲人，心向鹊桥，心向三百里北运河。

一九七六年十一月七日至一九七七年二月四日

一九七七年七月十五日至九月五日

一九八〇年十一月吉林人民出版社出版，原题为《鸡鸣风雨女萝江》

# 狼　烟

## 1

一九三七年七月七日上午的颐和园门外，有两位大学生跳下了脚驴，跟两名赶驴的脚夫挥了挥手，说了声：“下午见！”就直奔票房，去打门票。

两名脚夫将两头脚驴拴到不远处的绿柳浓荫下，从腰带上抽出七寸韭镰，到远处的青纱帐中，割了两大抱鲜嫩的青草，抱来喂驴。然后，二人又到小饭摊上打尖；匆匆吃了几卷煎饼卷大葱，喝了两大碗小米水饭，便又回到拴驴的柳荫下。他们吸了两锅辛辣的旱烟，脱下脚上的洒鞋，垫在脑后，当作枕头，在柳荫下横躺竖卧，一会儿便扯起鼾声。

两位大学生从颐和园正门，也就是从东宫门进入园内，又从仁寿殿绕到高耸着戏楼的德和园，路过临湖的宜芸馆、玉澜堂、乐寿堂等处，从邀月门踏上长廊。

盛夏，颐和园的湖光山色，正是全年最秀丽宜人的时节。但是，由于局势紧张，游人稀少，冷冷清清，只有有钱的达官贵人，寓居这里避暑消夏，有闲的红男绿女，逍遥此处谈情说爱。

这两位大学生，不像是有钱的人，也不像是有闲的人。他们虽然在长廊上漫步，却并不观赏枋梁上的油饰彩画，甚至不向昆明湖上的旖旎风光投去一瞥。他们走得虽然不急，但是步子很大，虽然装出悠闲神气，但是却看得出心不在焉，只想一步跨到长廊的尽头。

长廊东起邀月门，西至石丈亭，全长一里半，共分二百七十三间，中间有留佳、寄澜、秋水、清遥四座八角重檐的亭子。东段有一道短廊伸向湖岸，衔接着对鸥舫，西段有一道短廊伸向湖岸，衔接着鱼藻轩。鱼藻轩北面又有一段短廊，连接着八面三层的山色湖光共一楼。长廊两侧古柏夹道，花木繁荫，北依万寿山，南临昆明湖，蜿蜒曲折，穿花透树；在长廊的每根枋梁上，画工们用他们那支生花妙笔，绘制了一幅幅令人赏心悦目的彩画，有西湖风景，有山水人物，有花卉翎毛，共计一万四千多幅，将长廊装饰成五彩缤纷的画廊，真像一道九天落地的彩虹。

两位大学生终于走到长廊西端的石丈亭，他们没有在石舫停步，从清遥亭向北，穿过听鹂馆外茂密的翠竹，跨过荇桥，沿迎旭楼下的幽静石路，来到湖滨船坞。

在售票亭买了船票，他们走出栅栏门，沿石阶下到水边，跳上一叶扁舟，起了锚，轻打双桨，小船便向绿波荡漾的昆明湖划去。

这时候，他们不约而同地深深嘘了口气。两位大学生，一位已经二十五六岁，穿一件雪青色杭纺长衫，戴一顶巴拿马凉帽，清秀的脸儿，高高的鼻梁上架着一副近视眼镜，目光柔和而天真，显得非常文静，书生气十足。另一位二十三四岁，上身穿一件漂白布汗衫，挽着袖子，下身穿一条米黄色西装裤，脚下一双白网球鞋；他有一张黑红的圆脸，剑眉下两只锐利的眼睛，一笑龇出两只小虎牙，全身上下洋溢着火热的青春活力。

“林蜇，你要把我引向何方？”身穿雪青色杭纺长衫的大学生，迷惑地笑问道，“我今晚就要登车归里，心情拳拳眷眷，可没有游山玩水的兴致。”

“菖蒲，我要带你去见一位向导，”林蜇神秘地笑眯着眼睛，“请他给你指明回乡的正路。”

菖蒲四下张望，湖上碧波如镜，并无船踪人影。

他们这只小船，桨声咿呀，像一片漂萍，驶出港汊，进入了三千亩昆明湖的南湖。抬头仰望，只见从北岸一座瑰丽的牌坊起，经排云门、排云殿、德晖殿层层上升，好像平步青云，直达万寿山最高的凸出点佛香阁。七月的阳光下，佛香阁金碧辉煌，雄壮而富丽，四外古木参天，天上朵朵白云。

但是，小船并没有划向南湖湖心，林蜇并不想陪伴菖蒲到南湖岛上，游龙王庙，登月波楼，漫步湖上长虹十七孔桥，到全园最大的廊如亭上观光；而是用双桨拨转船头，转弯向西堤的玉带桥划去。

掩映在绿柳垂杨中的西堤，自南向北六座桥：柳桥、练亭、镜桥、玉带桥、豳风桥、界湖桥。玉带桥是六桥之冠，桥身用汉白玉和青石砌成，洁白的桥栏望柱上，雕刻着千姿百态向云中飞翔的仙鹤；弧形高拱，形若玉带，半圆的桥洞与水中的倒影，构成一轮透明的圆月，四周桥栏望柱的倒影参差水中，在轻泛涟漪的碧波中浮动荡漾，风景奇丽动人。小船穿过玉带桥北上，是一片湖中之湖的水泊，一只只红蜻蜓，落脚在枝枝绿荷上。小船轻轻擦着荷叶划行，看看将到豳风桥，突然从远远的天边响起了沉闷的隆隆声，蜻蜓惊飞而起。

菖蒲四顾茫然，自言自语地说了声："旱天雷。"

"你睁大眼睛看！"林壑暴怒地喊道。

话音未落，两架日本飞机带着震耳欲聋的轰鸣和令人毛骨悚然的呼啸声，从他们头上低飞掠过，机舱里驾驶员那骄横跋扈的神气，都清晰可见。飞机带起一股强风，吹得湖上荷叶沙沙，岸边杨柳摇动。飞机远去，还在湖面上留下久久不能消失的可怕回声。

"真是欺人太甚！"菖蒲愤愤地叩着船舷，"华北之大，再也安放不下一张平静的书桌了。"

"只怕很快就要安放不下一张饭桌了！"林壑心情沉重地说，"日本飞机低空侦察，炫耀武力，必将有所行动。"

他们沉默了，菖蒲接替林壑打桨，穿过界湖桥，就是后湖了。

## 2

万寿山后山和昆明湖后湖的风光景色，跟前山南湖大不相同，具有秀丽清新的江南色彩，充满鸟语花香的自然情趣。夏日，后山上下，树木葱茏，山花似锦，几座小巧玲珑的古寺、亭阁、红墙黄瓦，在万绿丛中时隐时现。忽宽忽窄的后湖，回环在山峦之间，两岸浓荫迎地，古树上爬满野花藤萝，碧水中倒映着岸边的柳丝花影，清风拂拭着层层片片的浮萍。后山后湖本来平日就人迹罕至，最近又常出没路劫游人的歹徒，所以连那些避人耳目的红男绿女，也不敢到此地幽会了。

菖蒲打着桨，林壑忽然噘起嘴唇，学了两声鸟叫，菖蒲正要笑他淘气，忽见湖水湾处，浓荫中有一只雪白的草帽挥动了三下。林鲞抢过桨来，用力击水，小船奔向前去。

花木丛中，一片青石，一位身穿白色西服，戴着宽玳瑁边茶镜的中年人，博士风度，正半躺半坐在帆布折椅上，手持一根名贵的鱼竿，静静地垂钓。在他身边，站立着一位俏丽而又腼腆的青年妇人，身穿印度绸的花旗袍，描出了她那娇小窈窕的身姿。她的头发乌黑卷曲，秀眉弯弯，一双笑吟吟的豆荚眼，右手拿着雪白的草帽，左臂弯上挎着个小小的手提包。

"蔡先生，蔡夫人！我的朋友俞菖蒲，拜望你们来了。"林鲞将小船靠岸，站在船上说。

静静垂钓的蔡先生，连忙站起身，双手伸向俞菖蒲，和蔼地笑道："敝人蔡芳洲，很高兴结识你。"

俞菖蒲慌忙跳上岸，给蔡芳洲鞠了个躬，说："蔡……蔡先生，我……我好像在哪儿见过您。"

"是吗？"蔡芳洲那苍白的脸上，浮漾起一个亲切的微笑，"令舅齐柏年先生，一切可都安好？"

"您是夏竞雄先生！"俞菖蒲惊喜得失声叫了出来，但是又连忙捂住嘴，四下看了看。

那位蔡夫人莞尔一笑，说："菖蒲，我们就更是熟人了。"

"芳姐，你终于和夏……蔡先生团聚了。"

菖蒲眼圈一红，声音哽咽，"小春草呢？"

"他寄养在朋友家里，已经上小学了。"

原来，化名蔡芳洲的夏竞雄，大革命时期是中共京东特委军事部长，跟俞菖蒲的舅父齐柏年，同是国民党京东党部执行委员。蒋介石背叛革命，大革命失败，夏竞雄的妻子和战友蔡菊心，又名叶兰，不幸被捕。叶兰是一位著名物理学家的女儿，写一手好文章，在京东知识界颇享盛名。老同盟会员出身的齐柏年，出于正义感，为营救叶兰奔走呼号，但叶兰坚贞不屈，不肯玷污共产党人的清白，终于被害。叶兰留下一个几个月的儿子春草，被这位蔡夫人，当时名叫芳倌儿的农村姑娘收养。为了抚育烈士的遗孤，芳倌儿发誓不嫁。自己上了头，跟小春草假称母子，逃到城里，给富人家当女仆，受尽折磨和屈辱。一九二九年春，在中央军委工作的夏竞雄，奉军委书记周恩来同志的指示，从上海秘密回到京东，集合转入地下的同志，带他们到井冈山去。此时，齐柏年早已愤而退出国民党，回到他的原籍萍水县，创办日知小学，过着隐居生活。夏竞雄回到京东地区，就到齐柏年家落脚，隐蔽活动。夏竞雄不但集合了转入地下的同志，也找到了在富人家当女仆的芳倌儿和小春草，齐柏年就把他们母子收留下来。芳倌儿和小春草在齐家生活了三年，地下党来人把他们接走了，从此便杳无音信。俞菖蒲早年丧父，从小在舅父家长大，所以也曾跟芳倌儿朝夕相处三年时光，非常钦敬这位品格高洁的芳姐，今日一见，悲喜交集。

这时，林壑插嘴说："菖蒲，你跟蔡先生促膝长谈吧！我要游弋水上，给你们巡风。"

原名芳倌儿的蔡夫人，也微笑着说了声："你们谈吧！"戴上雪白的草帽和墨镜，拎着小手提包，穿过树丛，到小路上散步去了。

"夏……蔡先生，你是怎么来到北平的？"俞菖蒲激动地问道。

"靠朋友帮助。"夏竞雄只回答了几个字。

夏竞雄到井冈山，一直在红一方面军工作，长征到达陕北。去年随军渡河东征，在山西的一个战役中负了重伤；靠一位访问过陕北的美国友人相助，辗转来到北平香山疗养院治疗，化名蔡芳洲，名片上的头衔是这位美国友人考察中国农村状况的合作者。

“蔡先生，”俞菖蒲叫顺了口，“你准备回咱们萝江吗？”

“还没一定。”夏竞雄抖了抖鱼竿，将鱼线抛得更远，“所以我请你这位乡亲来，代我给家乡捎回一片心意。”

“你怎么知道我在北大上学？”俞菖蒲没等夏竞雄回答，便恍然大悟，“是林錾跟您讲的。”

林錾是北京大学工学院学生，俞菖蒲是北京大学文学院学生，但是他们同住在沙滩附近的一所公寓里，结成了知己。菖蒲加入中华民族解放先锋队，林錾是他的介绍人。

“我了解你一些情况。”夏竞雄望着俞菖蒲那天真热情的眼睛，“你从通州潞河学院附属师范毕业以后，在你舅父兴办的日知小学教了三年书。后来，齐先生为创办中学，又让你考入北京大学深造。现在，你大学毕业了，齐老来信催你赶快回去，担任教务主任，主持招生工作，今晚就要乘十点的夜车离平。是不是？”

“您真是了如指掌！”俞菖蒲笑着不住点头。“临行，更渴望得到您的指教。”

“你们的办学方针是什么？”夏竞雄问道。

“似乎是‘普及教育，造就人才’八个字。”菖蒲不好意思地一笑，“这是我舅父过去手订的方针，恐怕已经不合时宜了吧？”

“战争迫在眉睫，我们的周恩来副主席上个月到庐山去见蒋介石，提醒他认清形势，要求他早做准备。”夏竞雄脸色严峻地说，“连日来，日军在北平附近进行作战演习，日军飞机在四郊低空侦察，这是不祥之兆，北平的空气中已经可以嗅到火药味了。面对战争即将爆发的局势，你们的办学方针不能再一成不变。”

“打起仗来，还办什么学！”俞菖蒲摇着头说。

“打仗更要办学！”夏竞雄把一只手拍在俞菖蒲的肩上，“办成培养抗日战士的学校。我给令舅写了一封长信，还有几份我们党关于建立民族抗日统一战线的文件，请你一并转交齐老。”

“好！”俞菖蒲兴奋得紧握双拳，坐不住了。“我一定说服舅舅，改变办学方针。”

夏竞雄扭过头，向柳丛外喊了一声：“喂！”

“来啦！”蔡夫人快步走回来。

“你把送给齐柏年先生的礼物，交给菖蒲。”夏竞雄抬起鱼竿，从水面上钓起了一朵落花。

芳倌儿打开小手提包，拿出一个纸卷，递给菖蒲说：“严密收藏，不要丢失。”

“请放心！”菖蒲站起身，接在手里，“我一定完整无缺地带回咱们的家乡去。”

西宫门口，响起汽车喇叭声，紧三慢二。

“疗养院派车接我们回去了。”夏竞雄收拾渔具，“请转达我对齐先生的感念之情和深切希望。”

芳倌儿一边收拾帆布折椅，一边说：“更要替我问安。”

“一定，一定。”

汽车在不远处的石子路上停下来，不停地呼唤。菖蒲要陪同夏竞雄和芳倌儿走出树丛，夏竞雄拦住他，飘然而去。

林鳌划船过来，说：“菖蒲，上船吧！”

听汽车鸣的一声开走了，他们打桨原路而回，到船坞交了船，算了账。两人都无比兴奋，不忍早早离去，又畅游了听鹂馆以北半山坡上的画中游，出画中游后角门往北到湖山真意，极目远眺。然后，一一走遍了铜亭宝云阁、智慧海、转轮藏、写秋轩、圆朗斋、瞰碧台、重翠亭、意迟云在、扇面殿、香岩宗印之阁、多宝琉璃台、景福阁，最后下山到谐趣园，坐在巨石嶙峋的玉琴峡口，背靠青藤翠柏，看荷塘中莲叶田田，听玉琴峡水声淙淙。

他们休息了一会儿，就到知春亭吃饭。酒足饭饱，在亭畔岛边的白石雕栏间，找到两座虎皮石桌，上有绿荫如伞，躺下睡了个觉。醒来，还想沿东堤南下，再游玩一阵；可是两名脚夫已经等得焦躁，一人看驴，一人进园寻找他们来了。

颐和园距离西直门二十四里，脚驴一路飞奔，赶到西直门外，已经万家灯火，再迟一步就关城门了。

## 3

黎明，火车到达廊坊，菖蒲下了车。从廊坊到他的目的地萍水县城，还要走八十里旱路。

两天前，他已将行李书籍托运，但是要等到八点以后才能提货，便在候车室临窗的一张绿椅上坐下来，借着灯光看书。

两扇百叶窗大开，窗外是一片花树，野外蛙声聒噪，天边一弯晓月。

忽然，他感到脖颈后面有一股热烘烘的气息烤人；惊回头，只见一个身穿白粗布汗褂儿的大汉站立窗外，面貌十分粗野，但是眼神里却流露着天真稚气。

“你喜欢读书吗？”菖蒲问道，“请进来坐。”

“字儿认得我，我不认得字儿，”大汉呵呵笑道，“满脑瓜子高粱花儿，肚子里没一滴墨汁儿。”

“那你为什么站在我的背后呢？”菖蒲警觉起来。

大汉脸红了红，说：“我想跟您打听一下，这书里说的是什么故事，讲的是什么道理？”

菖蒲听他出言不寻常，笑问道：“请教你老哥贵姓大名，做什么营生？”

“学士先生，您折我的寿哩！”大汉慌忙说，“小的姓熊，外号熊大力，赶脚为生。”

“我叫俞菖蒲。”菖蒲走出候车室，“我正要到萍水县城去，你送我一趟吧！”

“您在哪一行发财？”

“我刚从大学毕业，想在萍水县城办个抗日学校。”

“好先生！”熊大力大叫一声，跪在菖蒲面前。

菖蒲被他这个突然的举动惊呆了，发慌地说：“不要这样，快请起！”他想把熊大力拉扯起来，熊大力却像铁铸在地上，他用尽气力，纹丝不动。

“好先生，您得答应我，扯旗招兵打鬼子，收我在您帐下当敢死队，我才起来。”熊大力眼泪汪汪，可怜巴巴地说。

菖蒲深受感动，从衣兜里掏出未婚妻殷凤钗送给他的那柄檀香扇，一折两断，说：“言而无信，有如此扇！”

熊大力又叩了个碰地响头，才站起身。

原来熊大力本是关外人，两膀有千斤膂力，春天耠地他一个人拉铁犁，秋天轧场他一个人拉石磙，跑起来半天不歇口气。他饭量大，吃得多，地主家都不雇他扛长工，可是一到农忙时节，却又争着雇他打短。所以，他家常常揭不开锅。千斤膂力挣不出一个人的吃喝，老娘一年到头挎着竹篮子讨饭。日本鬼子占领他的村庄，设立巡警所，警官是个过去贩卖海洛因的日本浪人。这个家伙是个三寸丁的小矮子，却喜欢骑一匹高头大洋马，强迫中国人给他当上马石。中国人手脚落地，脊梁朝天，小鬼子的铁钉大皮靴踏在中国人的脊梁上，爬上马去。熊大力咽不下这口气，闯入巡警所，刀劈了这个骑在中国人头上的恶棍，然后背着老娘逃走。半路上，鬼子和伪军四面包围了他，老娘死在枪弹下，他拼死搏斗，抢了一匹战马，逃进了关。

几年来，他就在廊坊到萍水的古驿道上赶脚糊口。一年又一年，忠心的马儿一年年瘦下去，老下去；他房无一间，地无一垄，冬住破庙，夏蹲房檐，真是古道西风瘦马，断肠人在天涯。

菖蒲在候车室窗外的花树下，听熊大力倾吐苦情，不知不觉天光大亮。菖蒲从胸中吁出一口闷气，说：“好朋友，咱们先去吃饭。”熊大力到车站栅栏外的草地上去牵他的老马，到土井饮牲口。出车站不远，一家小饭铺正在下板，菖蒲便一直走了过去。小饭铺的老板娘是个很会做生意的女人，眉开眼笑欢迎贵客，服侍菖蒲刷了牙，洗了脸。菖蒲点了几样吃食和炒菜，熊大力饮了牲口回来，把老马拴在路边的一棵枯树上，菖蒲隔着纱窗招呼他进来吃饭。

在生人面前，熊大力十分口羞，低着头，小口小口咬着大饼。菖蒲不住给他夹菜，劝他不要客气，他更是张不开口，满头淌下黄豆粒大的汗珠。

“好先生，您放我一个人到外边去吃吧！”熊大力哀求他说。

菖蒲知道勉强挽留他反倒害得他吃不饱，便笑道：“方便就好。”

熊大力抓起两大张烙饼，大步走出小饭铺，到他的老马身边，盘膝打坐在青草上，风卷残云般地吃起来。

菖蒲要给他送两盘炒菜去，老板娘忙拦道：“公子，这不太失了身份嘛！我送去。”

吃过饭，已经快八点了，菖蒲掏出皮夹子，喊老板娘算账。

老板娘哧哧笑道：“那个愣大个儿交过钱了。”

菖蒲血涌上脸，急急跑了出去，喊道：“大力，这怎么使得！”

“先生，咱们上路吧！”熊大力笑眯眯地说。

“你辛辛苦苦才挣几文钱，怎么能花你的钱吃饭？”菖蒲把一张钞票塞给他。

熊大力甩着手不肯接钱，满脸委屈的神色，说：“好先生，您这是瞧不起我，不赏我的脸。”

菖蒲一阵心酸，含着泪说：“好朋友，等回到我的家里，我再一表心意吧！”

他们来到车站，从托运处提取了两只大木箱，一只木箱装的是书籍，一只木箱装的是行李，都用稻草绳包扎结实，非常沉重。熊大力一弯腰，两手一抱，就举在了肩上，扛出门去，装在马背的大驮筐里。

离开车站，菖蒲上了马背，坐在驮筐的蒲垫上，一手挽着缰绳，挺直了腰板。老马被熊大力吆喝一声，放开四蹄奔走起来。

这是明清两代遗留的一条驿道，沿路常有遮天蔽日的参天古树。一处处驿站早已化为一片片废墟，但是十里八里就有一座草亭，草亭下有卖茶水的，有卖吃食的，有卖瓜果的。正是暑伏时节，天气热得像扣了屉的蒸笼，菖蒲每到一座草亭，就要买个西瓜，到古树阴凉里，下马歇一歇脚，吹一吹风，解一解渴。上马下马，都是熊大力张开双臂，将菖蒲抱上抱下。走一亭吃一亭，熊大力也渐渐不口羞了。

**4**

走出四十里，三岔路口有一个大村落，名叫太子镇，流水一般的行人，从四面八方，从青纱帐中的大道小路上，涌向太子镇去；绿树葱茏的太子镇里，传出一阵阵紧锣密鼓的喧响。

“老乡，镇里在求雨吗？”菖蒲向奔走不停的行人问道。

“柳家班在南镇口跑马戏！”行人回答，更加快了脚步。

菖蒲兴致勃勃地说：“大力，咱们也去一饱眼福。”

他们进入南镇口，只见人山人海，将一座大场围了个风雨不透，水泄不通。大场墙头上，坐满了一家家老小，场边大树的层层枝桠上，果实累累一般挂满了人。菖蒲挤不进去，只得停在人群外面，站在马背上观看。

锣鼓声戛然而止，人山人海的喧哗声也一下子静下来。陡地，啪一声清脆的鞭子响，从被苇席遮住的棚圈里，蹿出一匹不戴笼头，不备鞍鞯的雪里钻白马，暴跳腾跃，嗷嗷嘶鸣，绕场奔驰，吓得观众惊叫着连连后退。就在这时，一个英俊少年，嗖的一声，从苇席后面一跃而起，春燕三剪水，跳上马背，观众爆发出一阵雷鸣般的喝彩声。跟着，这位少年一按马背，在喝彩声中，头下脚上，直溜溜竖起蜻蜓，任马飞奔。观众正瞠目结舌，看得惊呆，冷不防一匹枣骝驹又蹿了出来，骑在马上的是一位如花似玉的女子，桃红小衫，葱心绿灯笼裤，梳一条乌溜溜粗大辫子，鬓角斜插一大嘟噜茉莉花，手持一把寒光闪闪的青锋剑，突然一个偷袭，挥剑照那个竖蜻蜓的少年砍去。观众失声惊呼，那少年却一个镫里藏身，闪过致命的一击，从背后抽出马刀，二马盘旋，砍杀起来。正杀得难解难分，又冲出一匹灰兔儿马，马上是一个身穿粗黑布裤褂的瘦老头子，只见他挥刀隔开这一男一女，不问青红皂白，谁是谁非，一口刀砍向这两个人。于是，三个人，三匹马，三口刀，风车般打转，只见刀光剑影。观众吓得心惊肉跳，哪里还喝得出彩声？忽然一道闪电相似，那如花似玉的女子飞出马背，抓住场边柳树那摇曳的枝条，在南风中荡起秋千，看那一老一少厮杀。

那一老一少厮杀的人，也住了手。菖蒲看见，那英俊少年不过十七八岁，上下一身白，很有点锦衣马超的风采。那穿黑粗布裤褂的瘦老头子，五十岁左右，左脸颊上有一道刀痕，显得刁狠而又滑稽。

“三老四少，仁人君子！”瘦老头子高高抱拳，连连拱手，拜了四方，“在下柳摇金，世代卖艺为生，今日三生有幸，带领小女黄鹂儿，犬子长春，借贵方一块宝地，表演几样家传小技，混口饭吃。列位看官，在家靠父母，出外靠朋友，艺无止境，能人背后有能人，还望门里行家多多指教。刚才这一场下来，虽说成色不高，总算没有出丑，我们爷儿仨也就厚着脸皮，求列位看官有钱的帮个钱场儿，没钱的帮个人场儿。”

说罢，他打了个手势，那个在柳枝上荡秋千的柳黄鹂儿吹了声口哨，真像燕啭莺啼，枣骝驹乖乖走到柳树下，她又跳回马背上，手拿一只小柳条笸箩，沿着场圈打钱。那个英俊少年柳长春，跟在姑娘身后，有人扔几个钱过来，柳长春便响亮地喊一声：“谢爷台恩赏！”

柳黄鹂儿渐渐临近了，菖蒲发现，这个女子不但容貌如花似玉，而且神采清高傲岸。她端坐在马背上，姿态端庄，目光凝重，眉宇间正气凛然。俞菖蒲不禁一阵感动，而且产生了敬意，忙掏出一张钞票，举在手上。

柳黄鹂儿看见了菖蒲，但是手中的小柳条笸箩不递过去，淡淡地说了声：“多谢了！”昂然而过。

“大力，你给送上去！”菖蒲说。

熊大力攥着钱，横冲直撞，挤进场子，喊道：“姑娘，站一站，我家客官的赏钱！”

柳黄鹂儿回过头来，远远地向菖蒲投来含笑的一瞥，然后轻声命令柳长春：“收下吧！我谢过了。”

打够了钱，柳黄鹂儿和柳长春回到苇席后面，又是一阵紧锣密鼓，又是戛然而止，又是一声响鞭，三匹马在场子里像流星赶月。忽然，柳摇金掏出一根游丝一般的红绳，抛给了柳长春，爷儿俩一人扯住一端，旋转飞跑，拉直了，绷紧了。陡地，柳黄鹂儿又飞离她的马背，双手抓住拉直绷紧的红绳，一个鹞子翻身，站立在红绳上。她手里没有撑伞，也没有舞动手帕，只是舒展两臂，便在红绳上袅袅婷婷地走来走去。柳摇金和柳长春的马越跑越快，而柳黄鹂儿在红绳上仍然婀娜多姿，像风摆荷叶，悠然自得。“好！”“好呵！”喝彩声山崩地裂。

这一场完了，柳黄鹂儿就不再露面。柳摇金和柳长春又各演了一个节目，便响起了收场的锣鼓。

“咱们走吧！”熊大力催菖蒲道。

“我想见一见柳家爷儿仨。”菖蒲伫立不动，若有所思。

人群散去，大场上只剩下那个英俊少年柳长春，一个人在遛马。

菖蒲向他走过去，和蔼地问道：“老弟，你父亲呢？”柳长春女孩子气，一见生人就脸红，惊慌地叫道：“姐姐！”

从苇席后面，走出了柳黄鹂儿。她换上了一身打满补丁的蓝花土布褂子和黑布裤，双手沾满玉米面。下场之后正在做饭。

“先生，您有什么事吗？”柳黄鹂儿手指卷着衣角儿，羞怯地问道。

菖蒲微笑道：“我想见一见令尊。”

“我爹到镇董家交地皮钱去了。”柳黄鹂儿低垂着眼皮，“有什么话，您吩咐我吧。”

“你们的技艺高强，我想请你们到萍水县城去表演。”

柳黄鹂儿却摇摇头，说：“我们不想去。”

菖蒲感到失望，问道：“为什么呢？”

“惹不起城里的大兵、警察、地头蛇。”

菖蒲忙说：“你们跟我去，他们不敢欺侮你们。”

柳黄鹂儿吓得倒退一步，睁大眼睛，恐惧地问道：“您……您是什么人？”

这时，熊大力牵着马走过来，笑呵呵地说：“俞公子是大学毕业生，回萍水县城来办抗日学堂。”

“县城里的大兵、警察、地头蛇都怕您吗？”柳黄鹂儿问道。

“他们并不怕我。”菖蒲沉吟了片刻，“我的舅父齐柏年老先生，在地方上有一点声望，这些人都敬畏他三分。”

“原来您是老举人的外甥！”柳黄鹂儿跟熊大力同时喊出来。

“你们见过他老人家吗？”菖蒲惊奇地问道。

“虽没见过面，可忘不了他老人家的大恩大德哩！”熊大力大喊着说，“当年我们从关外逃到萍水县，官府本想把我们赶走，多亏他老人家立起东北难胞救济会，收容我们，替我们说话，才在萍水县落了户。”

“我们一家人更忘不了他老人家的恩德。”柳黄鹂儿接着说，“他老人家惜老怜贫，还立起了贫民救济会，年年数九隆冬，天寒地冻，我们卖艺糊不了口，就到救济会的粥场打粥喝；前年我娘死了，还是救济会施舍了一口棺材，才算安葬了。”说着，眼圈一红，抽泣起来。

正在这时，柳摇金踉踉跄跄从镇里回来，沙哑着嗓子嚷道：“黄鹂儿，怎么还不做饭？”

“我跟俞公子说话哩！”柳黄鹂儿回过头，抹着眼泪说。

“柳师傅！”菖蒲尊敬地向他点头行礼。

“好你个花花公子！”柳摇金喷着酒气，醉眼蒙眬，“想勾引我的女儿吗？”

“住嘴！”柳黄鹂儿红着脸喝道，“人家俞公子是县城老举人的外甥。”

“那就请俞公子多多恩典！”柳摇金作了个大揖，“凭您的面子，跟镇董讲讲情，少收我们两成地皮钱。”

菖蒲问道：“那个镇董收几成？”

“他坐收七成，我们只剩三成。”柳摇金照地上啐了口吐沫，跺了几脚，“天打五雷轰他！”

柳黄鹂儿愤愤地说：“咱们离开这儿，跟俞公子到县城去。”

菖蒲掏出钱来，打发熊大力到镇里饭馆，买来两大荷叶蒲包馒头，大家吃了个精光，一同上路。

“等一等！”柳黄鹂儿跑到苇席后面去。走出来，如花似玉的女子变成了蓬头垢面的男儿。柳黄鹂儿把蓝花土布褂子换上了一件破旧肥大的男人短布衫，脸上抹了两大块锅烟，粗大的辫子盘在头上，扣了一顶压到眉梢的大斗笠。

她跟菖蒲并辔而行。

## 5

四四方方的萍水县城，四面是生满绿苔的青砖城墙，城墙四面是清澄碧透的萍水河。东西南北四座城门，四座城门上四座城楼，四座城门外四座石桥。城内，一半都市风光，一半乡村景色。

一千年前，儿皇帝石敬塘将燕、云十六州割与辽主耶律德光，萍水当时还是一个只有千八百人口的城池。男女老少死守不降。他们并不坐吃山空，拆毁一半住宅，开垦农田，播种五谷。坚守三年，死亡过半，又遇大旱，颗粒不收，城池才被攻破。千年之后，萍水县城仍然保持着千年之前的历史特色。

老举人齐柏年的宅院，就坐落在乡村景色的南城。

居住南城的大多是贫寒人家，有的种菜园，有的种果园，有的当苦力。齐柏年出身于穷苦的菜农家庭，自幼丧父，寡母种园卖菜，含辛茹苦将他拉扯成人。十年寒窗，磨穿铁砚，齐柏年十七岁考上秀才，二十二岁又中了举人。他没有做官，先在萍水县开办囊萤学塾，后又到通州创立映雪书院，无非是想的教育救国。恨朝廷腐败，忧国家危亡，他在讲学中常发愤世之论，于是遭到迫害，亡命海外，加入了同盟会。辛亥革命发生，宣告成立中华民国，孙中山先生就任临时大总统。不久，京东宣布独立，拥护共和，成立军政府，齐柏年被公举为军政府教育司长。他上任的第一道命令，就是改寺庙为学堂，将囊萤学塾改为萍水县立小学，映雪书院改为通州师范学校。孙中山先生将大总统的职位让给摇身一变的袁世凯，京东军政府也被袁世凯的爪牙鸠占鹊巢，他改任通州师范学校校长。他一直不过问政治，大革命时期才又重新加入国民党。蒋介石背叛革命，屠杀劳苦大众和革命者，他的不少学生和友人倒在血泊中。于是，他愤而退出国民党，发誓不但不当国民党的官儿，而且不任国民党政府的任何公职；举家离开通州，迁回故乡萍水，自办日知小学。他是革命元老，又是一位桃李满京东的教育家，在萍水县德高望重，备受尊崇。

齐柏年的宅院，名曰荻庐，是为了纪念他那位年轻守节而教子成人的母亲的。宅院四围是柳篱泥墙，墙外杨、柳、榆、槐，墙内桃、杏、梨、李。进门一块菜园，种的是黄瓜、豆角、茄子、青椒、白菜、南瓜。菜园里有一眼砖井，井上有一架辘轳。三进院子，虽不是茅屋草堂，也算不上青堂瓦舍，很像乡村的小康人家。

齐柏年每日黎明即起，披星戴月，打拳舞剑、汲水灌园。吃过早饭，步行到日知小学，出席小学生的朝会，上午办公上课。中午回家，午饭后休息；下午会客，谈笑往来的有饱学名流，也有目不识丁的小民百姓；晚间闭门读书，三更才肯上床。一年四季，持之以恒。

他是个清瘦的大高个儿，花白光头，紫糖面色，粗手大脚，身穿半旧发黄的夏布衫子，脚穿家做布鞋，夏日炎炎，头戴一顶竹篾斗笠，神态和风度都不像誉满京东的名儒，倒像个淳朴土气的田舍翁。沿路行人相遇，都满怀崇敬地向他问好，他也和颜悦色，含笑点头致意。遇到比他年高的老人，他便垂手让路。

这天中午，他回到家，只见门外停放着一辆翠盖红窗金漆彩画的高篷马车，门口站立着两名警士。他知道必是县长殷崇桂来访。

走进外院，外院只有东西各两间鹿顶，老仆人门吉正在院子里泼洒清水，一见主人回来，忙说道："殷县长在客厅里，夫人和梅姑奶奶在陪客。"

正院是个月亮门，迎面是一座影壁，影壁后面是一座假山，假石山上爬满青藤和开满野花；正房五间，东西各三间厢房，泥土院面，有一架葡萄，一架藤萝，清静而幽雅。

齐柏年刚拐过影壁，殷崇桂就从客厅里跑出来，连说："大事不好，大事不好！"

殷崇桂五十一岁，身穿长袍马褂，圆口缎鞋，肥头大耳，八字黑胡，戴一副金丝眼镜，镜片后面有一双闪闪烁烁的小眼睛。

齐柏年见他仓皇失色，皱着眉头问道："殷公，何事如此惊慌？"

殷崇桂抖抖索索地从衣兜中掏出一封电报，说："连接上峰三封急电，驻扎北平郊外的日军，昨夜十时突然占领卢沟桥，炮击宛平县。"

齐柏年一惊，啊了一声，但是马上又恢复平静，说："倭寇亡我之心不死，此是意料中事。"

殷崇桂又摸出第二封电报，说："日军已包围宛平，威胁南苑机场。"

"请到藤萝架下坐！"齐柏年已经满面阴云，走到藤萝架下，心情沉重地在石凳上坐下来。

殷崇桂打开第三封电报，说："日军正从关外调兵，有进攻北平之势；望沿途各县，处变勿惊，不可轻举妄动。"

"此话怎讲？"齐柏年追问道。

"学生也不得其解。"殷崇桂愁眉苦脸地说，"驻军金雄飞营长接到的电报，内容大致相同；但第三封电报附有军令，不得拦截、伏击日军军车，对日军的挑衅行动，暂取忍让态度。"

"岂有此理！"齐柏年勃然大怒。

"上峰含糊其词，下属不知所措。"殷崇桂唉声叹气，"所以学生前来向您请教。"

这个殷崇桂，在齐柏年任京东军政府教育司长时，曾在教育司里当一名小科员；齐柏年改任通州师范学校校长，保荐他到民政司当了一名股长，才算步入官场。多年来，他跟齐柏年并无交往，直到他升任萍水县长，才又跟退隐萍水的齐柏年久别重逢。殷崇桂当官是为发财，所以十分珍贵他头上那顶七品县令的乌纱帽，唯上峰之命是听。但是他也知道，齐柏年名高势众，对于他的官运，起着举足轻重的作用，非但不能得罪，还必须八面玲珑，多方讨好。所以他一遇到疑难事项，都要探一探齐柏年的口气，听一听齐柏年的见解，虽然并不言听计从，却也表现出对于前辈长者的充分尊重，因而连任五年萍水县长，左右逢源，上下取巧。

“养兵千日，用兵一时；守土安民，责无旁贷！”齐柏年慷慨激昂地大声说，“请殷公邀集驻军金营长、警察局长和保安队长，会商御敌大计。倘倭寇犯我县境，应予迎头痛击。”

“先生所言极是，所言极是。”殷崇桂仍然愁容满面，“学生所最感不安者，是贵甥菖蒲公子，不知是否已经离平？内子和小女，更为忧心如焚。”

菖蒲的未婚妻殷凤钗，就是这位殷崇桂县长的千金小姐，而且已经择定举行结婚大礼的佳期吉日。

齐柏年沉吟着说：“前几天，这个孩子曾来一信，言定如期而归，请尊夫人和凤钗姑娘，不必过虑。”

殷崇桂苦着脸儿说：“他在给凤钗的信中也没有确定日子，不然我可以派遣保安队到廊坊火车站去迎接他。”

齐柏年摇头说：“他是不会喜欢这种排场的。”

殷崇桂问道：“如果北平被围，菖蒲公子困在北平，他和小女的婚期，您看……”

齐柏年说：“这要请舍妹酌定。”

殷崇桂忙说：“方才学生已经问过亲家俞老夫人，老夫人十分开明，要我转告小女，由小女作主。”

“也好，也好。”

“那么学生告退了！”殷崇桂深施一礼。

**6**

齐柏年送客回来，老女仆常妈已经在西厢房南间摆好饭菜，菖蒲的母亲梅姑奶奶在后院用饭。

齐柏年的老妻，也是贫寒人家出身。当年，齐柏年的老母亲为了家里多一把手，在他十三岁的时候，给他娶了个大六岁的妻子。进门之后，齐夫人跟婆母种园，还要纺纱织布，供给丈夫上学，十分勤劳贤惠。齐夫人不能生育，齐柏年考取了功名，她多次劝丈夫纳妾，齐柏年金石品性，不肯依从。膝下无儿，冷清寂寞，所以菖蒲母子前来投奔，老两口就把全部慈爱，倾注在菖蒲身上。

平日，他们的生活十分俭朴，齐柏年很喜欢吃粗粮青菜。老两口对面而坐，炕桌上一荤一素。已经是风烛残年的齐老夫人，显得比齐柏年衰老得多。他们吃饭时，不用女仆服侍，齐夫人行动不便，盛汤端饭，都由齐柏年亲自服侍。

齐柏年给老妻盛了一碗绿豆稀饭，齐夫人吃了两口，便吃不下去了，手举着筷子发呆。

“你是挂念菖蒲吧？”齐柏年低声问道。

齐夫人点点头，心事重重地说：“孩子要是困在北平，打起仗来枪子儿满天飞，怎么能叫人放心？”

“你过虑了。”齐柏年安慰老妻说，“我看菖蒲在京城这几年，很长才干，我们可以放心了。”

齐夫人咬了一口小米面发糕，又说：“再过几天，就要办喜事，是大办还是小办呢？”

“且看梅姑奶奶的意思吧！”

“梅姑奶奶听儿媳的。”齐夫人发愁地说，“我看殷家的小姐，不是个过日子的女孩儿，当初还不如找个寒门小户的姑娘。”

“要信得过菖蒲。”齐柏年又安慰老妻，“我想菖蒲自有主张，凤钗姑娘会听他的话。”

吃过饭，齐柏年回他的卧房午睡。但是，国事令人烦恼，家事也颇乱心，身下的凉席竟像火烤一样，难以入睡，而院外树上的鸣蝉，更吵得他不能成眠。下午，他不得不闭门谢客。

晚上，齐柏年正跟夫人坐在院中乘凉，忽听院外阵阵马嘶，跟着便响起一阵敲门声。他一边喊：“门吉，出去看看！”一边也跟在后面走出来。

街门大开，菖蒲带领一支人马鱼贯而入，叫了声：“舅舅！”跑上来行礼。

“几点的火车，怎这么晚才到家？”齐柏年问道。

菖蒲笑道：“我一路上幸会几位相识，所以回家晚了。”

熊大力、柳摇金、柳黄鹂儿、柳长春、四匹马和文武场的那几位，远远站在菜园篱墙那里，不敢上前。齐柏年问菖蒲道：“他们都是些什么人？”

“大力，过来！”菖蒲喊道，“他在关外砍死日本警官，逃进关来，赶脚为生。”

熊大力跨前一步，扑身拜倒，说：“小的熊大力，给恩人老举人叩头！”

“菖蒲快把他搀起来！”齐柏年急忙说，“我不是官儿，你不要跪拜；就是见到做官儿的，也不要低三下四。”

“柳师傅！”菖蒲又叫柳摇金，“他是柳家马戏班的班主。”

菖蒲刚把熊大力扯起来，柳摇金又要跪下，他忙又伸出胳臂把柳摇金拦住。怕见生人而又女孩子气的柳长春，躲藏在姐姐身后，柳黄鹂儿还没有换下男人的衣裳，也怯生生地不敢抬头。

齐柏年喜爱年轻人，他走近两步，抬起柳黄鹂儿的下巴颏儿，问道：“你叫什么名字呀？”

“柳……柳黄鹂儿。”

“原来你是女孩子！”齐柏年抽回了手，怔住了。

“他们爷儿仨都有一身好武艺。”菖蒲又从柳黄鹂儿身后扯出柳长春，“我带他们到县城来，想请他们在日知小学操场表演马戏，不收地皮钱。”

齐柏年答应道：“小学后天放假，就可以在操场表演他们的绝技。”

菖蒲又说：“我还想把大力留在身边，将来有所倚重。”

“很好，很好。”齐柏年吩咐老仆人门吉，“你给众位客人安排食宿，不可怠慢。”

菖蒲搀扶舅舅回院里去，齐夫人已经在正院月亮门口，拄杖等候多时了。

“舅妈，您又为我提心吊胆了吧？”菖蒲嬉笑着问道。

“儿行千里母担忧呀！”齐夫人一块石头落了地，深深叹了口气，“还不快到后院看你娘去。”

菖蒲将舅父和舅母送到乘凉的假山石下，才到母亲居住的后院去。

后院，五间大房，两间小屋，院里有一棵怪松，几株老梅，数竿翠竹，两畦杜鹃花，还有一对古色古香的彩釉鱼缸，养几尾鱼和几蓬莲，满院流荡着一股淡淡的清香。

菖蒲的母亲并不是齐柏年的胞妹。齐柏年二十二岁考中举人，随母亲到城郊去祭祖，路遇从外地逃荒的一家三口。归途，那一对走投无路的夫妻已经双双吊死在路旁的歪脖儿树上，五岁的小女孩跪在父母的尸身下哀哀啼哭。齐老太太心如刀割，把小女孩搂在怀里，打发齐柏年买来两口棺材，请来地保，装殓掩埋了小女孩的父母，把小女孩带回家去。

齐老太太年轻守寡，只有一个儿子，于是就把这个孤女收为女儿，十分疼爱。取名齐梅，全家上下都叫她梅姑娘。梅姑娘聪慧超人，齐老太太让齐柏年教她读书；十八岁时，不但读完四书五经，而且通晓诗词歌赋。

齐老太太去世，梅姑娘跟兄嫂一起生活。齐柏年比她年长十六岁，齐夫人更比她大二十二岁，长兄如父，长嫂如母，兄嫂更是疼爱她。后来，齐柏年为她挑选了一位品学极高的青年才子。谁想红颜薄命，嫁过去没有几年，那位才子不幸身亡，梅姑娘带着孤儿菖蒲回到了娘家。齐柏年夫妇十分悲痛，觉得一生对不起小妹，也负罪于九泉之下的老母。这时候，齐柏年已经有了一点家产，就写下文书，将全部财产归于梅姑娘所有。

二十年过去，小菖蒲已经是二十几岁的北京大学毕业生，而当年二十几岁的梅姑娘，也已经是年过半百的梅姑奶奶了。

梅姑奶奶幽居后院，每日浇浇花，看看书，写写字，画松、竹、梅、莲，很少抛头露面；她的字如其人，画如其人，风骨俊秀，品格清高。

菖蒲快步走进后院的小门，大喊着："娘，我回来啦！"

梅姑奶奶闻声从屋里走出来，身穿飘飘然的白绸衫和黑绸裤，手拿一柄缟素团扇，神态端庄深沉，恬静优雅。

"啊，又长高了！"梅姑奶奶微笑着，"学问呢？"

"明天再请您'殿试'！"菖蒲压低声音、神秘地说，"娘，您猜我遇见谁啦？"

"谁？"

"您最喜欢的人，常常挂念的人。"菖蒲望着母亲的眼睛。

梅姑奶奶的眸子一亮："难道是她？"

"她又是谁？"菖蒲明知故问。

"是你芳倌儿姐姐？"

"娘真料事如神！"菖蒲笑了，"她跟夏竞雄先生秘密住在北平香山，约我在颐和园见了面。"

"对你必定有所教诲吧。"梅姑奶奶欣喜地问道。

"训导甚多，大受教益。"菖蒲兴奋地说，"夏先生还让我给舅舅捎来一封长信，希望将学校办成训练抗日战士的地方。"

"快给你舅舅送去！"梅姑奶奶催道，"今天下午，殷县长带来三封电报，听说倭寇兵犯北平城，战事吃紧，你舅舅十分心焦。”

“哎呀！”菖蒲全身像着了火。“昨天夜晚火车经过卢沟桥，走出二三十里，隐隐约约听见枪炮声，原来是日军发动了战事。”

“快到书房去，快到书房去。”

菖蒲扭头就走，忽然又转过身，说：“娘，我在路上结识了几个人，其中有个跑马戏的女孩子，不但有很高的技艺，而且有很好的人品，您愿见一见她吗？”

“请她来吧！”梅姑奶奶说，“常妈，跟菖蒲去。”

菖蒲和常妈来到外院，只见柳黄鹂儿正调拌芝麻酱，切黄瓜丝儿，给大伙儿抻游丝面吃。

“对不起各位！”菖蒲连连说，“仓促之间，只有粗茶淡饭，先吃一顿吧！明天再设宴招待。”

“公子，您太礼重了！”熊大力和柳摇金捧碗过头，感激地说。

菖蒲向柳黄鹂儿走过去，笑着说：“姑娘，我母亲想见见你，你跟常妈走一趟。”

“姑奶奶赏脸，黄鹂儿快去！”柳摇金高兴地说。

“我……我……”柳黄鹂儿背转身，“我不敢，我见不起。”

“去吧，黄鹂儿！我母亲会喜欢你的。”

柳黄鹂儿瞟了他一眼，脸上绯红，低着头跟常妈走了。

菖蒲又一再请大伙儿吃饱，才到舅舅的书房去。

正院五间正房，三间藏书，一间客厅，一间书房。书房里，燃着一支蚊香，灯光下齐柏年正审阅小学一年级和六年级毕业班的期末考卷；他一生主张贯彻始终，所以亲自掌管这两个班。

门声一响，菖蒲还没有来得及问好，齐柏年便心急地问道："你可知道，北平城下已经燃起战火？"

菖蒲在舅舅面前坐下来，说："夏竞雄先生跟我谈话之后，我也就不感到意外了。"

"你见到了夏竞雄！"齐柏年喜出望外。

"也见到了芳倌儿姐姐。"说着，菖蒲把芳倌儿给他的纸卷递过去，"这是夏竞雄先生给您的长信和共产党的几份文件。"

齐柏年急不可待地打开长信，捧读起来。但是，看完之后，却把长信拍在案上，气恼地说："流了那么多血，死了那么多人，怎么还想跟蒋介石合作？"

"您不同意国共合作，共同抗日？"

"这只不过是共产党一厢情愿。"齐柏年低沉地说，"蒋介石如果有丝毫抗日之心，也就不会将东北四省拱手让给倭寇，继而又接连签订丧权辱国的《淞沪协定》《塘沽协定》和《何梅协定》。"

"那么，您也就不接受他在信中的主张？"菖蒲失望地问道。

"把日知中学办成抗日学校，我愿意的。"齐柏年又拿起夏竞雄的信来看，"而且欢迎他来担任校长。"

"他一时还不能到萍水来，还得我们先自己动手。"菖蒲又兴奋起来。"我想，抗日学校录取新生，主要招收有胆量、有强力的热血青年，不必计较文字上的学识。"

"教育科未必准许。"齐柏年一挥手，"不过，我们不管它！"

"我还打算建立中华民族解放先锋队。"

"应该有所作为。"

“还应该成立各界救国会。”

“我来出面。”

“办小报，进行街头讲演，开展抗日宣传活动。”

“都很好！”齐柏年笑着，“等你办完喜事，立即着手筹备。”

“当此民族危急存亡之秋，我不想结婚了！”菖蒲突然说。

“那怎么行？”齐柏年脸一沉，“兵荒马乱，凤钗是咱家的人，岂能置之于娘家而不顾？”

“国难当头，不宜铺张。”

“这要尊重女方的意见。”齐柏年戴起老花镜，在桌案上摊开另外那几份文件，“你明天早起，就去拜望你的岳父岳母，言语不可失礼。”

菖蒲从舅舅的书房出来，又到后院去请示母亲。

后院，梅枝上挂起两盏灯笼，柳黄鹂儿陪着梅姑奶奶在荷花鱼缸旁闲话。她换上了梅姑奶奶出阁之前的一身衣裳，灯影中显得十分娇艳。她一见菖蒲，慌乱地站起身，说：“公子，请坐。”

“娘，您很喜欢黄鹂儿姑娘吗？”菖蒲笑问道。

“她比你可人疼。”梅姑奶奶忍不住牵起柳黄鹂儿的一只手，心爱地摩挲着，“跟你舅舅谈过了吗？”

“舅舅接受了夏竞雄先生的主张。”菖蒲沉吟了一下，问道，“娘，舅舅要我到殷公馆去，您对我有什么吩咐吗？”

梅姑奶奶摇摇头，说：“你已经大学毕业，难道不比娘更明理吗？”

菖蒲告退，常妈已经睡去，柳黄鹂儿跟在他身后去插门。到门口，柳黄鹂儿忽然柔声问道：“公子，您这几天就要成亲了吧？”

“是的。”菖蒲苦笑了一下：“真不是时候。”

“梅姑奶奶有常妈妈侍候，您收下我服侍少奶奶吧！”柳黄鹂儿仰起脸，目光里充满依恋。

菖蒲的心一阵发沉，回答不出，急忙离去。

## 7

第二天早晨，菖蒲走出家门。到殷公馆去。天色阴暗，乌云压城，就像一口铁锅扣在萍水头上。远方的雷响，就像是卢沟桥的炮声，明灭的闪电，就像是宛平城外的火光；菖蒲的心上，也像被沉重的乌云压住。

出门一箭之外，只见三步一岗，五步一哨，一个个木桩似的驻军士兵，荷枪持刀，布满大街小巷。

菖蒲正感到奇怪，马啼声中有人喊他：“菖蒲兄，衣锦荣归了吗？”

菖蒲望去，原来是驻军营长金雄飞。这是一个自命不凡的青年军官，戎装佩剑，锦鞍骏马，姿势优美。

“金营长，你是在严阵以待吗？”菖蒲站住脚问道。

金雄飞从马上跳下来，脱下白丝手套，跟菖蒲握手，小声说：“接上峰命令，时局紧张，实行戒严，防止发生任何越轨行动。”

“何谓越轨行动？”

“诸如集会演讲、游行示威等等，一律严厉禁止。违令者军法从事。”

“这是哪个卖国贼的命令！”菖蒲愤怒地呼喊起来，“日寇已经举起了屠刀，这些卖国贼却下令中国老百姓引颈就刑。我恨不得食其肉，寝其皮！”

“嘘！”金雄飞把手指按在嘴唇上，“这是委员长的圣旨。委员长不想把事态扩大，正在通过外交途径，谈判解决中日争端。”

“金营长，难道你是冷血动物吗？”

“军人以服从命令为天职。”金雄飞嘻嘻哈哈，一副玩世不恭的态度，“六年前，‘九一八’事变时，我也曾热血沸腾，痛骂不抵抗命令，被关了三个月禁闭，降了两级，差一点儿送军法处枭首示众。胳膊扭不过大腿，放出来之后，我跑遍天津日租界，逛遍了每一家日本窑子，也算报仇雪恨。”

“金营长，我一定要跟你谈谈。”

“不敢耽误你跟殷凤钗小姐的宝贵时间！”金雄飞挤眉弄眼敬了个礼，上马匆匆而去。

菖蒲的心情更加烦躁，他从乡村景色的南城，进入都市风光的北城，只见街上行人车辆稀少冷落，商店都半开着门，柜台里的商人忐忑不安地张望着门外，就像大雷雨前躲避在树洞里的麻雀，骨碌着滴溜溜的小眼睛。

他穿街过巷，来到了殷公馆的后花园外，只听从高墙里飘出一阵笙、管、笛、箫的乐声和缠绵柔婉的《长生殿》歌声：

话绵藤，花迷月暗，分不得影和形。

香肩斜靠，携手下阶行。

一片明河当殿横，罗衣陡觉夜凉生。

惟应和你悄语低言，海誓山盟。

问今夜有谁折证？

有这银汉桥边，双双牛、女星。

菖蒲皱了皱眉头，只觉得乐声和歌声都非常刺耳。他想起了唐朝杜牧的两句诗：

商女不知亡国恨，隔江犹唱后庭花。

殷公馆本是前清县太爷的官邸，虽不是侯门深似海，却也是高墙大院。正门四棵龙爪槐，两头石狮子，汉白玉高台阶，金碧彩绘门楼，两扇朱红大门。

菖蒲走到大门下，叩动黄铜兽环，门上小窗露出两只恶眼，刚要开口问找谁，忽然眼光一变，叫了声："原来是姑老爷！"忙将朱门大开，打千问好。

"殷年伯起床了吗？"菖蒲问这位恶眼门子。

"老爷一夜未归。"门子答道，"老爷昨夜晚就住在了电报局，随时恭候上峰的电报。"

"太太呢？"

"太太打了一夜麻将，刚刚睡下。"

殷崇桂的太太外号二皇娘，是萍水县垂帘听政的太上皇。

殷崇桂家里原有妻子，后来官当大了点儿，就看不上原配的黄脸婆了。这时候，他正给省政府警察总监当秘书；总监的女儿淫乱成性，怀了身孕，男方是个唱昆曲的小生。总监当然不能把女儿嫁给身份低下的戏子，正愁得像磨扇压手，急得像热锅蚂蚁，殷崇桂挺身而出，甘愿休了原配，娶这位残花败柳的小姐，扯一床锦被给总监遮羞。婚后生下一个女儿，就是殷凤钗。殷崇桂保住总监的脸面，总监也就保这位快婿步步高升。殷崇桂扯着裙带向上爬，对于这位太太也就不敢不俯首贴耳。于是这位太太得了个二皇娘的诨名。

来到萍水县，殷崇桂公开标榜清如水，明如镜，沽名钓誉。可是二皇娘在殷公馆，却是前门招财，后门进宝，唯利是图。夫妻阴阳两面，名利双收。

菖蒲讨厌殷崇桂，更憎恶二皇娘，要不是跟殷凤钗的恋情千丝万缕，他才不登殷公馆的门。

“小姐呢？”菖蒲又问门子。

“在后花园。”门子问道，“用我通禀吗？”

“不必了。”

说罢，菖蒲穿游廊，过角门，到后花园去。

小小花园，不但有花有树，也算有山有水。园中一座四角重檐的花亭，花亭左边点缀着山石，四外有玫瑰、海棠、石榴、夹竹桃，花亭右边是一片水池，池边丛生着野草闲花，水中有几根芦苇，几片浮萍，几缕绿藻。亭上可以乘凉、赏月、饮酒、听曲，亭畔可以观鱼垂钓。

菖蒲走进花园，只见花亭上有六个戏班里的小女孩子，四个人吹奏笙、管、笛、箫，两个人一对一答地唱《西厢记》，殷凤钗倚坐在铺了一张彩席的山石上，凝神沉思地谛听着这感人动听的歌唱。她没有发现菖蒲，菖蒲却一进花园就看见了她。殷凤钗是一个丰腴而艳丽的姑娘，鸭蛋脸儿，一头青丝梳成个仕女的发髻，两道弯弯的蛾眉，双眼皮，长睫毛，水灵灵的大眼睛，鼻洼上有几点细碎的雀斑，红红的嘴唇像刚刚咬破了樱桃，脸颊上不施脂粉，天生的桃花颜色。菖蒲凝望着殷凤钗那娇媚的神态，感情一阵冲动，心怦怦跳起来。

五年前，菖蒲还在日知小学教书，殷崇桂带着二皇娘和凤钗来萍水上任。当天，殷崇桂执弟子礼，来到荻庐拜望齐柏年。齐柏年留下殷崇桂吃饭，菖蒲陪座。酒席间，殷崇桂非常称赞菖蒲的人品和学问。礼尚往来，第二天，齐柏年派遣菖蒲代他回访了殷崇桂。殷崇桂留菖蒲在殷公馆吃饭，同席的不但有二皇娘，而且有凤钗。那年月，只有开通人家，男女才能同席，因而被旧礼教常年束缚的青年男女，很容易一见倾心。菖蒲在舅舅的管教下，从来没有跟年轻的异性有过直接的接触。因此，跟凤钗同桌吃了一顿饭，饭后殷崇桂和二皇娘有一桩名利之事要办，凤钗又陪他到后花园散了一会儿步，说了一会儿话，于是凤钗那丰腴而艳丽的面影和身姿，就保留在了他的心上。

殷凤钗只念过小学。殷崇桂本想不惜高昂的代价，送她上中学、大学，甚至出国留学。但是凤钗对于上学极感乏味，因此念完小学之后，就像囚犯逃出了监牢，再也不想进学校受罪了。于是，就在殷公馆里，过起千金小姐那锦衣玉食的生活。不过，她到底识字，无聊时就看看小说解闷儿。然而，她的艺术欣赏能力有限，大作家的名著，她看不懂，引不起她的兴趣。正像她爱看才子佳人戏一样，她也最爱看劣等文人炮制的才子佳人言情小说，而且入了迷。她正是豆蔻年华，情窦初开，所以非常渴望自己也像戏中和书中的佳人，巧遇落难公子或欣逢风流才子，后花园私订终身，凤求凰双飞双宿。所以，她一见文雅清秀的菖蒲，就一下子掉在了自己早已织就的情网里。

殷崇桂很高兴，他觉得跟菖蒲家结亲，不但门当户对，甚至还有点高攀。这是因为菖蒲的舅舅齐柏年乃是京东屈指可数的知名人士，而菖蒲的人品学问，前途不可限量。但是，二皇娘不乐意。二皇娘一心想把她这颗掌上明珠嫁给省长的少爷，司令的儿子，至少也得嫁个大银行的小老板。可惜，她只知前思，不知后想，她所渴望巴结的那些大富大贵人家，却又看不上她二皇娘的女儿了。

二皇娘不乐意，菖蒲也就冷却了对于凤钗的热情。但是，凤钗满头满脑的才子佳人故事，不亲自扮演一下，尝一尝此中甜蜜，是不甘心的。于是，她就模仿那些多情的佳人，接二连三地给菖蒲写信，打发她家的老妈子传书递简。菖蒲盛情难却，也就不能不投桃报李。故事的结局，也是凤钗照搬才子佳人戏和才子佳人言情小说那一套，菖蒲应邀潜入殷公馆，到凤钗的闺房相会，二皇娘破门而入，但是并没有发生惊人之举。因为二皇娘虽是一只母老虎，在独生的宝贝女儿面前，却是一只温柔的猫儿。无巧不成书，菖蒲又考取了全国最高学府的北京大学。这在只有两三万人口的萍水县城，就好比中了进士，点了翰林，二皇娘也就破涕为笑，皆大欢喜了。

菖蒲进入北京大学，每月跟凤钗通一次信。凤钗文理不通，只能仿照才子佳人小说里的情书，补缀成篇，并不能表达真情；但是，她每月都从二皇娘的腰包里勒索一笔钱，准时寄给菖蒲，却是出自实意。菖蒲考取的是公费生，母亲每月都寄给他一些零用钱，而且他一向生活简朴，并不需要凤钗的资助。于是，他就用凤钗的这笔钱支援了好几个穷朋友，办了个小小的文学杂志《拂晓》，在青年学生中产生过一定的进步影响。

上了大学，菖蒲增长了学问，开阔了视野，又得到进步师友的引导，也接触了不少新女性，越来越感觉在思想和情趣上，跟凤钗都很不一致，凤钗并不是他理想的伴侣。但是，他自幼深受舅舅的熏陶，旧道德观念很强，所以虽然很有几位新女性向他表示好感，他却从没有对凤钗产生三心二意。

**8**

现在，他站在后花园门口，在阔别几月之后，又看见了凤钗那娇艳而慵懒的神情体态，便禁不住一阵强烈的冲动和心跳。

等歌唱声停住，他的心情也平静下来，叫了声："凤钗！"含笑向她走去。

"菖蒲！"凤钗从山石上跳下来，差一点儿被一条藤萝绊倒。她挥手驱赶那六个戏班的小女孩子，"去吧！回班上还要排练。到那一天要是走了板眼，不光没有赏钱，连包银也不给。"

六个小女孩子答应一声："是！"一边鞠躬一边退出去。

凤钗又跑过去把园门关上。还找了根杠子，顶住了门。然后，带着一股浓郁的芳香，扑到菖蒲怀里。

"想死我了！"她像一条藤萝缠绕在菖蒲的身上，水灵灵的大眼睛泛起了柔媚的春光，桃花色的双颊更显得红晕，藕荷色的旗袍下那丰满的胸脯剧烈地起伏，“听说北平打了仗，又不见你回来，昨天黑夜我做了一连串的噩梦，吓死人了，吓死人了。”

菖蒲一想起北平的局势，火热的感情冲动也就降了温，低沉地说：“如果在我上车之前，卢沟桥响起了炮声，我就不肯离开北平了。”

“那得把我急死，愁死，你这个狠心的！”凤钗用她那白嫩的手指，戳了一下菖蒲的额角，“你什么时候到家的？”

“昨天傍晚。”

“为什么不赶快来看我？”

“我要跟母亲和舅舅说话。”

“说些什么呢？”

“国事，家事。”

“家事说了些什么呢？”

“咱们的婚礼，是大办还是小办。”

“终身大事，当然大办！”凤钗那樱红的小口，喷着芬芳，在菖蒲耳边叽叽喳喳，“你那皇娘岳母的腰包里，又有银行存款，又有金银珠宝，又有房契股票，我逼得老太婆一片一片地割肉，榨出来好大一笔陪嫁，够咱们富贵一辈子的。”

“你打算怎么大办呢？”菖蒲的眉头皱了皱。

“搭高台彩棚，演三天堂会，摆三天喜筵。”凤钗沉浸在幸福的陶醉中，“三班鼓乐，八对红罗伞，十六人抬大花轿周游全城……”

“办得太大了！”菖蒲摇着头。

“你想小办？”凤钗睁开了沉醉的眼睛。

“我想不办。”

“啊！”凤钗松开了箍在菖蒲身上的双臂，“你想推迟婚期？”

菖蒲牵着她的手，走上花亭，一只胳膊拢住凤钗的身子，低声柔气地说：“日寇已经发动了灭亡中国的侵略战争，中华民族到了最危险的时候；我们都是热血青年，怎么能忍心在国难当头时刻，灯红酒绿地大办喜事呢？”

凤钗扭摆着腰肢，挣脱菖蒲的拥抱，哽咽地说了一句：“你变了心！”就双手蒙住脸，一抽一噎地啜泣起来。

菖蒲正要安慰她，花园门被拍得山响，一个水鸭子叫似的女人声音：“开门，开门！菖蒲，让我看看你！”那是二皇娘。菖蒲只得扔下啼哭的凤钗，走出花亭去开门。

门一开，二皇娘花枝招展地出现了。

原来，二皇娘打了一夜麻将，天亮前才睡下。睡了一个觉，口渴醒了，喊丫头送茶水。喝了一小壶香茶，还想接着睡下去，可是一听说菖蒲来了，连忙起了床。贴身老妈子侍候着梳头洗脸，浓妆艳抹，便急急忙忙到后花园来了。

二皇娘虽已徐娘半老，却真正是风韵犹存，而且一心要跟正值妙龄的女儿争妍斗艳，所以十分讲究穿着的摩登，打扮的入时。但是，脂粉的红颜，到底比不了青春的秀色；更何况她淫荡贪婪、暴戾成性，绫罗绸缎和上等宫粉包裹不住也掩饰不了明显的色衰。然而拍马屁的人异口同声夸她跟女儿就像一对双生姊妹花，更助长她搔首弄姿作小儿女态，把肉麻当有趣儿，越发令人作呕。

对于这位面目可憎的丈母娘，菖蒲克制住心理和生理上的厌恶，努力装出恭敬的样子，强笑着问了一声：“伯母好。”

“好嘴硬！”二皇娘娇嗔地瞪了他一眼，“到了今儿晚，还不该改一改称呼，叫我一声娘吗？”

花亭上，凤钗听见母亲来了，哭声更高。

“哎哟，我的儿！”二皇娘大吃一惊，一阵风上了花亭，“大喜兴的日子，为什么哭天抹泪？”

“他……他变了心！”凤钗偎在二皇娘怀抱里，哭成泪人儿，“终身大事，他不许红红火火地办一办，叫我一辈子窝心，脸上无光抬不起头。”

“一定是老举人舍不得花钱，梅姑奶奶又做不了老举人的主。”二皇娘不咸不淡地说，“菖蒲，你也不要为难，娘抽骨头拔筋，给你们办。”

“不！”菖蒲恼怒地说，“国难当头，我们不能无所顾忌，惹萍水县老百姓唾骂。”

“老百姓管得着吗？”二皇娘那被烟熏得沙哑的嗓子，又水鸭子叫一般地嚷起来，“我有钱，爱怎么花就怎么花，爱怎么排场就怎么排场，谁敢背后嚼舌头根子，叫警察局把他抓起来！”

“这是胡作非为！”菖蒲也火了起来，“我可不想在家乡留下骂名。”

“由不得你！”二皇娘两手叉着腰，露出了泼妇本相，“女儿是我肠子里爬出来的，钱是我荷包里掏出来的，你管不着，拦不了。”

菖蒲冷冷一笑，说：“那就从长计议吧！”说罢，转身就走。

“狠心的，你不能撇下我！”凤钗哭喊着追上去，扯住菖蒲的胳膊不放。

花园门口，殷崇桂正面如死灰，仓皇而来，一见这个光景，又打手又跺脚，带着哭腔儿说：“吵什么，吵什么呀？日本兵就要打到萍水了。”

“啊！”二皇娘、凤钗和菖蒲都失声叫起来。

殷崇桂掏出两大把揉皱的电报，说：“北平西郊的蒋家村、青塔寺、古庙等处，正在激战；日军坦克从京东的通州开到北平朝阳门外大桥，企图冲入城内；南郊，日军向永定门外的大红门发起进攻，又从丰台经南苑的团河，进攻二十九军军部……”

“不办了，不办了！”二皇娘吓得面无人色，“你快送我跟凤钗到天津租界躲一躲。”

“我身为一县之长，不能擅离职守。”殷崇桂急得团团转，“菖蒲，你陪她们娘儿俩到天津去，就在我那所小洋楼里举行婚礼。”

“我要与萍水民众共患难！”菖蒲庄严地说，“凤钗是我的妻子，我要把她接回家去，一切由我负责。”

“我的女儿，不能交给你！”二皇娘急赤白脸地说。

菖蒲不动声色，说：“凤钗有她的人身自由，由她自主。”

凤钗看看她娘，看看她爹，又看看菖蒲，眼泪汪汪，左右为难。她感到一阵气虚，扑到她娘身上。

“我的儿！”二皇娘笑了，“跟娘一条心。”

凤钗打了个寒噤似的摇了摇头，说：“我先到他家去吧！”

## 9

这是一个冷清清的花烛之夜。

洞房里早已经熄了红烛，但是小小的后院里，梅枝和竹梢上，还挂着八盏灯笼。阵阵风来，将梅影竹斑和摇曳的灯光，送进绿纱窗内，投映到新人的喜床上。

床上，菖蒲并没有睡去，他一动不动地躺着，室内一片朦胧。在他身边，凤钗像一株春雨海棠，身上掩住一条大红湘绣的合欢夹被，半边脸儿埋在鸳鸯戏牡丹的绣枕上，口角噙香，发出轻细的鼾声。

他没有感到欢乐，只有烦恼。今晚，宵禁之后，街上路断行人，一顶小小的花轿将凤钗悄悄抬进门来，一直送到后院。草草拜了天地，拜了高堂，夫妻相拜，柳黄鹂儿搀扶着新娘子进入洞房。他揭下了凤钗头上的红巾，凤钗满头金钿、玉簪、富贵绒花，但是脸上带着泪痕，没有一点喜色。而且，她一眼看见端进长生面的柳黄鹂儿，目光忽然一惊一疑，眉梢挂上了怒气，只吃了一箸，就把筷子摔在了桌上。

夜深人静，菖蒲听母亲房里已经安歇，便吹熄了梳妆台上的一对红烛。回到床边，他想拥抱着凤钗谈一谈心，却发现凤钗趴在床上啼哭。

"你……你这是做什么呀？"菖蒲想把她抱起来，但是搬了几搬也搬不动凤钗那丰腴的身体，只得挨在她身边躺下，"今天总算吉日良辰，你哭什么？"

"我的命比黄连还苦！"凤钗抽泣着说，"一顶四人抬的小花轿，就像从人市上买来一个收房的丫头，把我抬进了你们家，往后谁看得起我。"

"你要明大理，识大体，想一想眼前的时局多么险恶。"菖蒲婉言劝道，"咱们是患难夫妻，更为情深义重。"

毕竟是花烛之夜，新娘子的怨气很快就消散了。但是，当菖蒲给凤钗的香罗衫解到最后一个丁香扣绊的时候，凤钗又拨开菖蒲的手，突然低低地、严厉地问道："那个俊俏的丫头是个什么人？"

"我家哪儿来的丫头？"

"就是那个搀我进房的小狐媚子。"

"那是我家的客人，是母亲留她住下的。"

"把她赶走！"

"母亲喜欢她，做儿女的怎么能赶走母亲喜欢的人呢？"

"不是你母亲喜欢她，是你爱着她！"凤钗又哭了，"我早猜到你背着我拈花惹草，果然不错。"

"胡说八道！"菖蒲发了怒，"不要学你娘，要做一个贤惠的妻子。"

"好！"凤钗从鼻孔里冷笑道，"明天我求母亲把她给你收房，家花没有野草香呀。"

"你竟敢污辱一个清白的少女！"菖蒲气得浑身冒火，"过几天黄鹂儿就要进日知中学，你要讲点道德。"

凤钗一听柳黄鹂儿过几天就要进日知中学去，又转怒为喜，千娇百媚地揉搓着菖蒲，软言柔语，低声下气，把菖蒲哄笑了。

现在，凤钗甜蜜地睡去，却不知道她在丈夫的心上，留下浓重的阴影。菖蒲睡不着，他已经看得很分明，他跟凤钗之间并没有真正的爱情，一点也不知心。他轻轻地下了床，走到窗前，点起了一支烟，陷入了苦恼的沉思。忽然，他听见窗外一声轻柔的叹息，掀开窗帘一角望去，只见荷花缸旁，梅影竹斑和摇曳的灯光中，柳黄鹂儿披着母亲的一件斗篷，坐在藤椅上，手托着腮，正在守夜，怕灯笼失火。她是那么恬静，那么孤单。菖蒲想起凤钗刚才对于这位清白少女的污辱，深深感到一阵内疚，想走出去，劝她回房去睡。

他刚要开门，凤钗又醒了，并没有睁开睡眼，只是伸出一只雪白的胳膊，在床上找他，他只得又退回去。

后来，他刚刚蒙眬欲睡，却又被一阵紧急的敲窗声惊醒。

“俞公子，老举人请你马上到书房去！”是柳黄鹂儿在窗外呼唤他。

凤钗梦中吓得尖叫：“日本兵打来啦！”

菖蒲匆匆穿上衣裳，说：“我去看看。”

“你别走，我怕！”凤钗死死抱住他。

“让黄鹂儿陪你。”

“不许她进来！”凤钗慌忙倒在床上。

趁这工夫，菖蒲快步走出去。一出后院小门，只见正院树下站立着好几个大兵，不禁一阵心惊。书房里灯火通明，他推门进去，只见舅舅披着一件长袍，正跟金雄飞和殷崇桂谈话。殷崇桂那沮丧的神气，就像被寒霜打蔫了的枯藤。

“菖蒲兄，打扰了你的美梦！”金雄飞嬉皮笑脸，“兄弟奉命撤离萍水，特地前来辞行。”

菖蒲血涌上脸，悲愤地问道：“还没见日本兵的影子，你们就望风而逃啦！”

“军机不可泄露。”金雄飞看了一下手表，“还有半个小时就要开拔。齐老先生和菖蒲兄，我劝你们速离此地，如果愿意跟我们同行，我可以推迟一个小时行动。”

“萍水是我生身之处，葬身之所，我要与萍水共存亡。”齐柏年拱了拱手，声音悲怆，“金营长，我看你还是个热血未冷的青年，大丈夫当战死沙场，马革裹尸还，愿你不负军人应尽之天职。”

“金营长，你这一走，我的日子可怎么过？”殷崇桂可怜巴巴地说，“我要电请上峰收回成命，你暂且不要开拔。”

“军令如山，令出必行。”金雄飞拍了拍殷崇桂的肩膀，“殷县长，你手下还有二十几名警察和一个保安队，我再拨给你三十条枪和一万发子弹，扩充队伍，维持治安，如何？”

“我要这些劳什子有屁用呀？”殷崇桂拉着哭声说，“如今要跟日本兵打仗，谁肯吃这份送死的钱粮？”

“金营长，送给我吧？”菖蒲说，“我们正要把日知中学办成抗日学校，这些枪支子弹正可以武装学生们。”

“给谁都一样。”金雄飞满不在乎地说，“反正我们要轻装，不想带走，没人要就得毁掉。”

“那就毁掉，毁掉！”殷崇桂连连说，“兵刃乃是凶器，不能流散民间，以免滋生事端。”

“殷县长，这叫什么话！”齐柏年大怒，“日寇入侵，民众正该揭竿而起，你反而要销毁抗敌的武器，这岂不是汉奸行为？”他向金雄飞深深作了一揖，“金营长，请以国家民族为重，把这三十条枪和一万发子弹，借给我的学校。”

金雄飞到底还是个年轻人，能够激起五分钟的热情。他一挥手，说：“菖蒲兄，你带人去跟我取枪。”

于是，菖蒲到外院喊醒熊大力、柳摇金和柳长春，牵着四匹马，跟着金雄飞走了。

从这一天起，蒿蒲就东奔西跑地忙起来。坐落在郊外古庙里的日知小学门口，挂起了中学的牌匾，十字街头，三岔路口，草亭茅店，渡口车站，张贴了招生简章。熊大力、柳摇金、柳黄鹂儿、柳长春带着他们的四匹马，搬到学校去住，不几天就有几十名青年报名。

柳黄鹂儿离开齐宅，凤钗非常高兴，但是蒿蒲一天到晚在外边跑，而且竟有两夜不回家，抛下她伴孤灯守空房，又气得她连哭了十二个时辰。

这一天晚上，蒿蒲从学校回来，身上挎着一支驳壳枪，兴冲冲走进新房。凤钗正坐在银烛台下，两眼痴呆呆失神，一对儿一对儿掉眼泪。蒿蒲站在屋门口，她也没有发觉，蒿蒲也不惊动她，只是微笑着欣赏她那娇媚的神态。新婚燕尔，凤钗显得有些憔悴，但是也并没有褪尽海棠春色；那一对儿一对儿的眼泪就像清晨的露珠，从花瓣儿上滴落下来。

蒿蒲见她哭得伤感，便轻轻咳嗽了一声。凤钗转过脸儿，泪眼中只见闯进一个带枪的人，毛骨悚然地尖叫了一声："强盗！"扯过合欢被，蒙住了头。

"凤钗，是我！"蒿蒲走到床前，想拦腰抱起她来。

"别碰我！"凤钗躲闪着。

"你不愿理睬我吗？"蒿蒲问道。

"枪！"凤钗在合欢被里叫着，"扔出去。"

蒿蒲摘下枪，放在梳妆台上，笑道："我没有压子弹。"

"扔出去，我怕！"凤钗在床上乱踢着。

蒿蒲并没有把枪扔出去，坐在椅子上，沉默着。后来，他一跺脚，站起身，说："你睡吧，我还要出去走一趟。"

“不许走！”凤钗掀开合欢被，拦住了菖蒲。

菖蒲在床边坐下来，脸色非常忧郁。凤钗胆怯了，靠在丈夫的身边，拿起他的一只手，偷眼觑着丈夫的脸色。

“明天是回门的日子吧？”菖蒲低低问道。

凤钗点头一笑，说：“多谢你还记得，你得陪我回娘家住两天。”

菖蒲沉重地摇摇头，说：“明天我得四处募捐。”

“募捐做什么？”

“好几十口人，都要吃饭。”菖蒲心情沉闷地说，“本来，日知中学的校董们都答应出钱，可是金雄飞撤离萍水，他们也都纷纷出走，到哪里去找他们要钱？这些天，吃的都是舅舅过去的那一点积蓄，至多也只能支持三五天了。咱家一无土地，二不经商，眼看自家也要吃不上饭，所以不得不到社会上募捐。”

“咱家吃饭，你不必发愁。”凤钗在他的手上捏了捏，“我带来的压箱子钱，还够咱家开销一些日子的。”

菖蒲突然涨红了脸，不好意思地问道：“凤钗，你……你有多少陪嫁？”

“不是早就跟你说过了吗？”凤钗笑眯着眼，“我一片一片割你那皇娘岳母的肉，足够咱俩富贵一辈子。”

“为了抗日，你能不能捐献出来？”

凤钗像被捅了一刀似的叫起来：“绕来绕去，你是要割我的肉喂鹰呀！”

“想一想，亡了国，钱有什么用？”

“难道榨干了我的陪嫁，就亡不了国吗？”

“拿出一部分，行不行？”

“一文也不给！”

这一夜，新婚夫妻同床异梦了。

## 10

第二天早起，凤钗还没有睡醒，菖蒲就起床走了。等凤钗梳洗完毕，她家那翠盖红窗金漆彩画的高篷马车，早已经恭候在齐宅门口，来接她回门了。

凤钗拜别了婆母和舅婆齐夫人，就像鸟儿飞出了笼，登上车，跺着脚催把式快赶。

但是，高篷马车刚刚拐上南北大街，就被一条绳索拦了路。

“谁敢挡我的道？”凤钗掀开窗帘，问道。

“我们是日知中学募捐队，为了抗日救国，请捐一点款吧！”

拦路的是柳黄鹂儿。她身穿梅姑奶奶送给她的素雅的衣裙，一手拿着一面小旗，一手抱着一只扑满，是那么庄严，那么优美。

柳黄鹂儿的目光，和凤钗那充满妒火的目光碰在一起，柳黄鹂儿的脸一红，鞠了个躬，叫了一声：“少奶奶！”

“啊，原来是柳姑娘！”凤钗酸溜溜地说，“真像个中学生了，不卖艺了吗？”

柳黄鹂儿并不畏怯，眼睛眨也不眨，说：“下午，我们要在十字街头的大空场上跑马戏，俞公子还要讲演，少奶奶来听吗？”

“俞公子的讲演我比柳姑娘听得多，耳朵都磨出茧子来了。”凤钗尖声地嘲笑，“要是柳姑娘教会他耍几套马戏，我倒想看看。”

柳黄鹂儿脸一阵白，忍了忍才说：“为抗日救国，上阵打仗，俞公子这些日子一直练马。”

“拜柳姑娘为师吗？”

“不敢当！俞公子初学乍练，是我侍候他。”

“骑的也是柳姑娘的马吗？”

“正是。”

“我替我的男人交学费！”凤钗掏出钱包，从窗口抛了出去，“也买下你的马，供他骑。”

拦路的绳索解除了，高篷马车又向前驶去。到十字街头，刚要拐上东西大街，又被一条绳索拦住。

“我们是日知中学募捐队，为抗日救国，请捐一点款吧！”是一阵唱歌似的声音。

凤钗隔窗一看，原来是戏班里的六个女孩子，她暴怒起来，厉声说：“把式，拿鞭子把她们赶开！”

老把式只得在半空中打了几个响脆的鞭花。

但是六个女孩子并不散开，也不后退，仍然像唱歌似的异口同声：“为抗日救国，捐一点款吧！”

“抽她们！”

老把式叹了口气，从怀里摸出几个铜板，含泪递给了那几个女孩子。

高篷马车将凤钗送到殷公馆门前，凤钗下了车，老把式又赶车到县衙门去侍候殷崇桂。

离开娘家几天，凤钗感到十分陌生，也觉得门前非常冷落，龙爪槐七折八断，石头狮子低了头，大红门伤痕斑驳，满街的砖头瓦砾。她踮着脚尖走上台阶，门开一缝，门子鬼头鬼脑，连连招手：“小姐，快进来！”

凤钗侧着身子挤进去，问道：“怎么回事儿？”

门子急忙关上大门，连上了三道铁闩，心有余悸地颤声说：“昨天下午来了一帮学生到门前请愿，老爷不见，他们就堵住门口，提着老爷的名儿骂，到了晚儿还是保安队把他们赶走了。”

凤钗打了个寒噤，慌忙走进院里。大院一片死寂，阴阴森森，凄凄惨惨，她一阵心惊肉跳，恐怖地叫起来：“娘，娘！”

沉了一会儿，披头散发的二皇娘才从正房门口探出半个身子，鬼鬼祟祟地跟她打手势。

凤钗走进她娘的卧室，只见关死了窗户，拉严了窗帘，撬开了地面上的方砖，扒出了两堆泥土，露出了几个陶瓷罐子，满装的是金银珠宝、银行存折和股票房契。

“这是干什么呀？”凤钗浑身发冷，打着哆嗦。

“轻声！”二皇娘那水鸭子叫的嗓子，压低得像蚊子哼哼，“今夜晚逃到天津租界里去。”

“也带着我吧！”凤钗趴在二皇娘的肩上，抽泣起来。

“菖蒲那小畜生虐待你了吧？”

“他的心……挂在了马戏班的女戏子身上。”凤钗伤心地说，“还存心不良，想骗我把陪嫁捐献出来……”

“你这个养汉精，就乖乖地倒贴给了他？”二皇娘心疼得要昏死过去。

凤钗忙从汗巾上解下一个小小的锦囊，在二皇娘眼前晃了晃，说：“您看，贵重东西我都带回来了。”

“娘的儿！”二皇娘又死而复生了。

凤钗问道：“我爹走不走？”

“宋哲元都扔下北平跑了，他又何苦在萍水这棵树上吊死？”

“爹在哪儿？”

“他在巡视四城，临走使个稳军计。”

凤钗哧地一笑，忽然又一阵悲戚袭上心头，说：“我总得跟那个冤家说一声，到底还是做了几日夫妻，不能不明不白地闪了他。”

“什么夫妻！”二皇娘恶狠狠地哼道，“又没有办喜事，宴宾朋，野合私奔一般过了门，有谁为证？到了天津租界，我跟你爹再给你找一个富贵儿郎，俊品人物，还把你当作红籽红瓤儿的黄花闺女嫁出去。”

凤钗哀怨地一声长叹，说了句：“嫁不嫁的，再说吧！”便垂下头，眼泪像房檐雨水似的淌下来。

就在这天的月黑夜，殷崇桂带着二皇娘和凤钗，二十几名警察和一个保安队护驾，神不知鬼不觉地逃跑了。

黎明，在日知中学校外的旷野上，菖蒲骑着柳黄鹂儿的枣骝驹，柳黄鹂儿骑着柳长春的雪白马，柳长春骑着柳摇金的灰兔儿马，正在彩霞中驰骋飞奔，忽见老仆人门吉气喘吁吁跑来：“菖蒲，老先生请你赶快回去！”

菖蒲在马上高声问道：“有什么事儿？”

“殷崇桂带……带着全家跑了。”

“这个狗官！”菖蒲咬牙切齿地说，“凤钗呢？”

“也……也……也走了。”

“这个……可憎的女人！”菖蒲气得脸白如纸。

“咱们把少奶奶追回来！”柳黄鹂儿一扯缰绳，雪白马一声长嘶。

菖蒲摆了摆手，说：“落花流水，随她去吧！”

门吉走到马前，说：“老先生一听殷崇桂跑了，马上写了几张安民告示贴出去；早饭也没吃，就到县衙门召集各界有头有脸儿的人，会商守城大事。”

“长春，你立即回校吹紧急集合号，全体学生武装进城！”菖蒲下令。

“是！”柳长春打马而去。

但是，菖蒲仍然一动不动地坐在马上，目光沉暗，心情忧郁。

“俞公子，你别难过吧！”柳黄鹂儿呜咽着说，“萍水县的黎民百姓没人管了，就靠你跟老举人了。”

“我跟舅舅都担当不起如此重任。”菖蒲的眼睛放出了光明，他在凝望着呈现在东山峰峦之间的一抹红光，“救国于危亡，拯民于水火，只有靠中国共产党！”

古庙里，响起嘹亮的军号声。

## 11

萍水县的国民党军仓皇败退，有个机枪连连副叫郑三发，伙同他的盟弟、骑兵连二排排长阎铁山，挟枪携款，骑马开了小差。

两个家伙逃到萍水湖畔，筋疲力竭，人困马乏，就躲进一块黑松林坟圈子里，放马吃草，他们仰躺在石供桌上，大吃烧鸡。

坟圈子里，黝黑黝黑，松风阵阵，阴阴森森。

突然，从一片野蒿丛里，有人伸着懒腰，打着哈欠，吸溜鼻子，吧唧着嘴，喃喃地说："好香！"

郑三发吓得从石供桌上滚下了地，骨碌爬起，尖叫道："什么人？"

野蒿丛里窸窸窣窣，爬出一个花白胡须、灰头扯脸的老道，摇头摆脑地说："贫道万年知，云游天下，寻觅真主。昨夜仰观天象，得知青龙、黑虎两座星宿，今日下降此地黑松林中，是以早日前来恭候。"

郑三发擦了擦额头上的冷汗，吁出了一口凉气，笑骂道："原来是个走江湖的杂毛老道！你既然自称万年知，想必一定会相面算卦啦？"

万年知哈哈一笑，回答道："贫道上知天文，下通地理，相面算卦何足挂齿。"

郑三发撕下一条鸡大腿，扬手扔了过去，说："那你就给咱家算个卦，少不了你的卦礼。"

万年知虽已年过花甲，手脚却十分利落，一个饿狗扑食，把鸡腿接在手里，狠狠啃了一口，便盘膝大坐在松树下，问道："主公，您是垂询吉凶祸福，还是想问功业前程？"

这一声"主公"，叫得郑三发骨酥肉麻，羞羞答答地说："道爷，我想问功业前程。"

万年知把鸡腿连骨头也吞下肚去，伸了伸脖子，说："主公请上坐，且听贫道'林中对'。"

“道爷，什么叫‘林中对’呢？”郑三发一窍不通。

万年知用长长的黑指甲剔着牙齿，然后响脆地咳嗽一声，吐出一口黏痰，装腔作势地说：“想当年刘皇叔三顾茅庐，诸葛武侯纵论天下大事，名曰‘隆中对’；贫道乃当世之孔明，在此黑松林内，与主公畅谈当今天下大事，故名‘林中对’。”

“道爷高才！”郑三发双挑大拇指，“请道爷详细批讲，我郑某人支棱着耳朵恭听。”

万年知眯起眼睛，捻着乱如蓬麻的胡须，咬文嚼字说起来：“主公，天地玄黄，宇宙洪荒，日月盈昃，辰宿列张；这人主之分，自有天数。前朝旧代不必讲，只论当今胜败兴亡事，民国以来，四方割据，干戈不已，国无定主；那蒋介石也不过草头蛇混充真龙天子，命小福薄，并非九五之尊，所以一统天下不几年，东洋鬼子兴兵进犯，就丢了东四省。方今天下，正是风云变幻，江山易主之际，主公命贵青龙之相，顺天应时，乘机起兵，必能成就大业。”

郑三发听得手脚飘飘然，抓耳挠腮，嘿嘿笑道：“道爷，我有这么大的造化吗？”

“主公不可妄自菲薄！”万年知连忙给他打气，“明太祖朱元璋，原不过是个捅牛屁股的小牧童，到头来还不是削平群雄，独得天下，金銮宝殿上一坐，称孤道寡。”

郑三发乐得印堂发亮，急煎煎地说：“道爷，干脆你就给我当军师吧！”

“嘻！”万年知端起架子，两眼望天，“周文王渭水访贤，刘皇叔三请诸葛，可不是这么一条鸡腿就雇来的。”

那个麻脸暴眼的阎铁山，是个野驴脾性，扑了过来，叉开五指，揪住万年知的胡须茬子，吼叫道：“老杂毛！坐轿子号丧，不识抬举，我把你扔下湖里喂老鼋！”

“混蛋，撒手！”郑三发慌忙撕扯阎铁山，“道爷，别跟这畜生一般见识，我郑三发要学那周文王、刘皇叔。”

万年知揉着血糊糊的胡子，呻吟道：“贫道愿效驽钝之劳，辅佐主公定国安邦。”

郑三发毕恭毕敬地问道：“军师，寡人该从哪一方起兵呢？”

万年知手指萍水湖，说：“此湖潜伏龙脉，最有风水，正是起兵吉地。不过，闯大业，成大事，必须立旗号，招兵马，设官爵，定尊卑，才显得奉天承运。”

郑三发鸡啄米似的点头，问道：“军师，立什么旗号，设什么官爵呢？”

万年知早已胸有成竹，答道：“吴佩孚号称直军，张作霖号称奉军，孙传芳、张宗昌号称什么三省五省联军，一个个俱都好景不长，兵败山倒，可见旗号不祥。依贫道之见，主公起兵，号称四面八方得胜军，最为吉利。主公暂且屈称司令，下设旅、团、营、连、排、班长，论功封官赐爵。”

郑三发高兴得好似爬杆的猴子，手舞足蹈地叫道：“着，着，着！军师，事不宜迟，兵贵神速，赶快抢占萍水湖！”说罢，抱起万年知，扔在他的马背上，率领阎铁山，劫了一只渔船，进入萍水湖的芦苇深处。

半月时光，郑三发凭仗一挺机关枪，霸占了萍水湖，散兵、游勇、逃犯、亡命徒，以及走投无路的东北难民，纷纷入伙，竟然拉起了二三百人马，一百多条枪支，他们的眼线一直放到通州，不但月黑风高打家劫舍，而且大天白日抢掠行人。

## 12

中午，俞菖蒲在熊大力和柳长春左右保驾下，进入萍水湖西岸的青纱帐中。

青纱帐里像蒸笼似的闷热，菖蒲渴得喉咙冒烟，忽听前面不远处，传来母鸡下蛋的咯嗒咯嗒声，想必是有庄户人家，便寻声而去。

果然，一块牛腿高粱地里，有两间窝棚小屋，房山阴凉里坐着个面容憔悴的中年女人，正在喂一窝唧唧啾啾的小鸡。菖蒲下马，满脸带笑地说："大嫂，讨口水喝。"那大嫂吃了一惊，愣愣怔怔地盯了菖蒲半晌，忽然慌慌乱乱地站起身，走进屋去，哐啷关上了门，小鸡也吓得吱吱喳喳地乱钻。

屋里一阵叮叮咣咣的响动，菖蒲从门框的裂隙里看见，那大嫂拿起一口菜刀，闪到门后。

菖蒲不便逗留，又骑上马去，面朝门里，平和地说："大嫂，不要怕。我是城里齐柏年老举人的外甥俞菖蒲，前来萍水湖，联合得胜军，共同抗日，惊忧你了，对不起！"

他正要拨转马头，屋门吱吅一声响，那大嫂端着满满一大葫芦瓢凉水追出来。菖蒲又要下马，那大嫂却把水瓢高高托过头顶。

"刚才慢待了！"那大嫂羞愧地低下眼睛。

"谢谢，大嫂！"菖蒲胸膛里一阵激动，在马上深施一礼，俯下身去，咕咚咚一口气喝下半瓢。剩下的半瓢水，熊大力和柳长春分着喝了。

他们连连道谢，告别大嫂，沿着青纱帐的蜿蜒小路，继续向前走去。

菖蒲知道，踏上得胜军的地面，内行的要报路，可免冷枪暗箭。半瓢凉水下肚，菖蒲浑身清爽，喉咙凉润，呼吸着田野上散发的醉人芳香，他兴致勃勃地说："大力，长春，咱们唱个歌！"

于是，他们放声高唱起来：

起来！不愿做奴隶的人们，
把我们的血肉，筑成我们新的长城；
中华民族到了最危险的时候！……

高粱叶子唰啦啦山响，十几个强汉跳了出来，黑洞洞枪口封住他们的前后左右，齐声断喝："不许动！"

菖蒲端坐在胭脂红的枣骝驹上，笑道："弟兄们，辛苦了！我是城里齐柏年老举人的全权代表，前来会晤贵军郑司令，有劳回禀一声。"

"贵姓，高名？"一个干核桃脑瓜儿的小头目问道。

"在下俞菖蒲。"俞菖蒲彬彬有礼地答道，"请问当家的，你的官称大号？"

"四面八方得胜军一旅一团一营营长贾三招儿！"贾三招儿挑起大拇指，点着鼻子尖，摇晃着干核桃脑瓜儿。

"幸会，幸会。"

"交出枪来！"贾三招儿陡地脸色一变，尖声刺耳。

菖蒲抖了抖身上的杭纺长衫，说："手无寸铁。"

"我要搜！"

"请。"

贾三招儿打了个手势，几个强汉扑上前来，将菖蒲、熊大力和柳长春上上下下搜查一遍，齐声报告说："身上没有凶器。"

"屈尊了！"贾三招儿抱了抱拳，"一连继续巡哨，二连原地埋伏，三连随我护送。"

俞菖蒲、熊大力和柳长春被蒙上眼睛，一个强汉牵马，一个强汉持枪跟在马后。拐弯抹角兜圈子，走了七八里，菖蒲一路上只听见水声喧哗，小鸟啼唱，昏天黑地，辨不出方向。

忽然，他们被喝令站住，贾三招儿跑向湖边的一个渡口。

湖边一片白沙滩上，柳棵子中掩映着一座酒馆和赌场，肉香扑鼻，酒气熏天，豁拳行令，吵蛤蟆坑。这座酒馆和赌场的后门外，一溜木桩，拴着几支小船。

贾三招儿冲院里喊叫一声："尤副官，我给司令送一网鱼，使条船！"

土墙里，露出个兔子脸，探了探头儿，嘻笑道："贾营长，得了赏钱，快来坐庄！"一缩脖子不见了。

贾三招儿将菖蒲等人赶上船去，三匹马拴在船后浮水，橹声咿呀，划进苇塘。高高的芦苇丛中，砍成一道道七纵八横的窄巷，只能容下一只船穿来钻去。

郑三发的司令部在湖中央的石瓮村，村庄内外坑道交错，土堡林立，遍地老虎眼枣树。船靠码头，岸上一座鹿寨门，迎面是鬼气森森的三太子庙，庙门口，左右两只石龟，竖立着两根响着青铜串铃的旗杆，飘舞着两面犬牙杏黄旗，一面上绣着四面八方得胜军，一面上只有个斗大的郑字。一个麻脸凶汉，面皮好似雨打沙滩，鼓凸着一双暴眼，脚蹬到石龟背上，手叉着腰，满脸杀气。

“报告阎旅长！”贾三招儿跳下船，哈着虾米腰，一溜碎步跑上前去，“我打了一网鱼，请您过过目。”

“押过来！”阎铁山吼了一声。

菖蒲被摘下黑布眼罩，只见阎铁山那一双暴眼，放射凶光，正恶狠狠地死盯着他。

“你是阎铁山旅长吧？”菖蒲面无惧色，镇定地微笑着，“我奉齐柏年老举人的派遣，前来萍水湖，商讨联合抗日、守土安民大计，请阎旅长引我面见郑司令。”

“你是什么人？”阎铁山傲慢地从鼻孔里问道。

“齐老举人的外甥俞菖蒲。”

“干什么的？”

“刚从北京大学毕业，现在协助我舅父开展抗日救国活动。”

“原来是个喝墨汁的书生哥儿！”阎铁山充满敌意地嘲笑道，“你开口抗日，闭口救国，会打枪吗？”

“会一点。”

“哪儿学的？”

“学校。”

“跟师娘学的还是跟师妹学的？”

贾三招儿和那几个强汉，掩着嘴哧哧发笑。

“我受过军训！”菖蒲忍住怒气，但是提高了声音。

“会骑马吗？”阎铁山恶声恶气地问下去。

“会一点。”

“哪儿学的？”

“萍水县城里。”

“跟谁学的？”

“马戏班的一位女骑手。”

“是被窝里学会的吧？”阎铁山色情地挤了挤眼，一副下流丑态。

贾三招儿和那几个强汉哈哈狂笑起来。

“阎旅长，请你放尊重一点儿！”菖蒲涨红了脸。

柳长春却咽不下这口肮脏气，怒叫道：“不许你污辱我姐姐！”就要扑上去跟阎铁山交手。

菖蒲忙拦住他，说：“长春，不可鲁莽。”

阎铁山的两只暴眼凸了出来，骂道：“小狗日的！你姐姐跟这位大学士睡觉，算是给你家光宗耀祖啦！”

菖蒲不愿跟这个混账东西再多费话，催道：“阎旅长，我已经说明了身份，讲明了来意，请带我去见郑司令。”

阎铁山那丑恶的目光，投向上岸来的三匹马，问道：“哪一匹是你的？”

菖蒲不得不一指胭脂红枣骝驹，说：“那一匹。”

“好一匹俊俏的马儿！”阎铁山乜斜着眼儿，“那小娘儿们必定花容月貌，我也骑一骑。”

蒿蒲连忙劝阻，说：“这匹马貌似娇弱，性子却很暴烈，生人难以接近。”

“我就不信！”阎铁山暴跳嘶叫，“阎某人见过烈马无数，降伏这匹娘儿们胯下的马崽子，不费吹灰之力。”

菖蒲看透这个家伙野蛮而又愚蠢，不给他个钉子碰，不会放乖点，便说：“那就请阎旅长试一试看。”

阎铁山气冲冲走上前去，扯住胭脂红枣骝驹的缰绳，狂暴地吆喝一声：“走！”

胭脂红枣骝驹高昂着头，正眼也不觑他，傲岸地挺立在地面上，纹丝不动。

阎铁山恼羞成怒，把缰绳挽得死紧，拼命揪扯马勒口，大骂道：“走，走，走！不走我就拆了你，卸了你，宰了你，碎了你！”

胭脂红枣骝驹一声呼啸，嘶鸣高昂激烈，令人不寒而栗，呼的一阵旋风，腾空而起。

阎铁山鬼叫一声：“我完啦！”在半空中连翻了两个筋斗，呱地摔昏在地上。

**13**

这时，庙门大开，胖得像个油篓的万年知，身穿肥大的八卦道袍，头顶挽个冠髻，斜插两根烧蓝赤金簪子，手摇着鹅毛羽扇走出来；抬手投足，一举一动，维妙维肖地模仿戏台上的诸葛亮。

“何人在此喧哗？”开口也是戏文。

“回军师的话！”贾三招儿一溜小碎步，来到万年知面前，朝菖蒲努了努嘴儿，献媚地说，“他是县城里齐举人的外甥，还是个大学毕业生；一条大鱼，得开个高价。”

“原来是俞公子大驾光临，万年知这厢有礼！”万年知满脸惊喜神色，高高打了个稽首，“公子降生百日，曾在小道主持的凌霄观寄名，不知公子尚有记忆否？”

菖蒲怔住了。他出生在外省，五岁丧父之后，母亲带他千里迢迢投奔舅父，生长在通州。在他的记忆中，家乡并没有一座凌霄观，更不记得做过寄名小道士。

“公子专心在学问上，早把这芝麻粒大的陈年往事忘却了。”万年知亲亲热热地拉着菖蒲的手，甜腻腻地笑着，“当年，小道曾是举人府上的常客，举人老爷最喜欢跟小道谈古论今，讲究琴、棋、书、画。后来，小道云游峨眉、武当、四明、黄山，又到江西龙虎山修道，所以我们多年不见了。”

菖蒲听他漫天撒谎，强忍着才没有笑出来；舅父洁身自好，平生不与僧道交往，何曾有过道士常客？他看得出，这个土匪军师不过想假借舅父的声望，给自己脸上贴金。此时此地，也不便拆穿他，倒不如投其所好，达到自己的目的，便说：“既然万军师与舍下是老相与了，就请引荐我去见你们的郑司令，学生有要事相告。”“公子请稍候。”万年知放开菖蒲的双手，整了整衣冠袍带，“我家司令思贤若渴，礼贤下士，小道先代公子通禀，司令必定隆重出迎。”说罢，急急忙忙走进庙门。

万年知回到庙里，郑三发还在大殿上跟那个军火贩子鬼吹灯夏三吵得像二犬相争，难解难分；一个针尖，一个麦芒，一个扯破了喉咙，一个喊哑了嗓子。

鬼吹灯夏三不但倒卖军火，而且贩卖人口。今天，他刚给郑三发运来两挺机关枪，三千发子弹，又要带走六个花票卖到妓院。这两笔生意，三言两语，谈笑之间就成了交。发生争吵，抓破面皮，是为了一身军装。

“这一身偷棺挖墓来的破殓衣，只配拆铺衬，打袼褙，给月子里的小孩儿撕尿布！”郑三发粗脖子红脸地挖苦说。

“井底之蛙，有眼不识金镶玉！”鬼吹灯夏三的怀里，紧紧搂着一个大黄缎子包袱，“它是洪宪元年，袁大皇帝钦赐曹锟的陆军上将官服；袁大皇帝在太和殿登基，曹锟就穿的这身官服见驾。”

“怎见得货真价实？”郑三发瞪着眼珠子问道。

“我有官服执照！”鬼吹灯夏三一拍腰间，唾沫飞溅，“曹锟死后，十几房姨太太，二三十位少爷小姐，请来了租界地的洋人律师给他们分家，这身官服分到了十二公子的手里。十二公子最好女色，姘了八个洋窑姐儿，瓢泼大雨一般花钱，只花得赤条精光，身无分文，十二少奶奶也进了勾栏院。穷途末路，十二公子才把这一身传家之宝的上将官服，连同有袁大皇帝御玺加印的官服执照，送进了当铺。亏得我夏三手眼通天，费尽心机，才从当铺掌柜的手里钓了出来，好心好意送到萍水湖，谁想你竟狗咬吕洞宾。”

“你到底要多少钱？”郑三发斗不过鬼吹灯夏三的三寸不烂之舌，怒气冲冲地问道。

鬼吹灯夏三翻了三下巴掌，说：“一千五百块。”

“给你家买坟地呀！”郑三发蹦起来叫骂，“还是到窑子里给你娘赎身？”

“姜子牙钓鱼，愿者上钩。”鬼吹灯夏三搭起二郎腿，两眼望天，“少一个镚子儿，我都不卖。”

“我不上钩，我不买！”郑三发赌气地说。

“牛不喝水，咱也不强按头。”鬼吹灯夏三站起身，把大黄缎子包袱甩在肩上，“不穿这身官服，你这个司令怎么抖得起来大将军八面威风？”说罢，抬腿要走。

“慢！”郑三发扯住他的胳膊。

郑三发自称司令以来，就高价收购佩戴高级军衔的军装，穿在身上，抬高身份。他已经搜罗了少校、中校、上校的军装，穿过几回，都觉得派头儿不足，锁进柜子里。谁想，鬼吹灯夏三神通广大，竟从当铺里挖掘出一身陆军上将官服，而且是后来当上大总统的曹锟的遗物，不但难得，更属珍品，他怎能不馋涎欲滴呢？可是，鬼吹灯夏三索价高昂，明明是敲他的竹杠，抓他的大头，他又不甘心割肉。

他正拿不定主意，万年知走进了大殿，忙问道：“军师，一千五百块大洋买这一身虫吃鼠咬的陆军上将官服，值不值？”

“值！”万年知在鬼吹灯夏三的每一笔生意中都吃回扣，“夏三爷要是能找到一身大总统官服，给我们司令送来，我保你开口不还价，要多少钱给多少钱。”

“还是万军师见识高，懂得钱该怎么花！”鬼吹灯夏三吹捧说。

万年知打开大黄缎子包袱说：“司令，您赶快换这一身贵重官服，去接一位贵客。”

“什么贵客？”郑三发问道。

“县城里齐举人老爷打发他的外甥，大学毕业生俞菖蒲公子，前来找我，请我带他面见司令，共商大计。”

“举人老爷派人来跟我共商大计！”郑三发先是受宠若惊，后又产生妒意，“举人老爷为什么如此赏你的脸？”

“我跟举人老爷是老交情。”万年知对于自己的谎言，也信以为真了，“在我云游江南之前，常到举人老爷家谈古论今，讲究琴、棋、书、画。这位俞公子，在他降生百日那一天，还在我当年那个凌霄观里记过名。”

“这件光宗耀祖的大事，我怎么早没听你说过？”郑三发发生了疑问，“军师，你可是有粉从来不忘搽在脸上的。”

“我是怕阎旅长又说我是牛皮匠呀！”万年知拉长了脸，“这不是俞公子来了吗？也不必我自吹自擂了。”

于是，郑三发穿起了曹锟遗留的、早已失去光采的、散发着当铺潮霉气味的陆军上将官服，那模样儿，真称得起是沐猴而冠。在万年知的陪同下，他挺出一副威严神态，走出大殿；但是一想到就要会见的是一位高品人物，不免心情紧张，走起路来，抬手动脚都显得僵硬。当他一步就要跨到庙门口的时候，阎铁山醒转过来，正要开枪行凶，他断喝一声，阎铁山便两手软绵绵地垂落下来。

“俞公子是齐举人老爷派来跟我共商大计的，你怎么可以不顾大礼，以下犯上？”郑三发手指阎铁山的鼻子，大声呵斥。

“你别听那老杂毛胡说八道！”阎铁山吵嚷着说，“这个姓俞的本是贾三招儿绑来的肉票，老杂毛痰迷心窍，把他捧成活神仙。”

郑三发跟阎铁山是生死之交，怀疑地问万年知道：“军师，你可别跟我鬼画符！”

“阎旅长上了贾三招儿的当！”万年知顺手牵来一只替罪羊，“俞公子前来萍水湖，贾三招儿不明大义，把俞公子当成肉票绑了，还想冒功领赏。”

“贾三招儿，你这个狗娘养的！”郑三发一个耳光打过去，贾三招儿像陀螺似的团团打转，又抬腿一脚，踢得贾三招儿连翻了几个筋斗。

“司令，大人不见小人怪，看在俞公子面上，饶恕这个狗东西一回。”万年知又扮演了慈悲为怀的善人角色，“俞公子，快请过来跟我们郑司令相见。”

菖蒲也就顺水推船，走过来跟郑三发握手，说：“郑司令，久仰。”

“俞公子高抬郑某了！”郑三发出身卑贱，虽然早已自封司令，而且又身穿上将官服，但是在高品人物面前，仍然不由自主地表现出低人一等的奴才相儿。

万年知躬腰一揖，说：“俞公子，请到司令部大堂，跟郑司令叙话。”

“铁山，你也来陪贵客！”郑三发吩咐道，“到内宅去，让你嫂子打开衣柜，把那身上校军装给你穿上。”

“是！”阎铁山欢天喜地走了。

## 14

走进大殿，只见三太子的塑像高高供奉在神龛里。香案后面，有一张披着锦绣椅套的高背雕花太师椅，那便是郑三发的宝座。香案两侧的两张太师椅没有椅套，文东武西，那是万年知和阎铁山的位置；此外还有一些散放的方凳、圆凳、条凳，那是大小头目的座位。

“请俞公子上座！”郑三发躬身说。

“客不欺主，还是郑司令坐在首席。”菖蒲表现出大家风度，彬彬有礼。

万年知抚掌大笑道：“平起平坐吧！”

鬼吹灯夏三忙将阎铁山那张太师椅搬到香案后面，跟郑三发的宝座并列；没有锦绣椅套，就把他的大黄缎子包袱皮披在椅背上。

落了座，互道寒暄，敬烟献茶。万年知又先开了口：“俞公子，举人老爷贵体可大安？”

俞菖蒲欠了欠身，答道：“家舅布衣蔬食，淡泊功利，所以身体很是康健。”

“对，对！”郑三发插嘴说，“鱼生火，肉生痰，菠菜豆腐保平安。”

万年知见他出口鄙俗，怕他言多失礼，连忙转入正题，问道：“举人老爷派遣俞公子前来，与郑司令商讨守土安民大计，不知是否携来举人老爷的宝札？”

菖蒲从贴身小衫里掏出齐柏年的涂蜡手书，递到郑三发手中，说：

“请郑司令过目。”

郑三发目不识丁，接信在手，歪着头儿，上看看，下看看，左看看，右看看，苦着脸儿说：“郑某才疏学浅，看不懂老举人的梅花篆字，还是请万军师替我宣讲吧！”

万年知起立，正了正衣冠，毕恭毕敬捧过书信，然后摸出一副老花镜，架在鼻梁上，装模作样地看起来。他虽然熟悉麻衣神相，满腹六爻八卦，但都是师父口传心授，并不通晓文理，所以一句也看不懂齐柏年那古奥文字。然而，他既不愿在菖蒲面前有失尊颜，更不愿在郑三发面前露出马脚，于是便望文失义，信口胡诌起来：“举人老爷的意思……意思是……萍水县衙门散摊子了，他老人家承头，自立保土安民国号，亲任执政，还要聚拢萍水县各路人马，组成联军，请司令就任总指挥……”

菖蒲真是啼笑皆非，不得不打断他的胡言乱语，说：“万军师，家舅的书信文字简约，言不尽意，还是让我来解说明白吧！”

“好，好！”万年知正想借坡下驴，忙将书信奉还菖蒲，“举人老爷的文章，是前朝皇上御笔朱批的上上品，贫道只能略懂七八；要是秀才们写的玩意儿，我闭上眼也看得懂。”

菖蒲把一只手按在舅父的书信上，一只手扪住胸口，沉静了一下心情，声音朗朗地说：“日寇于七月七日在卢沟桥发动了侵华战争，当局无心抗敌，是以平津相继沦陷。萍水县政府大小官员，背弃职守，鸟兽四散，置民众生死于不顾；家舅出于爱国热忱，从不过问政治的隐居生活中挺身而出，领衔成立萍水抗日救国会，筹建萍水民众自卫军。目前，我们已在县城建立一支学生武装队，但是，毕竟敌众我寡，因此家舅殷切期望郑司令加入自卫军的战阵，共同抗击入侵萍水县的日寇。国家存亡，匹夫有责；保卫乡土，义不容辞。我想，郑司令必能深明大义，乐于与我们组成统一战线，并肩携手，共御外侮。”

郑三发听罢菖蒲这一番慷慨陈词，心里也一阵沸腾，但是他一向胸无主见，便向万年知道：“军师，你看呢？”

万年知一心想攀附风雅，忙说：“举人老爷如此看得起咱们得胜军，咱们怎么能不给举人老爷的面子呢？”

郑三发刚要点头，一直站立在他身旁的鬼吹灯夏三，杀鸡抹脖儿似的向郑三发连递眼色，郑三发会意，改了口说：“多蒙齐老举人抬爱，郑某人脸上十分光彩；不过，军机大事，非同小可，我还要跟我的一文一武会商，再给齐老举人回话。”

“大哥，任他千条妙计，你可要有一定之规！”殿外一声驴吼，阎铁山身穿满是油渍的上校军装闯了进来。

“那么，依你之见呢？”郑三发问道。

阎铁山叉着腰，叉着腿，说：“咱们跟齐老举人的队伍划地为界，井水不犯河水。”

菖蒲正色说道：“阎旅长，大敌当前，我们必须联合抗日，不应割据一方；割据一方只能被日寇各个击破。”

“俞公子言之有理！”万年知跟阎铁山唱反调。

“老杂毛，你吃里扒外！”阎铁山骂道。

鬼吹灯夏三悄悄扯了扯郑三发的衣襟儿，努了努嘴，又咬了咬耳朵。

菖蒲不动声色，说：“郑司令要跟一文一武会商，我在一旁诸多不便，暂且告退。”

郑三发站起身，向俞菖蒲连连拱手，满脸堆笑，说：“俞公子一路劳乏，请万军师陪同俞公子先到客房安歇。”

万年知又引领俞菖蒲走出庙去。熊大力和柳长春牵着马，守候在庙门外；贾三招儿是今晚的值星官，带着四名喽啰，团团看住熊大力和柳长春。

“三招儿！”万年知吆喝一声。

“在！”贾三招儿赶忙答应，躬身听命。

“你护送俞公子到客房去，吩咐灶上预备丰盛酒席。”

“是！”

“再到花票房子，提出几个俊俏的雏儿，服侍俞公子安寝。”

“遵命。”

万年知不等菖蒲开口回绝，就道了一声“失陪”，急急回庙里去了。

石瓮村是个菱角形的小岛，贾三招儿和四个喽啰手提风雨灯，沿着村外水边，护送俞菖蒲、熊大力和柳长春到菱角尖上。一片桃树林中，有一座高墙大院，铁皮大门，钉满狼牙钉，门楼上吊着一盏红灯笼。这里是郑三发的迎宾馆，又是他的花票房子。

“三寸丁，开门！”贾三招儿喝叫。

铁门哗啦啦拉开铁栓，走出一个罗圈腿的小男子，面目像个丑八怪，怪笑着问道：“三招儿，有个阎旅长吃够了的剩货，我正留给你尝鲜儿。”

“闭上你妈的臭嘴！”贾三招儿笑骂道，“我护送郑司令的贵客俞公子，还有他的两位马弁，到你这儿逍遥一夜，你要好好侍候。”

这个名叫三寸丁的罗圈腿丑八怪，忙给菖蒲打躬作揖，谄笑着说：“请，请！”

俞菖蒲、熊大力和柳长春走进铁门，铁门又哗啦啦关闭，三寸丁插上铁栓，先带着熊大力和柳长春牵马到牲口棚去，然后引路到东小院，直奔北房。

开了房门，点着一盏头号玻璃罩煤油灯，照亮了粉刷得雪亮的房间，只见四壁挂满五光十色的八扇屏，有的是：“买卖兴隆通四海，财源茂盛达三江。”有的是：“福如东海长流水，寿比南山不老松。”有的是：“万般皆下品，唯有读书高。”此外还有横七竖八的字画，有的是花卉鸟虫鱼，有的是山水人物像，明明是从财主商户家洗劫来的杂牌货，却牛头不对马嘴地装点风雅。一张花梨木条案上，摆设着座钟、胆瓶、红漆拜匣；两把太师椅，一新一旧，一高一矮，参差不齐；炕上铺着雪白的苇席，架着碧纱蚊帐，炕桌上有一副茶具，一套烟具，居然还有几卷书，翻开一看是佛经。

“俞公子，您稍候，马上有人来服侍您。”三寸丁一副奴颜婢膝的模样儿，点头哈腰地退了出去。

工夫不大，门外一阵轻轻的脚步声和哧哧的笑声，房门吱扭一响，扑进一股刺鼻的脂粉气味，两个打扮得花红柳绿的女人，一个端脸盆，一个捧茶壶，扭着腰，飞着眼儿，嬉皮笑脸地说：“俞公子，我们姐妹俩来侍候您，您多多怜爱我们吧！”说着，走上前来，就要黏在菖蒲身上。

菖蒲又羞又恼又慌，喊道：“大力，长春！拦住她俩。”

“闪开！”熊大力和柳长春张开双臂，像是在菖蒲身边围起一道栏杆。

菖蒲沉着脸问道：“你们叫什么名字，可是好人家的女子？”

穿红袄的女人说：“我叫滴滴娇。”穿绿裤的女人说：“我叫迷魂香。”但是都不肯说出真名实姓和各自的家世。

菖蒲也不想追问，说：“大力，长春，送她们回去。”

“俞公子，您可怜可怜我们吧！”两个女人眼泪汪汪，“好歹让我们陪您睡一夜，送回去我们要皮肉吃苦。”

“送她们回去！”菖蒲挥着手，“大力，长春，你们替我转告花票房子，不许虐待她俩。明天我面见郑司令，要求释放全部女票。”

熊大力夹起滴滴娇，柳长春夹起迷魂香，也不管她们踢蹬着腿，哭哭啼啼，打千斤坠儿，奔跑出去。

**15**

但是，熊大力和柳长春一去不回头，菖蒲一人孤独地坐在空房里，听四下一片死寂，感到不安。他猛地站起身，开门正要走出去，忽然一颗石子像一道流星飞来，他来不及躲闪，头上的凉帽被打落地上。

菖蒲打了个冷怔，只见一个面带杀气的女子跳到他的面前。

这个女子颇有几分姿色，却是女扮男装，身穿飘飘欲仙的杭纺长衫，一顶白凉帽压在眉梢，抬手动脚，矫健而又袅娜，然而目光咄咄逼人。

“姑娘，你是谁？”菖蒲定了定神，尊重地问道。

“我替滴滴娇和迷魂香来服侍俞公子！”这个女子把菖蒲推进屋去，反关上门。

菖蒲皱起眉头，冷冷地说：“我不要谁来服侍，请你离开。”

这个女子莞尔一笑，眉目传情，顾盼流光，妖冶风骚地说：“千里姻缘一线牵，我要跟俞公子结鸳鸯。”说着，解开长衫的领扣，露出一抹葱心绿的围胸。

“姑娘请自重！”菖蒲后退着，“我已经是个有了妻室的人。”

“那就给俞公子做二房，再不就做一对露水夫妻。”这个女子不依不饶，逼上前来。

“无耻！”菖蒲大怒，一拍桌子，抓起茶壶，“你再不顾脸面，可就别怪我的手黑。”

这个女子哈哈一阵大笑，扯开长衫，腰间红绫带上斜插着一把雪亮的匕首。她高高一抱拳，说：“俞公子果然是个一团正气的上品人物！实不相瞒，你要是色迷心窍，碰我的身子一下，我这把匕首就刺进你的胸膛。”

菖蒲不禁惊出一身冷汗，强笑着问道：“姑娘到底是什么人？”

“我是郑三发的妹子小藕。”这个女子又穿上长衫，笑吟吟地说。

“失敬了！”菖蒲连忙施礼。

郑小藕一边给菖蒲斟茶，一边说：“刚才俞公子的两位部下把滴滴娇和迷魂香送回花票房子，我把他们二位扣留下来，问明了你们的来意，这才前来试探俞公子，看你是不是上等人品？”

菖蒲笑了笑，说：“我来萍水湖，会见令兄，是想跟令兄联合抗日，保卫乡土。据我看，令兄目前还举棋不定，所以还要请藕姑娘多多帮忙。”

“俞公子请放心，我能做我哥哥一半的主。”郑小藕忽然脸上一红，低下了头，“不过，也要请俞公子帮一帮我的忙。”

“只要藕姑娘张口，我一定有求必应，尽力而为。”菖蒲捧着茶盅，等候郑小藕提出条件。

“我想……”郑小藕羞涩地咬了咬嘴唇，“我想把你那个柳长春留下来，他说要听你的将令。”

菖蒲笑道：“只要你们两厢情愿，我更想成人之美。”

“多谢俞公子！”郑小藕眉开眼笑，“我这就去找我哥哥，帮他拿定主意。”

郑小藕传唤三寸丁，为俞菖蒲、熊大力和柳长春摆上筵席，然后一阵风奔三太子庙去。

三太子庙大殿里，郑三发跟他的一文一武商讨军机大事，鬼吹灯夏三在一旁敲边鼓。

“抗日？屌！”阎铁山急赤白脸，满嘴喷溅唾沫星子。“日本兵有飞机、大炮、坦克车，宋哲元的二十九军还没有打上几个回合，就丢盔弃甲，落花流水了，咱们这一点破铜烂铁的家当，怎么能拿鸡蛋碰碌碡？”

“可是，日本鬼子果真打到萍水湖，我招架不招架呢？”郑三发忧心忡忡地说。

鬼吹灯夏三眨了眨眼睛，鬼鬼祟祟，嘁嘁喳喳地说：“我从天津来，听说齐燮元要出山，招兵买马成立治安军，跟日本人提携亲善，维持社会治安；你们不如前去搭一股，讨个名正言顺的番号，得个加官进爵的封赏，占一块膘肥肉厚的地盘，那可真是一本万利。”

“使不得，使不得！”万年知连摇肥头，“宁做小国之君，不做大国之臣，宁为鸡头，不为凤尾；郑司令是青龙星下界，怎能屈居人下？”

“可是，跟齐老举人联合，齐老举人名高辈大，我也还是矮一头，低一等呀！”郑三发苦着脸儿说。

“这却又不同。”万年知老谋深算地拉着长声说，“齐老举人并不争名夺利，俞公子是个文墨书生，他们爷儿俩不过是金字牌匾，兵权还是握在司令手里。咱们借用这两块招牌，打着抗日旗号，扩充队伍，成就大业，正是天赐良机。”

“有理，高见！”郑三发眉头舒展了，两眼直放光，“那就押这一注。”

“且慢！”鬼吹灯夏三又插了一杠子，“智者千虑，必有一失，只怕万老军师没有看透这位俞公子。如今的大学生，十个有五对是共产党。前年冬天，共产党赤化了张学良跟杨虎城，在西安扣押了蒋委员长；郑司令跟这位俞公子联合，手下弟兄一被他赤化，不光要丢了兵权，只怕性命难保。”

郑三发打了个寒噤，心慌意乱地说：“万军师，你赶快打听明白，俞公子到底是不是共产党？”

“不是！”万年知斩钉截铁地说。

“怎见得？”郑三发问道。

“我暗中给俞公子相了面。”万年知故弄玄虚，“从头上看，共产党的华盖放红光，那俞公子的华盖放金光；从脸上看，共产党面带煞气，那俞公子满面春风；从眼神看，共产党的目光如电，那俞公子的眼色柔和。所以，我敢断定，俞公子不是共产党。”

“老杂毛满嘴跑舌头！”阎铁山咆哮着，“来者不善，善者不来，那个俞公子嘴上甜言蜜语，心里不怀好意。依我的锦囊妙计，干脆把他扣下来，捎信给齐老举人，叫齐老举人交出县城赎票。”

“然后跟齐燮元合伙！”鬼吹灯夏三拍着巴掌，“我马上返回天津，给你们双方撮合。”

郑三发手托下巴，翻着眼珠儿，沉吟半晌，才说：“你们各有道理，我看咱们还是脚踩两只船，哪头炕热睡哪头，哪边顺风倒哪边。”

“我连夜动身！”鬼吹灯夏三趁热打铁又趁火打劫，“我给你跑腿儿，你得花几个鞋钱。”

“要多少？”郑三发从腰间摸出钱褡子。

“白送我十个花票。”鬼吹灯夏三伸出两个巴掌，张开五指。

“你给我抱着脑袋滚蛋！”阎铁山像一只疯狗，又泼口大骂鬼吹灯夏三，“这十个花票就是十棵摇钱树，一枝一杈也不能给你。”

鬼吹灯夏三却不急不恼，嬉笑着说：“铁山，花票房子的生意你不必多嘴，我去讨藕姑娘的金口玉言。”

“姑奶奶来啦！”郑小藕大摇大摆走进来。

鬼吹灯夏三赶忙凑上前去，打躬作揖说：“恭喜藕姑娘！”像一只哈巴狗，围着郑小藕团团转。

“喜从何来？”郑小藕冷冷地问道。

“请到花票房子，我向藕姑娘详细禀告。”

“好话不背人，背人没好话，你就鸣锣响鼓地唱吧！”

“我……我给藕姑娘找了个如意郎君，”鬼吹灯夏三涎着脸儿说，“那真是小白脸，美男子，会说一口字正腔圆的日本话，就要在治安军里当个少校翻译官。”

“收起你那小白脸的美男子，留给你们夏家的姑娘受用吧！”郑小藕扬着脸儿，两只翡翠金耳环荡来荡去，“姑奶奶我有主儿啦！”

“谁？”郑三发吓了一跳，大嚷着问道。

郑小藕故意羞答答，慢吞吞地说：“俞菖蒲俞公子……”

“他！”郑三发大惊失色。

“……做媒人。”

“到底是谁？”

“跟我门当户对，棋逢对手。”

“究竟是个什么人，快快告诉我！”郑三发急得青筋暴起，跳着脚喊叫。

“哥哥，我来告诉你！”郑小藕的嘴角掠过一抹冷峭的笑影，“我不光替自己找了主儿，也替你做了主。咱们得打定主意，改邪归正，跟俞公子联合抗日，挣一个光宗耀祖的好名声。”

“小妹，你给鬼迷了心窍！”阎铁山气恼交加，又不敢过分发作，“那个俞公子迷住了你，你上了那个书生哥儿的当。”

“迷住了我的是俞公子那一片堂堂正正的道理！”郑小藕高声说，“哥哥，要是你们不愿跟俞公子联合，那就分给我一支人马，我跟他合伙。”

“好一个心比天高的藕姑娘！”万年知热烈捧场。

郑三发只得长叹一声，说：“小妹，就依了你，带我去见你给我选中的妹夫吧！”

**16**

石瓮村外，萍水湖畔，雕花龙船上，郑三发大摆酒席，盛宴俞菖蒲。

岸上柳荫如伞，遮住毒热的阳光，湖上荷风阵阵，流荡着醉人的莲香。一张八仙方桌，摆满煎、炒、烹、炸、荤、素、冷、热，菜是美味；茅台、大曲、杏花、青梅，酒是上等。

俞菖蒲和郑三发首席正座，左侧是熊大力和柳长春，右侧是万年知和郑小藕，对面虚席以待，安排的是阎铁山和鬼吹灯夏三的座次。

“阎旅长在湖上操练队伍吗？”菖蒲问道。

“到龙舟渡口和亲去了。”万年知在菖蒲面前，一心要表现得十足风雅，开口闭口都是文言字话，似通非通。

“剃头匠的挑子一头热！”郑小藕撇了撇小嘴儿，鼻孔里尖酸地一哼，“只怕打不着狐狸反惹一身臊。”

“李托塔胆敢扫我的面子，我就血洗龙舟渡口！”郑三发满脸霸气。

原来，萍水湖上，三分天下。郑三发盘踞石瓮村，自称四面八方得胜军司令；大地主袁大跑猪在瓦官阁登了基，自立国号称了王；而龙舟渡口的龙头大爷李托塔，也扯起了一面大旗，旗号叫保土安民义和团。

李托塔已经年近古稀，大半辈子闯荡江湖，交了花甲才叶落归根，回到家乡龙舟渡口；从袁大跑猪手中夺得这个萍水湖的出入码头，坐地三分肥，来往船只要交雁过拔毛的买路钱。但是，他钱来得如流水，钱去得像风吹，不少穷苦的渔民船户沾他的光，赢得了侠肝义胆的名声。

卢沟桥炮声一响，他心头起了火，召唤龙舟渡口的晚辈儿郎，打造了长矛、大刀、弓箭，还从鬼吹灯夏三手中买了几支鸟枪火铳；喝了血酒，指天发誓，枕戈而眠，只要日本鬼子闯进萍水湖，就叫他们葬身鱼腹。

但是，还没有看见一个日本鬼子的影儿，却只见国民党的败兵，像一群群的蝗虫，从萍水湖边向南逃窜，抓鸡、打狗、杀猪、宰羊，吃得胀破了肚皮，抹抹嘴儿又仓皇而去；更有的敲诈勒索，奸淫民女，无恶不作，萍水湖像遭了一场连天的雹灾。李托塔恨得咬牙切齿，气得七窍生烟，所以郑三发强占石瓮村以后，他一直想赶走这伙兵匪；而郑三发更想吞并龙舟渡口，扩大地盘。双方势不两立，只因瓦官阁有个虎视眈眈的袁大跑猪，又有鬼吹灯夏三往来双方之间做生意，才没有刀兵相见。

李托塔有个女儿，也跟随她爹在江湖上闯荡多年，得了个诨名，叫胭脂虎。胭脂虎三十多岁了，还没有嫁人，是她爹的主心骨。可是，在性情上，这个女人跟她爹大不相同；她狡诈、刻毒、贪婪、吝啬，又有一口烟瘾，李托塔百事都依她，唯有在挥金如土上不肯被她把手捆住，爷儿俩常为财帛翻脸。鬼吹灯夏三趁虚而入，巴结上了胭脂虎，合伙暗算老头子。胭脂虎偷攒了一笔私房，经鬼吹灯夏三的手，在外边放印子钱；本利驴打滚儿，虽不是腰缠万贯，可也有千金之数了，所以胭脂虎把鬼吹灯夏三引为心腹人。

鬼吹灯夏三到石瓮村之前，先在龙舟渡口下马。拜望了李托塔，又给胭脂虎送上八两贵土。两人躺在胭脂虎闺房的卧榻上，喷云吐雾中做成一桩交易。原来，胭脂虎见石瓮村不能强攻，就想智取，打算嫁给郑三发，把郑三发抓在手里，请鬼吹灯给她保媒。

谁想，鬼吹灯夏三来到郑三发的内宅，刚一开口，郑三发的老婆就扳倒了醋缸，哭闹起来，跟鬼吹灯夏三撞头，又要上吊，又要投水，不可开交。一波未平，一波又起，郑小藕手持一把杀猪的青条子，骂上门来；要不是阎铁山和万年知赶来劝架，鬼吹灯夏三就在郑小藕的刀下做鬼了。

阎铁山一句话解了围："我来娶这只母老虎！"

"二哥，娶不得！"郑小藕急忙拦道，"我听说那个女人心黑手狠，只怕你娶虎不成，反被虎咬。"

阎铁山淫猥地挤了挤眼，说："小妹，二哥自有一身金枪不倒的硬功夫，骑上这只母老虎，管叫她软成肉蒲团。"

郑小藕满脸飞红，照阎铁山那一张麻脸上连啐了几口吐沫。

阎铁山也有他的打算。在四面八方得胜军里，他虽然是一人之下，众人之上，却不如郑小藕和万年知能左右郑三发，有名无实。宁做鸡头，不当凤尾，他想娶了胭脂虎，自己也在龙舟渡口称孤道寡。

万年知占卦，今天是黄道吉日。早起，阎铁山剃头刮脸，换上一身长袍马褂，头顶一只红疙瘩青缎子帽盔，携带一份会亲厚礼，由鬼吹灯夏三陪同，贾三招儿率领他那个官多兵少只有三十几人的一营护卫，兴冲冲到龙舟渡口去了。

"希望你们两家结为秦晋之好。"菖蒲不明底细，只当阎铁山向胭脂虎求婚，也像郑小藕和柳长春结成伴侣一样，"为了抗日救国，正该亲上加亲。”

他的祝愿还没有落音，一只小船像枪子儿追赶的兔子，一溜烟划来。船上的贾三招儿，鼻青眼肿，嘶哑着嗓子喊道：“报报……报告司令，胭脂虎……变了卦，扣押了……阎旅长，还口出……狂言……”

“怎么讲？”郑三发霍地站起身，大步走到雕花龙船船头，一只手把贾三招儿从小船上提起来。

贾三招儿伸了伸脖子，咽了口唾沫，说道：“我们来到龙舟渡口，夏三爷带着我先进村送礼，那胭脂虎满面笑容，一连声请阎旅长跟她相会。谁想，阎旅长刚到她家门口，她忽然变脸，吆喝一声，埋伏在四外的打手一拥而上；我跟阎旅长寡不敌众，被他们生擒活捉，没当上座上客，反做了阶下囚……”

“少唠叨这些零碎儿！”郑小藕不耐烦地喝道，“胭脂虎为什么把你放回来？”

“她叫我给司令捎来口信……”

“说些什么？”郑三发青筋暴起，两眼充血。

“她……她要司令归顺李托塔，四面八方得胜军并入龙舟渡口保土安民义和团，不然就把阎旅长五马分尸。”

郑三发哇呀呀怪叫：“队伍紧急集合！……”

“主公且慢动怒！”万年知慢声慢气地说，“买卖不成仁义在，胭脂虎使出这个绝招儿，只怕另有文章。”

“军师料事如神！”贾三招儿胁肩谄笑，“在我们来到龙舟渡口之前，胭脂虎早使出另一手绝招儿。她假意向袁大跑猪上表称臣，请袁大跑猪派遣太子给他们父女加官封爵；袁大跑猪果然中计，打发他的太子，带着他的圣旨，驾临龙舟渡口，封李托塔为一字并肩王。不料，这正是安排鱼饵钓金鳌，胭脂虎把袁太子锁在她的闺房，逼迫袁太子跟她成亲。”

“什么胭脂虎，一条浪母狗！”郑小藕骂道。

万年知摆了摆手，说：“且听三招儿讲下去。”

“胭脂虎也把袁太子的一个亲随护卫打发回去，给袁大跑猪捎信，要袁大跑猪认可她跟袁太子的亲事，给她个王太子妃的名位，还得许她执掌朝政。”

“铁山性命难保！”郑三发拍着桌子叫苦，“胭脂虎必定把铁山当见面礼，献给她那个大跑猪公爹。”

万年知却哈哈大笑，说：“主公放心吧！胭脂虎扣留袁太子，阎旅长反倒安然无恙了。”

“为什么？”郑三发迷惑不解。

“袁大跑猪最讲门第出身，眼眶子高，胭脂虎门不当，户不对，他绝不答应。”万年知胸有成竹，“再者，胭脂虎已经三十五六，人老珠黄，袁太子刚刚二十出头，青春年少，也有失体统。”

郑三发半信半疑，说：“儿子的小命儿抓在人家手里，大跑猪惹不起胭脂虎。”

万年知摇着羽毛扇，说：“袁太子的生母已经去世，眼下是三姨太太专宠；三姨太太一心想让她的亲生儿子当这个小朝廷的太子，她一定要趁机把袁太子置于死地。”

“三姨太太能使什么手段？”

“下令民团，进攻龙舟渡口。”

“民团打下龙舟渡口，铁山更没命了。”

“龙舟渡口一告急，胭脂虎就要向咱们求援，不得不放回阎旅长。”万年知悠然自得，满有把握，“司令，您就任凭风浪起，稳坐钓鱼船吧！这叫作鹬蚌相争，渔人得利。”

郑小藕拍着手欢笑，喊道：“万事大吉，赶快开席！”

“大敌当前，不能自相残杀！”菖蒲庄严起立，“我要前去龙舟渡口，劝说胭脂虎以大义为重，释放阎旅长，也释放袁太子；大家携起手来，枪口对外，一致抗日。”

“俞公子，你可别去探虎穴！”郑小藕拦挡菖蒲，“怕只怕胭脂虎也把你扣留，逼你跟她成亲，你可就骑虎难下了。”

“邪不压正！”菖蒲一挥手，“大力，长春，跟我上路。”

“长春不能去！”郑小藕隔着桌面，双手扯住柳长春，“胭脂虎要是知道了长春已经是我的男人，连皮带骨都得吞下去，我就守了望门寡。”

柳长春推搡着她，说：“爹跟姐姐吩咐了我，要和俞公子寸步不离，大难临头，替俞公子死。”

“长春，听我的话，你留在得胜军里。”菖蒲斟满一大杯酒，“都干下去，为我和大力壮行！”

**17**

只有熊大力一人保驾，俞菖蒲走湖畔旱路，骑马飞奔龙舟渡口。

龙舟渡口深藏在四面屏障的高岗之内，只有一条通道跟外界来往，村口高坡下就是码头。这个日环蚀形状的高岗，隆起在萍水湖的平沙岸上，远远望去，很像一座孤山。高岗上孤坟野树，荆棘丛生，断壁残垣，埋没蓬蒿，显得十分凶险阴森。

俞菖蒲和熊大力距离龙舟渡口还有半里之遥，便从村口涌出一彪人马，一窝蜂似的包围上来。

领头的人打着一面红绫黄缎犬牙旗，人人身穿紫花布裤褂，羊肚手巾包头，打裹腿，穿洒鞋，前额上朱砂画符；他们有的手持红缨长矛，有的肩扛鬼头大刀，有的身背一张弓，腰挎一壶箭，滚滚雷声一般呐喊着："站住，站——住！……"

菖蒲向熊大力递了个眼色，两人跳下马，伫立在一棵浓荫蔽日的老龙腰河柳下。

他们一共十三个人，越来越临近俞菖蒲和熊大力；犬牙旗摇了三摇，列成战阵，掌旗的人居中，左右各是六人，刀枪并举，箭上弓弦，杀气腾腾，如临大敌。

熊大力忽然眼前一亮，手搭凉棚望去，只见那个掌旗的头领，身高六尺以上，膀大腰粗，四方大脸，一双扫帚浓眉，两只圆睁环眼，毛刺刺的络腮胡髭，活像一只出山虎，不禁自言自语："这个人，好面熟。"

菖蒲毕竟是个书生，神情不免有点紧张，小声说："大力，赶快自报家门。"

熊大力跨上一步，当胸一抱拳，高声喊道："龙舟渡口的好哥们！县城里的齐老举人，打发我们来看望你们的龙头李大爷，商量保土安民，抗日救国的大事；我身旁的这位学士，是齐老举人的外甥俞菖蒲公子，我是俞公子的亲随护卫熊大力，咱们是一条船上的人。”

掌旗的大汉陡地一怔，猛收住脚，那十二名汉子也就原地踏步。突然，掌旗的大汉狂喜地大叫：“熊大力！”挥舞着大旗跑上前来。

“磙子！”熊大力也欢呼着跑上前去。

此人名叫金磙子，也是从东北逃进关内的难民，跟熊大力一路同行三个月，到萍水县才分了手，五六年不见了。

金磙子流落在萍水湖，给袁大跑猪扛长工。袁大跑猪欺他是个外乡人，又是秤砣一般的实心眼儿，等他干完一年活，快要结账算工钱了，便暗中买通警局子，硬诬他是来路不明的逃犯，把他抓进监牢。等到第二年春耕时节，袁大跑猪又假充善人，把他从警局子里保出来，再当一年牛马，年末岁尾再抓进去。

一连三出三进，金磙子终于打破了闷葫芦，醒过梦来。他一出牢房，就像一头火牛，直奔袁大跑猪门前，吼叫着要把袁大跑猪捅上百八十个透明窟窿。可是，他虽有两膀子扳倒牛的蛮力，无奈敌不过袁大跑猪的打手人多，于是他又被抓回警局子。这一回，他可不再自认晦气，甘受其苦了；押送途中，走到前不着村，后不靠店的湖边荒野，他怒吼一声，挣断了身上的绳索，两只手像两把老虎钳，拧断了押解他的巡警的脖子，摘下那巡警的枪支子弹，逃进芦苇荡中，穴居野处，茹毛饮血。李托塔看中了他的大个子，更看中了他那支枪，收留了他，隐藏了他；直到县衙门和警局子鸟兽四散，金磙子才重见天日，李托塔挑选他扛那面红绫黄缎犬牙旗。

金磙子把大旗深深插在地上，跟熊大力搂抱一起，摔跤打滚儿，烟尘弥漫。

熊大力从弥漫的烟尘中爬起身，大笑道："碌子，快带我们去面见你们的龙头大爷！"

"列队，回营！"金碌子把大旗一挥。

风吹大旗呼啦啦，俞菖蒲进入龙舟渡口。狭街窄巷，泥棚茅舍，柳棵子地里，一片白沙演武场，刀枪架上，陈列着十八般武器。

"你是个不够月份下出来的尿种！"柳荫中，一个铜钟大嗓门儿，吼声如雷，"袁大跑猪刚龇了龇牙，你就把脑袋夹在裤裆里想求和，滚你娘的吧！"

"老人家，您不能逞匹夫之勇呀！"是鬼吹灯夏三那尖声细气的声音，"扣留阎铁山，得罪了郑三发；不放袁太子，袁大跑猪要动刀兵。腹背受敌，兵家大忌呀！"

"我投靠齐老举人……"

"齐老举人的外甥……像是共产党……"

两人的声音低下来，嘁嘁喳喳了。

"老人家，齐老举人派来的贵客到！"金碌子大嚷一声。

"在哪里？"

柳枝摇曳，闪出一个老者。

他六七十岁年纪，黄缎缠头，两道寿眉，寿眉下却是一双鹰眼，刀条子脸，三绺白胡；穿一件斜大襟半大夏布衫，黄铜疙瘩纽扣，腰间煞一条大红褡袍，下身穿一条黑绸灯笼裤，打鱼鳞裹腿，脚穿抓地虎快靴。

"面前可是李龙头？"菖蒲从怀中掏出老举人齐柏年写给李托塔的信，双手呈递过去，"学生俞菖蒲，请多指教。"

“岂敢，岂敢！”李托塔慌忙撩起夏布衫的前摆，擦了擦手，恭敬地接过信来，“俞公子，小老儿自幼失学，目不识丁，请光临舍下，犬女代拆代读。”

这时，鬼吹灯夏三从柳棵子地里钻出来。在石瓮村，菖蒲跟鬼吹灯夏三见过一面，本是走私贩子的装束，眼前却换上了武士打扮，令人不能不拭目相看。只见他瘦小枯干，尖嘴猴腮，碎麻子，黑牙齿，两只锥子小眼滴溜溜乱转；他头戴一顶米黄色巴拿马凉帽，敞开白纺绸密扣小褂儿，露出腰间一条牛皮板带，插一把带鞘的匕首，下身也穿的是练武黑绸灯笼裤，却散着腿儿，脚下是皂鞋白袜。

熊大力看那模样儿滑稽可笑，问道：“夏三掌柜，你改了行？”

“夏某人文武全才！”鬼吹灯夏三一副傲慢无礼的嘴脸，“这是个春秋战国的年头儿，苏秦贩的是合纵，张仪卖的是连横，看谁的生意兴隆吧！”

他翻了俞菖蒲一眼，悻悻而去。

熊大力牵着马，菖蒲跟随李托塔，缓步走向他那青砖小院。

“俞公子，请！”走到门口，李托塔存了一步，躬了躬腰，抬了抬手。

“还是李龙头请。”菖蒲后退，不肯先行。

“那么，携手而进吧！”

李托塔一挽菖蒲的胳膊，正要进门，不提防从影壁后面蹿出一个女人，跳到门口，手扳着枪机，顶住了菖蒲的胸窝。

这个女人色相已衰，但是风骚老辣，嘴角一颗豆粒大的美人痣，两只勾魂索命的媚眼；她头上梳的是花妆楼，插满了金钗碧玉簪，鬓角上一朵绢制的绿叶牡丹花，两耳垂着叮当打脸的耳环，腕子上戴着黄澄澄耀眼的手镯；一身轻飘飘的男式裤褂，上衣扣着三个纽绊儿，松开四个纽绊儿，露出粉红的围胸，两只山羊奶子隐约可见，一双薄底快靴上缀着一朵颤悠悠的紫绒球儿。

“胭脂，不得无礼！”李托塔喝道，“俞公子是一位文墨书生，你不要惊吓了他。”

但是，菖蒲却沉住了气，面不更色，眼也不眨，毫无畏惧地迎住胭脂虎那多疑而又闪烁着欲火的目光。

胭脂虎迸发出一阵尖利刺耳的笑声，却又一拧眉毛，逼问道：“俞公子，你是不是想把萍水湖三家归一统，由你来独吞萍水湖。”

菖蒲凛然正气，淡淡一笑，说：“我是想把萍水湖三家归一统，一致抗日；但是，我并不想独吞萍水湖，想吞下萍水湖的是日本鬼子。”

胭脂虎收回了枪，变出一张笑脸，问道：“抗日不能光是我们三家，你们有多少人马？”

“几十名学生。”

“一群小把戏，添不了秤！”胭脂虎轻蔑地冷笑道。

“我们还有萍水城的平民百姓！”菖蒲血涌上脸，“誓与县城共存亡。”

胭脂虎眼珠一转，计上心来，说：“让我们保土安民义和团进城，给你们助阵。”

李托塔擂着胸膛说：“只要齐老举人看得起小老儿，信得过小老儿，小老儿情愿赴汤蹈火，在所不辞。”

明眼人一看便知，这父女二人，一个是真心实意，一个是另有打算。菖蒲沉吟片刻，才说：“县城里的各界首脑人士议定，守城之事，由城内的抗日武装担当；萍水湖的三家人马，当日寇攻城之时，从背后开火，以收前后夹击之效。”

胭脂虎老大不高兴，脸上下了一层霜，说：“你们城里人，一肚子钟表的瓤子螺丝转儿，怕我们乡巴佬进城手脚不干净。”

“胭脂，你不懂兵书战策！”李托塔一副内行人的神气，“我听着，人家俞公子是从孙子兵法里得来的见识。”

他们进入院内，细作商量。

**18**

突然，湖上响起一阵枪声，惊起了群群水鸟，飞鸣上天。

胭脂虎头一个冲进屋子，厉声高喊道：“出了什么事儿？”

“袁大跑猪的民团攻上了码头！”金磙子在门外像失了火似的大叫。

“抄家伙！”李托塔大吼一声，抓起立在门后的丈八长矛，摘下墙上的牛筋老弦盘弓。

“李龙头，不能打！”菖蒲赶忙劝阻。

李托塔早红了眼，跺着脚嚷道：“袁大跑猪胆敢太岁头上动土，定叫他尸横遍野，血流成河！”说罢，扛起他这一套古老的武器，直奔枪声响处。

菖蒲追了出去，想到阵前给两家讲和。

“不许走动！”胭脂虎拦住他的去路，黑洞洞的枪口，阴森森、恶狠狠地瞪着他，“到东跨院去。”

菖蒲不想跟这个女人多费口舌，只得走进东跨院；背后，两扇门哐啷关住，咔嚓一声落了锁，胭脂虎也上阵去了。

巴掌大的小小院落，只有一间香堂，两间耳房，静悄悄一片死寂。

香堂敞着门，菖蒲走了进去，只见并没有神龛，不过是迎面墙上挂着八扇屏，画的是关云长斩颜良，诛文丑，过五关，斩六将，全是从庙会上买来的货色；八扇屏前一张条案，摆放着香炉铜磬，什锦供品。

一阵风来，吹得八张画飘然而动，不知何处，传来一声凄惨呻吟，吓了菖蒲一跳；他慌忙退出香堂，四下张望，这才发现，东耳房那被抓破窗纸的窟窿里，露出一张血污的脸。

“你是谁？”菖蒲走过去。

“救……命！”那人从一双暗淡无光的眼眶里，淌下大颗大颗的眼泪，“我叫袁……”

“你是袁太子！”菖蒲来到窗前，只见室内是一座香窠，袁太子被扯破了衣衫，捆住了双手，却是个囚徒。

“我叫袁……袁萍生……”袁太子嘤嘤啜泣，“我是您上中学的……母校的学生，前年听过您回校的讲演，还订阅您主编的杂志《拂晓》。”

“你已经毕业了吗？”

“今年刚刚毕业，本想到省城去升学，谁想打起了仗……”

“你就甘心当这个太子吗？”

“我父亲是个愚蠢野蛮的土豪，我……反对他的胡作非为。”

“你为什么要替他到龙舟渡口来传圣旨呢？”

“那是我三姨娘的毒计。”

“你答应了……”菖蒲打了个手势，“这门亲事吗？”

袁萍生摇摇头，说：“……她抓我，打我，折磨我……”

这时，湖岸枪声大作，杀声阵阵。

“你家的民团在攻打龙舟渡口。”菖蒲紧皱着眉头说，“只怕又是你三姨娘的借刀杀人之计。”

“俞先生救我！”袁萍生哭叫。

菖蒲隔着窗棂，给袁萍生的手腕松绑，说：“我来萍水湖，联合三家武装抗日；你快跟我到阵前，劝你家民团退兵，然后陪同我去回见你父亲，说服他捐弃前嫌，枪口对外，把民团改编为抗日武装。”

“俞先生，我追随您！”袁萍生转悲为喜，又有了活气。

“换一换衣裳，从窗口跳出来！”说着，菖蒲猛力折断了两根窗棂的立柱，可以钻出身子。

“俞公子，您也把我救出牢笼吧！”西耳房又传出阎铁山的哀求声。

菖蒲又到西耳房，捅破窗纸一看，阎铁山被捆成一只粽子，蜷缩在柴草上。

“阎旅长，受惊了。”

阎铁山像一头栽下陷阱的野兽，牙齿咬得咯嘣嘣响，说：“阎某人阴沟里翻船，丢人现眼，不报仇我是狗娘养的！”

“阎旅长，你这就是不明大义了！”菖蒲正色地说，“我已经跟郑司令、万军师和小藕姑娘讲定，不与龙舟渡口动刀兵，你可不能小不忍而乱大谋。”

“那我就打掉了牙咽进肚子里！”阎铁山恨恨地说。

却在这时，门外有人开锁，菖蒲急忙离开西耳房窗下，装作若无其事地在小院里散步。

“恭喜阎旅长，贺喜阎旅长！”鬼吹灯夏三念着喜歌走进来。

“放你娘的屁！”阎铁山瓮声瓮气地骂道，“我喜从何来？”

“胭脂姑奶奶答应了你的亲事！”鬼吹灯夏三眉飞色舞地说，“你赶快回石瓮村搬兵，两下夹攻，把袁大跑猪的民团打个落花流水。”

“叫胭脂虎来给我低声下气！”阎铁山端起了架子，“我不是她的坐下骑，胯下马，扬鞭就走，垂鞭就停。”

“胭脂姑奶奶挂了花，那个熊大力把她背了回来，刚放在炕上。”

“快给我把绑绳松开！”

阎铁山倒不是多情，而是怕水性杨花的胭脂虎又相中了熊大力。

袁萍生换上胭脂虎女扮男装的一身短打扮，钻出东耳房；菖蒲牵着他的手，说：“快走！把大事化小，小事化了。”

“哪里去？”鬼吹灯夏三张开两只螳臂，横眉立目，狗仗人势模样儿，“乖乖地等候发落，不然我就先斩后奏。”

“谁敢冒犯俞公子！”熊大力一声虎啸，闯了进来。

鬼吹灯夏三吓得像老鼠钻了洞，抱着脑瓜儿躲进了香堂。

熊大力保护着菖蒲和袁萍生，奔跑到高岗上；袁大跑猪的民团已经逼近龙舟渡口，弹如雨下，占了上风。

一棵老龙腰河柳下，李托塔手挽强弓，射出一箭又一箭，屹立不动，死也不肯退一步。

对面，百步开外，一个团丁高擎一柄红罗伞，红罗伞下一张铺着红毯的太师椅，端坐着黄袍加身的袁大跑猪；两旁站立着四名龙套似的亲随护卫，很像是在演出一场野台子戏。

“李托塔，寡人奉天承运，命中注定九五之尊；顺天者昌，逆天者亡，识时务者为俊杰，你还是赶快交出太子，归顺天朝，孤封你上马金，下马银，官居一品！”

袁大跑猪满口戏文，行腔吐字，也都模仿的是戏台上的皇帝的板眼。

“袁大跑猪，我要抓住你这条草头蛇，剁成七零八碎，到萍水湖上钓甲鱼！”

李托塔火冒三丈，大骂连声。

袁大跑猪龙颜大怒，一挥他的龙袍水袖，叫道：“儿郎们，举枪瞄准！”

“爹，不要开枪！”

袁萍生突然把整个身子挡在李托塔的面前，低下头，垂着手。

袁大跑猪急忙下令：“枪放下！”

菖蒲和袁萍生并肩而立，声音朗朗，义正辞严地说：“袁乡绅，日寇发动侵略战争，战火眼看就要烧到家门口了；国家存亡，匹夫有责，每一个人，每一颗子弹，都应该投入抗日救国，而不应自相残杀，使亲者痛，仇者快。”

“你……你是什么人？”袁大跑猪惊问道。

“齐柏年老举人的外甥，俞菖蒲先生。”袁萍生抢着答道，“俞先生奉齐老举人之命，前来联合萍水湖的三家武装，共赴国难。”

“袁乡绅，请你撤兵！”菖蒲又大声说。

袁大跑猪嚷道："李托塔得放回我的……儿子……太子……"

菖蒲笑着对李托塔说："李龙头，冤家宜解不宜结，请放回袁家大少爷；我也要到瓦官阁去，把家舅的信交给袁乡绅，并且商讨三家归一统的大计。"

这场交火，李托塔多少吃了一点亏，他不能一无所得，便说："俞公子到瓦官阁去，得把熊大力留下。"

菖蒲向熊大力点头示意，说："大力，你要多跟李龙头讨教。"

于是，他和袁萍生走出龙舟渡口。

"儿郎们，得胜还朝！"袁大跑猪发号施令。

鼓乐声中，菖蒲前往瓦官阁，游说萍水湖上第三家。

**19**

龙舟泊岸，俞菖蒲下船，走上瓦官阁渡口；一顶四人抬的翠盖红围小轿，将他搭到驿馆的一座花园小院。

袁大跑猪的御膳房，送来十八样仿膳风味的佳肴，在假山凉亭上摆下接风酒筵，却没有一个陪客。

菖蒲匆匆吃过饭，就在凉亭上凭栏远眺，观赏瓦官阁的村景，思索下一步的行动。

花园小院墙外，一池碧波，荷花满塘，白鹅戏水；岸上绿杨垂柳，浓荫中莺啼燕啭，不闻人声，不见人影。

菖蒲正要收回目光，忽然墙外一簇柳丛沙啦啦响。他一阵心惊，俯身望去，扑噜噜一只秃尾巴鹌鹑飞出来；菖蒲放了心，转身回客房休息。柳丛里却爬出了一个瘦骨伶仃的老头儿，一溜烟向村东北角跑去。

村东北角的一座柳篱茅舍中，住着一位九十九岁的孤寡老太太，穷门小户人人都叫她彭祖奶奶。当年，瓦官阁不过是萍水湖畔的一片荒滩；太平天国大将林风祥、李开芳和吉文元率领北征军孤军深入，待到逼近北京，已经内无粮草，外无救兵，最后失败，有一支死里逃生的人马，假扮逃荒的流民，在萍水湖落脚开荒，逐渐形成村镇。这支人马的首领，便是彭祖奶奶的老爹；彭祖奶奶当时已经十七岁，嫁给北征军的一员小将，突围时丈夫战死，她一直守寡八十二年，眼下，这支北征军人马只剩下彭祖奶奶硕果仅存，后代儿郎却已经出生四辈人，所以彭祖奶奶是大家的活祖宗。

他们暗中有个三合会，林、李、吉三姓子弟辈辈当会头。正会头叫大两，两名副会头分别叫二两和三两；这个头衔，可能来自太平天国的守土乡官制。太平天国的守土乡官制规定，五家为伍，设伍长，五伍为两，设两司马；瓦官阁三合会的大两、二两和三两，便是从两司马这个乡官头衔演变而来。

彭祖奶奶虽不是大两，但是辈分最高，而且珍藏着北征军一面血染的军旗，所以在三合会里最受尊崇；金口玉言，令出必行，千声百响，一锣定音。而且，按人头份儿分摊，三合会里大人小孩每年一人一升粮，奉养彭祖奶奶；此外，打鱼捞虾，摘瓜下果，挑水拾柴，碾米磨面，晚生下辈孝敬老人家，更是寻常。

难得的是彭祖奶奶已经九十九岁，算上闰年闰月，百岁挂零了，却耳不聋，眼不花，三十二颗牙齿一个也不残缺，虽然嚼不动铁蚕豆，但是吃起小米焖饭的锅巴，并不费劲。

这时，彭祖奶奶正坐在柳篱茅舍外的阴凉里，嗡嗡嗡地摇行纺车；一条老狗守在身边，几只母鸡在门外啄食虫子，两头山羊在溪边吃草，鸟儿在树上叫。

“老祖宗。大事不好！”

那个从驿馆墙外柳丛中跑来的瘦骨伶仃的老头儿，进门风风火火喊了一声。

彭祖奶奶并不停住纺车，连眼皮儿也不抬，皱了一下眉头，说：“二两，你撞了黑煞，这么惊惊乍乍？”

瘦骨伶仃的老头儿姓李，是李家的长门长子，所以当上三合会的二两。他本来有个奶名儿，却没有大号，人已年过花甲，因而大家都叫他的官称。

李二两的本行是杠房的杠头，闲下来又做吹糖人儿、卖糖葫芦的生意，外带算卦相面，捉妖拿邪，人老孩子脾气。

他走到彭祖奶奶身边蹲下来，压低了声音，神色紧张地说：“老祖宗，袁大跑猪接来一位贵人，看那穿着打扮，眉眼神态，八成是东洋鬼子打发来的说客。”

吱扭一声，彭祖奶奶把纺车停住了，眼睛发亮，问道：“当真？”

“我在驿馆墙外柳丛里，偷看他吃了一顿饭……”李二两跑得嗓子冒烟儿，连咽了两口唾沫，“按照麻衣神相的方位、尺寸、讲究，我相看了他半个时辰，断定他来路不正。”

“快把豹犊儿给我找来！”彭祖奶奶吆喝道。

“得令！”李二两扭头撒腿就跑。

豹犊儿姓林，是瓦官阁三合会的大两，在村外种地，垄里套瓜。

一会儿，李二两手牵着一个满头大汗的年轻小伙子，一阵风而来。

这个小伙子就是林豹犊儿，刚刚二十一岁，生得豹头环眼，扇子面胸脯，六尺高的个头儿，家传一身好武艺；彭祖奶奶的丈夫，太平天国北征军的一员小将，是林豹犊儿高祖的胞弟，所以他是彭祖奶奶的玄孙。

他被李二两牵着一只手，另一只手拎着一只柳篮，柳篮里装的是蜜软浓香的面瓜，荷叶盖顶。

“祖奶奶！”林豹犊儿屈膝打了个千儿，“您老人家传唤我来，有什么吩咐？”

“东洋鬼子打发说客来，勾引袁大跑猪卖身降贼！”彭祖老奶奶咬牙切齿，“你今夜晚到驿馆去，给我取下他的人头。”

林豹犊儿一怔，疑疑惑惑地问道：“这个说客是骑马来的，还是坐轿来的？我在村外，怎么没看见？”

“此人是乘船来的！”李二两咬定地说。

“我倒看见三姨太太的姘头金镶玉乘坐一只莲花快船，贼头贼脑上了岸。”林豹犊儿沉吟着说，“金镶玉从来都在八仙观藏身，不会住到驿馆。”

“那个说客，坐的是袁大跑猪的龙舟！”李二两的小眼睛瞪得溜圆，“看来官品不低，派头儿不小。”

林豹犊儿大笑，说：“我耳闻那位坐龙船来的学士先生，是县城齐老举人的外甥，奉齐老举人之命，劝说萍水湖三家合伙，守土安民，抗日救国。”

“当真？”彭祖奶奶一惊一喜，脸上放光，“齐老先生是咱们这一方的圣人，人品齐天，学问盖世，一辈子惜老怜贫，积德行善；若是他的外甥前来，咱们三合会得众星捧月，可不许碰他一根汗毛。”

“豹犊儿耳听为虚，我眼见为实！”李二两粗脖子红脸不服气，“揭皮看瓤儿，我这一双眼睛入骨三分。”

“再探！”彭祖奶奶沉下脸来，“是东洋鬼子打发来的说客，齐脖儿一刀两断；是齐老举人的外甥公子，替我请安问好。”

纺车又嗡嗡响起来，林豹犊儿和李二两你东我西，分头打探虚实。

## 20

袁大跑猪的三姨太太贾燕环，是个讼棍的女儿，自幼许配给她的表哥，她却嫌贫爱富，一心想退了婚，凭仗她那一副花容月貌，嫁个富贵郎君。于是，她每日浓汝艳抹，打扮得花枝招展，手里拿着绣花绷子，脚踩门槛，肩倚门框，半遮半掩地跟过路的纨绔子弟眉来眼去，打情骂俏。那些富家儿郎只想吃鲜桃一口，讨她的便宜，却没一个真要娶她。

有一天，几个纨绔子弟挤在她家门口，跟她动手动脚，调笑逗嘴。袁大跑猪骑马路过这里，她也向袁大跑猪飞去一个媚眼儿，又假装羞羞答答低下头，雪白的牙齿咬住樱红的嘴唇。袁大跑猪突然大喝一声，挥舞手中的皮鞭，打得那几个纨绔子弟鬼叫连天，哭爹喊娘，四散奔跑；然后，跳下马走过来，长满黑毛的大手一托贾燕环的下巴颏儿，粗声恶气地问道：“小妞儿，想汉子了吧？你抬起头，瞧我怎么样？”

“去你的！”贾燕环扭动着杨柳腰肢，“我早有主儿了。”

“谁？”

“我表哥，指腹为婚。”

袁大跑猪哼了一声，摘下垂挂在胸前的金表链儿，七缠八绕在她的脖子上，说：“这就算下了订礼，你归我了！”说罢，狠狠拧了一把她那粉嫩的脸蛋儿，跨上马奔驰而去。

第二天，她表哥的死尸，躺在了萍水湖畔的三岔路上。又过了一天，袁大跑猪打发一顶八抬大花轿，十六面红罗伞，三班鼓乐吹吹打打，把她抬进了袁家大院。

花烛之夜，贾燕环一入洞房，吓得魂飞魄散。袁大跑猪手提一条懒驴愁皮鞭子，杀气腾腾，审贼一样，问一句她得答一句，一句答不上来，皮鞭就像雨点一般落在她的细皮嫩肉上。以后，三日一问，五日一审，身上的伤痕一层又一层。除此之外，袁大跑猪还强令她每日背诵《女诫》，恭楷书写《女诫》，说是不但要武火炒，而且还要文火炖，才能将她这个小家碧玉调理得收心敛性，恪守妇道。

三年工夫，袁大跑猪觉得她修成了正果，打骂减少下来；贾燕环丧失了天真的轻佻，养成了深藏的刻毒，表面上对袁大跑猪百依百顺，不敢有半点拂逆，内心里可揣着五把刀子，三把攮子。她暗暗把袁大跑猪的大老婆视为眼中钉，那个胖得像一堆囊肉的母老虎，虐待她比袁大跑猪更残忍。忽然一天，母老虎在雨后滑了个跟头，栽成了半身不遂，烂死在炕上。于是她野心勃发，一心盼望袁大跑猪将她扶正。袁大跑猪却一定要她生个儿子，才能取得这个高贵的身份。她一面每日到八仙观晨昏三叩首，拜神求子，一面把软弱怯懦的大少爷袁萍生看成肉中刺，拜神求子时又祷告十殿阎罗，赶快打发白无常把袁萍生勾魂索命而去。

卢沟桥一声炮响，国民党军屁滚尿流而逃，萍水县衙门也鸡飞狗走四散。袁大跑猪异想天开，白日大做皇帝梦，在瓦官阁自立国号，划地称王；择吉登了基，却只册封贾燕环为贵妃，皇后的位子虚席以待，还不知落在哪个女人的身上。

因此，贾燕环就更常跑八仙观，暗害袁萍生也越发刻不容缓。

八仙观坐落在瓦官阁西北角的高坡上，粉白围墙，青石台阶，内外花木葱茏，彩蝶纷飞；走进庙门，是一座古色古香而又小巧玲珑的殿堂。殿堂虽小，却也雕梁画栋；四壁画的是群峭碧摩天，松高白鹤眠，野竹分青霭，高峰挂流泉。八位木雕泥塑，面目不同，形态各异：袒露大肚皮的汉钟离，背着酒葫芦的铁拐李，倒骑驴的张果老，峨冠博带的曹国舅，执拂尘佩宝剑的吕洞宾，吹洞箫的韩湘子，挑花篮的何仙姑，梳娃娃髻的蓝采和，栩栩如生，真好像有血有肉。

三姨太太贾燕环，头上插满黄灿灿的金钗玉簪和五彩缤纷的丝绒花朵，描眉打鬓，涂脂抹粉，两耳垂着叮当响的金耳环，手腕戴着沉甸甸的金手镯，上身穿的是茉莉红缎小袄儿，下身穿的是葱心绿洒花绸裤，外罩一条丹凤朝阳百褶裙，脚上是尖尖小小的绣花凤头鞋，坐着官轿来到八仙观，进门直到正殿阶前才下轿。

风摆杨柳，轻挪莲步，贾燕环扭扭捏捏走进正殿；八仙观那个眼斜心不正，明里不染红尘，斩断七情六欲，暗地男盗女娼，窝赃聚赌拉皮条的老道士，赶忙迎接出来，站在香案一侧躬身稽首。贾燕环点燃红烛高香，敲钟击磬，三跪九叩，四起八拜，口中念念有词。

“请娘娘静室休息，小道拜茶！”老道士深深一揖，高声说道。

贾燕环的嘴角微微一笑，吩咐跟班和轿夫，庙外恭候。老道士前边引路，她独自一人到后院去。

后院，别有洞天，满庭花草，掩映着几间斗室。老道士轻轻关上小门，就在门下把守。贾燕环轻车熟路，直奔斗室中的一间安乐窝。

房门张开半扇，贾燕环闪身进屋，室内幽暗，栽到了等候多时的金镶玉怀里。

金镶玉二十七八岁，油光的大背头，一张小白脸子，穿一身杭纺裤褂。他原是萍水县警察局的巡官，派驻到萍水湖，认袁大跑猪当干爹，穿堂入室，十分亲密，干爹对干儿子深信不疑，干儿子就勾搭上了干娘。殷崇桂和金雄飞溃逃，到天津以后便躲进租界，不肯南下。金镶玉留在了瓦官阁，辅佐干爹登基坐殿，官封一品军机大臣。前几天，忽然接到殷崇桂和金雄飞的密信，到天津跑了一趟，刚刚回来。

“盼得人家眼蓝，想得人家肠断！”贾燕环在金镶玉的怀里撒娇打滚儿。

“官星高照，我走红运了！”金镶玉得意扬扬，“殷崇桂跟日本特务机关挂上了钩，等日军打下萍水城，他还回来当县长。金雄飞投靠了齐燮元，齐燮元成立治安军，委任金雄飞当团长，配合日军进攻萍水。殷崇桂跟金雄飞当面给我封官许愿，只要我将袁大跑猪劝降，提升我当警察局局长。”

“你先慢一点官迷心窍吧！”贾燕环撇了撇嘴，“城里齐老举人，打发他的外甥俞菖蒲，劝说袁大跑猪合伙抗日，还不知道袁大跑猪脚踩哪一只船？”

“开市大吉！”金镶玉狂喜得手舞足蹈，“俞菖蒲送上门来，我正要杀他。这才是天上掉馅饼，活该我有口福。”

“俞菖蒲是殷县长的乘龙快婿呀！”贾燕环一阵惊吓，“你杀了俞菖蒲，殷县长饶得了你吗？”

“这是二皇娘给我的大令。”金镶玉咬着贾燕环的耳朵，“殷崇桂是个缩头男子，二皇娘叫他往东，他不敢往西，叫他打狗，他不敢骂鸡。”

“二皇娘为什么想杀自个儿的姑爷呢？”贾燕环纳闷地问道。

“她想把女儿改嫁给金雄飞。”金镶玉嘁嘁喳喳，眉眼乱动，“俞菖蒲人头落地，齐老举人必不答应，其必带兵攻打瓦官阁，乱军之中我再替你谋害亲夫。袁大跑猪的万贯家财归了你，你愿意改嫁就改嫁，不愿意改嫁就招野汉子。反正有钱能使鬼推磨，你就随心所欲吧！”

“你今晚就下手！”贾燕环急不可耐，“袁大跑猪一死我就嫁给你。”

## 21

月黑杀人夜，风高放火天。

已经半夜三更，菖蒲还没有入睡，他走出客房，在花园小院里来回踱步；天上是沉沉的阴云，地上刮起呼呼的大风，闪电在夜空金蛇狂舞，不时传来轰轰的雷声，看来要有一场大雷雨。

一整天，菖蒲被软禁在驿馆，袁大跑猪没有打发人来邀见他，袁萍生也没有到驿馆来看望他。夜长梦多，节外生枝，他有点后悔单枪匹马前来瓦官阁。

柳长春留在了石瓮村，熊大力留在了龙舟渡口，他失去了左膀右臂，而柳摇金和柳黄鹂儿远在萍水县城，他更缺少心腹之人。人生地不熟，睁眼一团黑，他这个空有满腹文章的大学生，心慌意乱了。

此时此刻，此情此景，他不禁念天地之悠悠，独怆然而涕下。

几颗铜钱大的雨点，打在了他的脸上，他骤然惊醒，急忙挥去悲愁，情不自禁地吟咏起他的朋友、北平学联主席黄诚抄赠他的一首诗，

茫茫长夜欲何之？
银汉低垂曙尚迟；
搔首徘徊增愧感，
抚心坚毅决迟疑。
安危非复今所寄，
血泪拼将此地糜；
莫谓途艰时日远，
鸡鸣林角现晨曦。

他心情激动，念到最后两句，竟在风雨雷电中高呼起来。

“俞公子！”花丛中，突然有人轻轻唤道，“大雨要来了，你快回屋歇息吧。”

菖蒲毛骨悚然，心惊肉跳地问道：“你是什么人？”

那人并不自报姓名，黑暗中低声问道：“俞公子，你可认得金磙子？”

“那是我新结交的朋友。”菖蒲又反问道，“你也认识他？”

“他在瓦官阁扛过三年长工。我跟他有八拜之交。”那人说下去，

“天色大黑，他从龙舟渡口前来找我，嘱咐我暗中护卫俞公子。”

菖蒲看看四外，只怕隔墙有耳。这时，雨点也密起来，便说：“壮士，请到客房里坐。”

走进客房，菖蒲捻亮书案上一盏头号玻璃罩煤油灯。这才看见，来人身穿一色青，是个威武雄壮的年轻小伙子。

“小子林豹犊儿，拜上俞公子！”小伙子恭恭敬敬地深施一礼，“也替我家彭祖奶奶，给齐老举人请安问好。”

菖蒲喜出望外，一边还礼一边说：“我的舅父编修萍水县志，彭祖奶奶不但被列入节妇篇中，而且名列乡贤长老篇内。我出城之前，舅父叮咛我，若到瓦官阁，替他拜望彭祖奶奶。”

林豹犊儿慌忙一揖到地，说：“我替我的祖奶奶，多谢齐老举人。”

菖蒲又说道：“还有柳摇金老师父，在我临来时，也嘱托我，他在江湖卖艺，跟瓦官阁一位捉妖拿邪的李二两拜过把子，叫我问候。”

“哎呀，越发是一家人了！”林豹犊儿笑道，“二两大伯，就在墙外柳丛中。”

菖蒲忙说：“快请他进来。”

林豹犊儿一摆手，说：“彭祖奶奶吩咐我们爷儿俩，他在墙外观风，我到院里护卫。”

菖蒲请林豹犊儿坐在一把太师椅上，赞叹道：“壮士进墙，我竟毫无知觉，真是武艺高强。”

“不敢当。”林豹犊儿欠了欠身，“我见过柳家班卖艺江湖，柳摇金老师傅的女儿柳黄鹂儿，才称得起武艺超群。”

菖蒲笑着说："黄鹂儿已被家母收养，跟我情同兄妹。"

林豹犊儿目光炯炯地问道："俞公子，你到萍水湖来，是想劝说三家合伙，守土安民，抗日救国吧？"

"正是！"菖蒲点着头说，"可是袁乡绅一直不肯跟我会面，共商大计，不知是什么原因？"

"他是个奸雄！"林豹犊儿冷笑道，"他本是张宗昌身边的一个副官，自吹是洪宪皇帝的侄子，一心想乱世为王。姓袁的有奶便是娘，哪头炕热睡哪一头，俞公子千万小心，别上他的当。"

"他的儿子袁萍生呢？"菖蒲问道。

"那是一条扶不直的井绳！"林豹犊儿更是十分轻蔑，"多亏他姥姥家的舅舅、表哥们支撑着他，三姨太太贾燕环才不敢在他身上下毒手。"

菖蒲沉思片刻，恳切地说："壮士，你看我到瓦官阁来，该从哪里入手？"

"我们三合会，愿投齐老举人旗下！"林豹犊儿站起身，神态庄严正气，"三合会几十伙众，虽不过是长矛大刀，并没有枪炮子弹，可是人人有一颗斗胆，胸膛里装的是真情实意。"

"求之不得，求之不得呀！"菖蒲感动得热泪盈眶，"明天一早，我要备下厚礼，拜见彭祖奶奶。"

"自家人，不要那些俗套。"林豹犊儿拧着眉头想了想，"为了得到几条枪，袁萍生那条井绳也不能扔；不过，俞公子得帮我们秉公明断一桩公案，三合会才能宽恕袁萍生。"

菖蒲莫名其妙，催道："请讲，我一定尽力而为。"

林豹犊儿未曾开口，先叹了一口气，才难为情地说道：“李二两大伯有个女儿叫桃枝，人长得好看，脚步却走得不大端正，她到袁家大院帮工，可怜在袁家窝囊受气，被袁萍生甜言蜜语，鼻涕眼泪乱了心，跟他有了身孕。三姨太太贾燕环发觉，就把桃枝送回了家，要不是彭祖奶奶拿出老祖宗的威势，二两大伯就要把女儿勒死；袁萍生这个软胎子，却藏头缩脑不敢打个照面。”

“始乱终弃，可耻可恨！”菖蒲愤然作色，“我一定劝服袁萍生，迎娶桃枝姑娘。”

林豹犊儿铁青着脸，说：“收拢了袁萍生，再打下去贾燕环，袁大跑猪就不难降伏了。”

菖蒲纳闷地问道：“这个三姨太太如此厉害，有何背景？”

林豹犊儿还没有来得及答话，一块瓦片从墙外飞来，正打在窗户上，他连忙一口气吹熄了灯，说：“二两大伯递来暗号，有刺客！”说着，把菖蒲搡进套间，他贴住门墙守候。

房顶上，传来轻飘疾走的脚步声，窗外一个亮闪，有个人影从房上降落下来，亮闪过后一个响雷，刺客左手持刀，右手扳着枪机，破门而入。

林豹犊儿眼疾手快，脚下一个绊子，刺客像一堵墙咕咚栽倒，右手飞出了枪，枪走了火，叭！子弹打在了墙上。

刺客左手还握着刀，正想挣扎爬起身，林豹犊儿跳上前去，一只铁脚踏在了刺客的脖子上。

“掌灯！”林豹犊儿大喊一声。

菖蒲从套间里走出来，划着火柴，灯亮了。只见刺客被踏得口鼻出血，奄奄一息，像一条死狗。

刺客正是三姨太太贾燕环的姘头金镶玉。

## 22

萍水湖上，一只大船，向瓦官阁渡口乘风而来。

船身三丈六，船面一丈二，船头雕刻着日出碧海和二龙戏珠，船帮雕刻的是绿叶红莲和鸳鸯戏水，金漆彩画的高篷船舱，四面明光晶亮的玻璃窗，舱门挂着水珠子彩帘；高高桅樯上的白帆，像从半空中扯下一幅行云，白帆上四十八只金光闪闪的小铜铃铛，风吹铃铛叮叮咚咚响。

一道锦屏，间隔前舱后舱。前舱坐的是殷崇桂和他的大小官员，吸着香烟，喝着名茶，吃着上等糖果糕点，观赏湖上风光景色；后舱坐的是二皇娘、殷凤钗和一大群丫头老妈子，二皇娘躺在藤床上抽鸦片烟，殷凤钗斜倚舱窗，惆怅地远眺水天苍茫。

殷崇桂扔下萍水县城，逃到天津卫的外国租界当寓公，暗中打听消息，窥测方向。一天，他正在家中闷坐，金雄飞忽然来访；大吃一惊之后，却又喜出望外。金雄飞统领一营国民党军，驻守萍水，卢沟桥炮声一响，便望风而逃，不知去向；现在，肩膀佩戴上校军衔，当上伪治安军的团长了。于是，殷崇桂也连忙向伪京东特区督办公署报到，仍被委任为萍水县知事，配合日军一个小队和金雄飞的伪军，夺取萍水县。

萍水城内，老举人齐柏年领衔成立抗日救国会，齐柏年的外甥俞菖蒲拉起一支学生武装队；又走马萍水湖，联合石瓮村郑三发的四面八方得胜军，龙舟渡口李托塔的保土安民义和团，瓦官阁的三合会，建立萍水民众自卫军，严阵以待。

殷崇桂也打发鬼吹灯夏三和金镶玉当说客，拉拢收买萍水湖上的各路人马，却只有瓦官阁大地主袁大跑猪的民团，宣布中立。袁大跑猪自吹跟袁世凯是本家，便自立国号，登基称王；他只允许殷崇桂的官船在瓦官阁泊岸，却不允许金雄飞在瓦官阁暂借一块安营扎寨之地。

坐在太师椅上，殷崇桂感到前途吉凶未卜，心中七上八下。

锦屏后面，二皇娘和殷凤钗这母女二人的心中，也是十五只吊桶打水，忐忑不安。

二皇娘没有拦住女儿的一意孤行，殷凤钗在萍水县城一团混乱中跟俞菖蒲成了亲；洞房花烛之夜，小夫妻就情不投意不合，志不相同心难通，吵成一座热窑。三天接回门，殷凤钗哭回家，二皇娘挑三窝四，将女儿拐逃到天津卫。躲进租界，二皇娘比丈夫还心急，只盼殷崇桂东山再起，高升一步；女儿有一副杨贵妃的花容和体态，大可利用，便想另择佳婿，眼睛盯在金雄飞身上，百般劝诱女儿改嫁。殷凤钗虽是个轻浮浅薄的女子，却仍有几分贪恋俞菖蒲的人品和文才，更不甘心眼看俞菖蒲落入那个跑马戏的女艺人柳黄鹂儿手中，强咬住牙关不点头。殷崇桂和金雄飞临行之前，伪京东督办和日本顾问官有令，只要齐柏年和俞菖蒲大开城门，欢迎日军进驻，齐柏年可以到督办公署当教育司长；俞菖蒲愿意作官，委任一个甲等县的县知事，不愿意作官，拨一笔巨款，出洋留学。二皇娘是个财狠食黑吃独份儿的脾气，哪里容得俞菖蒲从殷崇桂的嘴里抢走肥肉，所以她宁愿俞菖蒲死心眼子；而殷凤钗却想的是夫荣妻贵，但愿俞菖蒲顺水推船，不要逆水行舟。

忽然，一阵巨响，各怀心思的殷崇桂、二皇娘和殷凤钗都惊惊乍乍地吓了一跳，原来船到瓦官阁了。

渡口码头上，鼓乐齐奏，鞭炮飞花，震耳欲聋；殷崇桂压住心跳，整了整衣冠，端起架子，安坐太师椅上，等候袁大跑猪进见。

但是，上船来的却是金镶玉。

“一品军机大臣金镶玉。拜见殷县长！”金镶玉站在水珠子彩帘外，尖着嗓子甜丝丝地高叫一声。

“进来！”殷崇桂怒形于色，“袁某人怎不亲自出迎？”

金镶玉走进舱去，嬉笑道：“老昏君白日做梦，自以为是九五之尊，不肯有失万岁爷的身份，迎接一位七品县令。”

殷崇桂气得刀条子脸蜡黄，恶狠狠地哼道：“卧榻之旁，岂容他人酣睡？此害不除，县无宁日。”

“眼下，您还是忍辱屈尊一时吧！”金镶玉挨到殷崇桂身边，咬着耳朵嘁嘁喳喳，“袁某人二三百人马，都是他当年手下的老兵油子，一个个如狼似虎，只怕金团长惹不起；而且，他不跟俞菖蒲联合抗日，也算助您一臂之力。”

“俞菖蒲还在瓦官阁吗？”殷崇桂面带杀气地问道。

“他和林豹犊儿带领三合会的青壮年，回萍水守城去了。”金镶玉轻描淡写，不敢亮出真相。

几天前的一个月黑夜，金镶玉刺杀住在驿馆的俞菖蒲，被林豹犊儿生擒活捉；三姨太太贾燕环下令民团包围驿馆，最后走马换将，林豹犊儿交出金镶玉，保护俞菖蒲来到三合会的地面，三合会加入了民众自卫军。

殷崇桂眼珠子一转，问道：“袁某人有个儿子，上过中学，能不能笼络过来，为我所用？”

“那个窝囊废是一条祸根！”金镶玉的脑瓜子摇得像货郎鼓，“他想投靠俞菖蒲，被他爹臭骂了一顿，才不敢多嘴；可是，他跟三合会李二两的女儿通奸，袁某人为了拉拢三合会，睁一只眼闭一只眼，这个小子仍然是吃里扒外。”

殷崇桂点了点头，说：“明白了，下船吧！”

鼓乐和爆竹声中，殷崇桂倒背着手，迈动四方步，踏着大红油漆的跳板，架子十足地走下船来。二皇娘、殷凤钗乘坐官轿，带着丫头老妈子到驿馆；殷崇桂坐上袁大跑猪的龙车，到金銮宝殿去。

袁大跑猪本是个恶霸地主的儿子，在张宗昌的直鲁联军里当过团副，后来被张宗昌看中，当上亲随副官。张宗昌兵败下野，树倒猢狲散，他拐跑了几大箱子金银珠宝，回到瓦官阁，买下萍水湖岸的几百顷地；为了抬高身价，他重金礼聘一名讼棍，替他伪造家谱，自称是窃国大盗袁世凯的本家远房侄子，并且改名叫袁洪宪，以表示名正言顺。鸟兽四散的旧部找他算军粮，他便将这些老兵油子都收留下来，成立民团，横行霸道，鱼肉乡里。七七事变以后，萍水县一片空白，他便趁机称孤道寡；民团改叫御林军，三座宅院改叫皇宫，霸占了隔壁的会仙酒楼，改叫金銮宝殿。

瓦官阁是萍水湖上的大码头，只有沿湖一条街，绵延二三里。湖岸蜿蜒，高低上下，起伏不平，远看就像一条游龙。每天来来往往的船只，多如过江之鲫，层层云帆，布满湖面，遮天蔽日，十分壮观。

东街是农户，西街是渔家，中街是市集；两大船坞，三大鱼行，四家客栈，更有一座高踞陡岸的会仙酒楼。会仙酒楼的佳肴美味，远近驰名；一边饮酒作乐，一边观赏湖光水秀，很为雅趣。袁大跑猪封会仙酒楼老板为御膳房大总管，便将酒楼据为已有，楼上改作金銮殿，楼下仍然办酒席。不过，做出的饭菜，只供袁大跑猪一家和他的文臣武将大吃大嚼，每日酒池肉林，猜拳行令，一个个醉成烂泥。

袁大跑猪又把瓦官阁轿子房和杠房的吹鼓手，走江湖跑野台子的戏班文武场，拘拿到会仙楼；每到他吃饭和上朝，便吹三通，打三通，远处听来，好像出大殡。

金镶玉陪同殷崇桂一行人来到会仙楼下，说了声："请留步！"独自一人跑上楼去。

过了一会儿，楼上一个阴阳嗓子拉着长声儿，喊叫："洪宪王有旨，萍水县长殷崇桂上殿——哪！"这个人原是野台子戏班的三花脸，擅长扮演太监。

殷崇桂窝着一肚子火，也只得忍下这口怒气。上楼陛见。

这位黄袍加身的袁大跑猪，是个脑满肠肥的大胖子，他头上脚下穿的是戏衣铺买来的行头；一双肉泡子眼，大肚皮像倒扣一口铁锅，坐在铺着大红缎子软垫的高背雕花太师椅上，呼噜气喘。

"萍水县长殷崇桂，叩见洪宪王！"殷崇桂假戏真作，手舞足蹈地拜了拜。

"平身！"袁大跑猪抬了抬手，"赐坐。"

从袁大跑猪身后走下两个红袄绿裤的大丫头，给殷崇桂搬过一只绣墩。

殷崇桂在绣墩上落座，咳嗽一声，欠了欠身子，说："崇桂临行之前，奉京东督办和大日本顾问官口谕，承认洪宪王的王位，萍水湖是洪宪王的万世江山。”

“日本顾问官够朋友！”袁大跑猪咧开大嘴抖动肚皮大笑，“糟老头子齐柏年，黄口小儿俞菖蒲，花言巧语，插圈弄套，哄骗我跟他们合伙打日本，我才不中他们的借刀杀人之计。”

“洪宪王真是圣明英主！”殷崇桂马上趁热打铁，给袁大跑猪连戴高帽儿，大灌迷汤，“大日本皇军的一支常胜小队，治安军金雄飞的一个团，攻打萍水县城，削平犯上作乱的齐柏年和俞菖蒲，也为洪宪王根除心腹之患，还望洪宪王同心协力，多给方便。”

“你们敬我八两，我也得还你们半斤。”袁大跑猪吆喝一声：“金镶玉听旨！”

“臣，在！”金镶玉双膝跪倒。

“赐你尚方宝剑！”袁大跑猪从他的龙袍玉带上，摘下一把指挥刀，“命你统率御林军，配合友军，随机应变，见机行事。”

“领旨！”金镶玉叩了个头，接过指挥刀，大权在握了。

“大摆酒筵，给殷县长接风！”袁大跑猪从宝座上站起身，伸了个长长的懒腰。

一转眼，金銮殿变成了宴会厅。

## 23

石瓮村三太子庙后院，是郑三发的内宅，贾三招儿带领八名喽啰，手提驳壳枪，压满子弹，扣住扳机，把守门口，连军师万年知也不许入内。

郑三发的卧房里，插上门闩，挂起窗帘，幽幽暗暗；郑三发和他的婆娘红鸾星，还有盟弟阎铁山，头碰头，耳交耳，嘁嘁喳喳，叽叽咕咕。

“我早就料定，俞菖蒲给咱们挖的是陷阱，你偏听信万年知那老杂毛的云山雾沼！”阎铁山青筋暴起，怨天恨地，“如今怎么样？日本兵的常胜小队，金雄飞的一个团，在瓦官阁外安营扎寨；开起火来，俞菖蒲躲在四面城墙里，咱们可就成了头刀菜。”

郑三发两眼挂着血丝，热锅蚂蚁似的在屋里走来转去，一支接一支地吸烟。

今天下午，金雄飞打发一名副官，前来石瓮村，勒令郑三发在二十四小时之内，将四面八方得胜军的人马，归并到他那个团，胆敢抗命，那就发动进攻，一网打尽，鸡犬不留。郑三发急得像火烧眉毛尖儿，又三心二意拿不定主意。

“走错这一步棋，也不能全怪你大哥瞎了眼。”红鸾星一副酸溜溜的腔调，“小藕看上了俞菖蒲的跟班柳长春，你大哥娘们儿心肠疼妹子，睁着眼睛跳火坑。”

郑三发一屁股跌坐在椅子里，雷殛了似的，闭着眼睛，脸色灰白，鼻孔里只有一丝丝凉气。

俞菖蒲走马萍水湖，熊大力和柳长春保驾，郑三发的妹子郑小藕，是个出污泥而不染的清白少女，爱上了柳长春这个忠厚、勇敢、俊秀的小伙子，而且带领她的十几名亲兵，也跟随俞菖蒲防守萍水县城去了。

“寡不敌众，别拿鸡蛋碰石头，咱们只得还回到金雄飞的房檐下吧！”阎铁山凄凄惶惶地说。

“能屈能伸大丈夫，可不要船到江心补漏迟呀！”红鸾星又不咸不淡地说。

郑三发原是金雄飞部下的机枪连连副，红鸾星跟金雄飞有过奸情，所以她很愿意重投旧主。

“我跟金雄飞尿不到一壶，拴不到一个槽上。”郑三发有气无力地说，“金雄飞率领队伍南逃，我挟枪携款开了小差，打起旗号自立门户，他心中能不恨我？只怕归队之后，打下萍水县城，他就得卸磨杀驴。”

“惹不起，躲得起！”阎铁山笑道，“反正咱们已经腰缠万贯，不如逃到天津卫的外国租界里，买一所洋楼，开个钱庄银号，娶上三妻四妾，快快活活吃一碗安乐茶饭。”

“此路不通，此路不通！”郑三发又摇头，又摆手，“咱们这些货色进了城，就像狗熊闯进瓷器店；做起生意更外行，只怕赔得连尸首也剩不下。”

“你上天无路，入地无门，只有伸长脖子，等人家一刀割下脑壳来！”阎铁山粗脖子红脸地喊叫。

红鸾星冷笑着问道：“你一不肯降，二不想躲，难道要跟俞菖蒲一块下葬？”她悄悄握紧挂在裤腰上的手枪，只要郑三发一点头，她就将郑三发一枪毙命。

郑三发的脑瓜子耷拉到裤裆里，只是唉声叹气。

正在这时，内宅门口，万年知又哭又闹：“司令呀，贫道忠心保主，谁想竟被当贼防？真叫人寒心呀！”

“一个窝心脚把这个老杂毛踢出去！”阎铁山凶狠地说。

“你跟我都是面汤锅里煮元宵——混蛋一个，还是听他断一断吉凶祸福吧！”郑三发说着走出屋去，满脸堆笑，“军师，你多疑了！快进，屋来，共商大计。”

万年知被郑三发搀进屋里，一行鼻涕两行泪地说：“士为知己者死，贫道甘愿粉身碎骨，报效主公，想不到……想不到……”委屈得像个失宠的妾妇。

“我急得像猫爪子抓心，你就别再疑神疑鬼啦！”郑三发不耐烦地断喝一声，“我不愿投靠金雄飞受肮脏气，也不想躲进外国租界坐吃山空，更不肯跟随俞菖蒲自取灭亡，你看是不是还有别的路可走？”

万年知破涕而笑，故弄玄虚地说：“司令面前正有一条阳关大道，仔细看一看。”

郑三发眯起眼睛，又手搭凉棚，风车打转儿，上上下下，前前后后，看了又看，眼底空空，不禁又烦躁起来，说：“军师，我心如汤煮，你就开恩吧！别卖关子了。”

“不辞而别，找老齐搭股去！”万年知摇头晃脑地说，“今夜三更时分，神不知鬼不觉地把人马拉走，然后备下重金厚礼，买通齐燮元的身边亲信，请他将咱们这支四面八方得胜军招安，封司令当个团长，跟金雄飞平起平坐。”

“妙计，妙计！”郑三发抓着头皮，嘿嘿发笑，“只是……只是咱们这支人马连影儿也不够四百，老齐岂能给我高官厚禄？”

“兵不厌诈，买空卖空呀！”万年知抚掌大笑，“大买卖靠广告，小买卖靠吆喝；咱们一出萍水湖，刮风下雾，大吹大擂，号称三千人马，老齐就不敢隔着门缝看人了。”

阎铁山不能不佩服万年知的鬼点子多，笑骂道：“老杂毛，你真是一肚子掏不完的鸡零狗碎。”

“老弟，可惜你比混屎虫只多一挂下水！”万年知反唇相讥，“你还是赶快到龙舟渡口走一趟，带着胭脂虎跟咱们一同走。”

龙舟渡口的李托塔、熊大力和金礤子，率领保土安民义和团奔赴萍水县城，只留下胭脂虎和她那一伙鸡头鱼刺，鬼吹灯夏三给她当狗头军师。每天夜晚，阎铁山坐一只快船过湖跟她相会；但是，这个女人的淫狠像一只蝎子，阎铁山招架不住，也有两天不照面了。

“这个娘儿们吃人肉，喝人血，敲骨吸髓不吐核儿，我……不想跟她藕断丝连了。”阎铁山谈虎色变，直打寒噤。

“她手中有一杆旗，大小也算一路诸侯呀！”万年知劝道，“咱们投靠老齐，买一送一，鸡毛蒜皮也添秤，多多少少能给咱们长几两分量。”

“铁山，你就辛苦一趟吧！”郑三发低声下气地说。

红鸾星在一旁冷言冷语：“牡丹花下死，做鬼也风流，亏你还算个男子汉！”

阎铁山只得壮了壮胆子，硬着头皮，走出三太子庙；来到码头，解下一对小船，贾三招儿带两个喽罗伴驾，向对岸的龙舟渡口划去，像一头愁死的驴子下汤锅。

船到湖心，远望龙舟渡口，灯笼火把，照如白昼，湖风阵阵，吹来悠扬的鼓乐声。

“慢！”阎铁山喝令停桨，站在船头观看，扯着耳朵听了又听，“三招儿，龙舟渡口有鬼，你去打探一下。”

贾三招儿划另一只小船，悄悄向龙舟渡口靠近。

萍水湖南岸，瓦官阁方向，日军小队和金雄飞那个团的营寨，人喊马嘶；阎铁山心惊肉跳，冷汗淋漓，湖风一吹，手脚冰凉。

贾三招儿紧打双桨，落荒而回。

“胭脂虎在耍什么把戏？”阎铁山问道。

“龙舟渡口……大办喜事，袁大跑猪娶胭脂虎……做正宫娘娘……”贾三招儿上气不接下气。

“这个娼妇！”阎铁山扳倒了醋缸，“她口口声声嫁给我，两天不见就变卦，我要把她抓来骑木驴。”

贾三招儿怕阎铁山一怒之下横冲直撞，忙平息他的火气，说：“我打听得仔细，金雄飞也给胭脂虎下令，交出她那一伙鸡头骨刺，赏两千大洋，胭脂虎不想卖了人马丢地盘；鬼吹灯夏三便给瓦官阁说媒拉纤，袁大跑猪也觉得人单势孤，于是一拍即合，各怀鬼胎搭了伙。”

“不报夺妻之恨，我阎某人岂不成了软盖的王八？”阎铁山仍然怒气冲冲。

“娘儿们是衣服，旧的不去，新的不来。”贾三招儿悄悄拨转船头，“胭脂虎不过是一件打满了补丁的破褂子，沽衣摊上也卖不出价钱，扔了不可惜。”

郑三发的人马，星夜逃离萍水湖，日军小队和金雄飞那个团，占领了石瓮村，解除了后顾之忧，就要向萍水县城发动进攻了。

## 24

殷凤钗坐轿，袁萍生骑马，前后左右八名卫士，从萍水湖往萍水城去。

坐在轿子里的殷凤钗，心乱如麻。新婚燕尔，她被父母骗拐，逃到天津卫，临行也没有跟丈夫见一面，这些日子很想念丈夫。她虽然轻浮浅薄，一点也不懂得俞菖蒲的思想和志向，但她却知道俞菖蒲是个不可多得的人才，只要走运，前途似锦，自己也能沾光。殷凤钗心中有愧，却又颇为自信；猜想得到，见面之后，俞菖蒲会跟她大发脾气，但是不能不贪恋她那艳丽的姿色，只要枕席之间，曲意奉承，千娇百媚，软言柔语，俞菖蒲就得乖乖地俯首贴耳。她从带在身边的梳妆盒子里，摸出一面菱花镜，掀开轿帘一角，透进一缕阳光，照见了自己那艳如桃李的花容月貌，得意地顾盼自怜起来。忽然，天上飘过一片黑云，菱花镜也掠过一抹阴影，她想起了婆母梅姑奶奶，舅公齐柏年老举人；花言巧语蒙哄不了二位老人家，甜言蜜语也迷惑不了二位老人家，于是心慌意乱，闭上眼睛，手捧着怦怦乱跳的胸口，失悔自己的冒险进城，然而已经骑虎难下，只有做一名过河卒子了。

骑在马上的袁萍生，却跟殷凤钗大不相同，只有欢欢喜喜，满腔高兴。自从他结交俞菖蒲，得到一位良师益友，糊涂的脑瓜亮堂起来，芝麻粒的胆子也大了一点儿。他利用袁大跑猪眼下不愿得罪三合会的心理，跟李二两的女儿桃枝明来暗去；彭祖奶奶做媒，他暗中跟桃枝结了婚，还加入了三合会。俞菖蒲和林豹犊儿带领三合会的青壮年到萍水守城，他本想也一同前去，但是被俞菖蒲留下来，在他爹身边当耳目。现在，袁大跑猪已经跟殷崇桂互相勾结，又把胭脂虎娶进门来，民团交给了金镶玉，他已经无能为力。金雄飞请袁大跑猪派遣他进城当说客，袁大跑猪本来不想答应，但是他另有打算，想趁此机会，进入萍水城中，就跟俞菖蒲形影不离，所以一定要去；胭脂虎和贾燕环居心叵测，两张嘴在袁大跑猪枕边吹风，袁大跑猪被吹得耳软心活，也就同意了。

袁萍生身穿学生装，苍白的脸上丰腴红润起来，眉眼间也扫除了过去那萎靡不振的神气，颇有几分新气象了。他在马背上轻声哼唱一支歌，哪里想到杀机四伏，他将死无葬身之地。

八名卫士，身穿便衣，都是金雄飞的鹰犬，殷崇桂的爪牙，四名轿夫也是乔装改扮的探子。

一行人走古驿道，远远望见了萍水县城的城楼；路边有一架茶棚，一座草亭，冷清清，空落落，不见一个人影，八名卫士的小头目下令停止前进。

“小姐，我们不能再多送一程了！”小头目在轿前打了个千，“小人们祝您一路平安。”

“等我的喜信吧！”殷凤钗强打精神笑了一笑，掩饰不住她心神不安。

四名轿夫抬着轿子，向城门飞跑。

袁萍生也要打马追赶前去，却被小头目一把抓住笼头，皮笑肉不笑地说：“袁太子，您留步。”

“我也是说客呀！”袁萍生瞪起眼睛。

“您是陪客！”小头目把袁萍生拽下马来，“等殷小姐大功告成，您不费一口唾沫也得彩。”

四名卫士把袁萍生拉扯到茶棚下，画地为牢。

萍水县城内，李托塔和金碳子率领保土安民义和团，把守南门，林豹犊儿率领三合会的儿郎，把守北门，柳长春和郑小藕率领亲兵，把守西门，熊大力和柳摇金率领学生武装队，把守东门。

金雄飞的探马，早已刺探了萍水四城的布防；殷凤钗知道把守东门的是学生武装队，料想俞菖蒲必在东门城楼上，这乘轿子便直奔东门外的石桥而来。

城门紧闭，石桥上堆起土垒，搭满了杨枝柳杈，几个年轻人枪上膛，刀出鞘，如临大敌。

“站住！”哨兵喝道，“司令部有令，萍水城严禁出入。”

轿子落地，轿夫打起轿帘，殷凤钗下轿袅袅娜娜地走上前来，问道：“什么司令部呀？”

“萍水民众自卫军司令部。”

“谁是司令？”

“俞菖蒲公子。”

“我是俞司令的太太！”殷凤钗变了脸，傲慢地叫道，“你们敢不放我进城？”

几个年轻人你看看我，我看看你，带队的小伙子打发一个哨兵，跑到城楼下，喊道：“熊队长，柳教官，俞公子的太太回来了，放不放她进城？”

城楼上，熊大力和柳摇金坐镇。熊大力从龙舟渡口回到萍水县城，被委任为学生武装队队长，跑马戏的柳摇金，一直在学生武装队当武术教官。

“奇怪！”熊大力紧皱双眉，“要打仗了，她怎么反倒回来？只怕有诈。”

“俞公子自有主张。”

“我先去问一问菖蒲。”

“人家夫妻相会，咱们何必竖打楔子，横插杠子。”

熊大力也只得同意放行。

殷凤钗又坐上轿子，四名轿夫抬她过了桥，熊大力打开一扇城门，轿子进了城。

萍水县城内，家家关门闭户，大街小巷冷冷清清；大乱入乡，小乱入城，城里的有钱人都逃散到四乡去了，留下来的人家，也都不敢出门寸步。

齐柏年的宅院，一片静悄悄。

殷凤钗下轿进门来，就一连声喊叫齐家的老仆人："门吉，门吉！"

沉寂了一会儿，院里有个清脆悦耳的声音问道："谁叫？"

殷凤钗一听便是柳黄鹂儿的口音，不禁妒火中烧，气不打一处来，尖叫道："长着眼睛，开门看！"

吱扭一声门开了，柳黄鹂儿身穿跑马戏的短打扮，腰间左插四把柳叶刀，右挎一支手枪，光彩照人。她开门一看，目光一惊；定了定神儿，才笑吟吟地说："原来是少奶奶回来了。"

殷凤钗脸上下霜，说："我的婆家，想回来就回来！你吩咐门吉，给四位轿夫做饭。"

"舅舅的救国会，菖蒲哥的司令部，都在老县衙门办公，门吉大伯服侍他们爷儿俩去了。"

"你做饭去！"

"娘的身边离不开我。"

殷凤钗听柳黄鹂儿开口闭口管梅姑奶奶叫娘，管齐柏年叫舅舅，冷笑道："哟，原来柳姑娘长了行市，升为小姐了！那就叫他们四个人进院去，自己到灶上做点吃喝。”

柳黄鹂儿站在门口，拦道：“大舅妈有话，家里都是妇道人家，不许男人进宅。”

四名轿夫一听院里没有男子，起哄乱叫：“我们都有两只手，会做满汉全席！”说着，就闯上前来。

柳黄鹂儿从腰间拔出一把柳叶刀，柳眉倒竖，喝道：“谁敢上前一步，看那葫芦！”说罢，抖手一道白光，嗖的一声，一支柳叶刀飞向小菜园的葫芦架，钉在一只大白葫芦上。

四名轿夫吓得倒退，直了眼。

殷凤钗气得咬牙，也只得说：“对不起你们四位，你们四位到街上喝酒吃饭去吧！酒足饭饱就找个小店住下，等我差遣。”

四名轿夫接过赏钱，悻悻而去。

殷凤钗走进内宅，柳黄鹂儿关上门，向上房跑着喊道：“大舅妈，娘！少奶奶回来了。”

齐夫人满脸病容，梅姑奶奶也显得形容憔悴，正坐在上房说闲话，听见柳黄鹂儿的喊声，都皱了皱眉，流露出惊疑神色。

柳黄鹂儿在二位老人面前摆下红毡垫子，殷凤钗四起八拜，低眉顺眼地说：“大舅妈，娘！我身不由己，被父母拐走，趁他们疏忽大意，逃了回来。”

梅姑奶奶见她满脸涂脂抹粉，花旗袍紧箍着身子，露出一双嫩藕似的胳膊和两条肥白的大腿，心中不悦，沉着脸说：“兵荒马乱，你回来又多一个累赘！”

“媳妇想念婆母，想念大舅妈……”殷凤钗呜呜咽咽，抽抽噎噎，

“也挂念……菖蒲。”

“唉！难为了你这份孝心。”齐夫人菩萨心肠，被殷凤钗哭得心软，“黄鹂儿，你找个人，给你菖蒲哥捎个话，叫他晚上回家来住。”

殷凤钗心中暗笑，自以为得计。

**25**

俞菖蒲巡视四门城防，查看城内岗哨，不敢违逆舅父和舅母的严命，古刹钟声正三更，他才回家去。

母亲和舅母早已经睡去，柳黄鹂儿在门楼上守夜，只有他的房中还灯火通明，殷凤钗等他回来同床共枕；这些天，他四处奔走，日夜奔忙，早已忘记自己还有个妻子，妻子的名字叫殷凤钗。

俞菖蒲跨进屋门口，眼前洞房花烛夜的旧景重现。床上，半卷的红绡帐里，粉莲花的湘绣合欢被，只掩住殷凤钗那半裸的一围腰身，展现出一副海棠春睡的媚态。俞菖蒲禁不住一阵目眩、耳鸣、心跳，呆呆地凝望着这个妖艳肉感的女人。

殷凤钗并没有酣睡，她眯眼偷看俞菖蒲的神色，故意像睡梦中翻了个身，把合欢被蹬落床下，整个身子都裸露在俞菖蒲面前，更令人眼花缭乱，不能不动心。

俞菖蒲走过去，拾起合欢被，正要给她蒙在身上，她突然惊醒了。

“瞧你！毛手毛脚，吓我一跳。”殷凤钗抓住俞菖蒲的双手，按在她那涨落起伏的胸脯上。

俞菖蒲在床边坐下来，板着脸问道：“你怎么回来了？”

“想你……”殷凤钗双手吊在俞菖蒲的脖子上，“想这间屋子，这张床……”

“你那爹娘怎么会放你回来？”俞菖蒲目光凌厉地问道，“是不是打发你来当说客？”

“你真是一双慧眼！”殷凤钗哧哧笑，“我将计就计，他们才放我。”

俞菖蒲长吁了一口气，说：“你要是替他们来劝降，我就不得不执行军法！”

“别吓唬我。”殷凤钗那粉团似的身子打了个哆嗦。

俞菖蒲粗声大气地说：“抗日救国会和民众自卫军有令，言降者杀！”

“你不必杀我，想你也快把我想死了！”殷凤钗一口气吹熄灭了灯，黏在了俞菖蒲身上，“菖蒲，你想过我吗？”

“没有！”俞菖蒲冷冰冰。

“狠心贼！”殷凤钗哭了，“咱俩燕尔新婚，我怎么舍得撇下你？是我的爹娘绑票似的把我押走了。”

俞菖蒲感到自己未免冤枉了她，过于冷酷无情，便亲吻了她一下，说：“我把你当成了无情无义的软骨头。”

“我的心是软的，身子是软的……”殷凤钗呢呢喃喃，“这些日子累苦了你，枕着我的胳膊，我把你搂在怀里睡吧！”

在热烘烘的香雾笼罩中，俞菖蒲迷醉了……

但是，殷凤钗却不许他安睡。

乡村景色的南城，处处生长绿树；初秋之夜，梆打三更，月牙儿挂在绿树枝头，杜鹃声声啼叫，在空落落的萍水城中回荡不已。

“菖蒲，这座小城你守得住吗？”殷凤钗交颈叠股地问道。

“守得住！”俞菖蒲满怀信心，“城中有几百人马，日伪军攻城，郑三发和胭脂虎从背后夹击，坚持一个月，援兵必到。”

“哪儿来的援兵？”

“共产党的队伍。”

殷凤钗那灼热的身子一阵发冷，恐怖地问道：“你是共产党？”

俞菖蒲微微一笑，说：“我有共产党的老师和朋友。”

“菖蒲，你还蒙在鼓里！”殷凤钗在黑暗中幸灾乐祸地冷笑，“郑三发拉起他那支人马，逃离了萍水湖，投靠齐燮元去了，胭脂虎也嫁给了袁大跑猪当正宫娘娘，坐山观虎斗。”

“这两个狗男女！”俞菖蒲挣脱殷凤钗搂抱，霍地坐了起来，“我要赶快从袁大跑猪的民团里拉出一支人马。”

“你是不是指望袁萍生？”殷凤钗也爬起身，把俞菖蒲箍在怀里。

俞菖蒲自言自语：“我要跟他秘密见一面。”

“别再竹篮打水啦！”殷凤钗手指轻轻戳了一下俞菖蒲的额角，“袁萍生也来当说客了。”

“他在哪儿？”俞菖蒲浑身像起了火。

“被金雄飞的卫士扣下了。”

“为什么扣他？”

“拿袁萍生的人头，换来袁大跑猪跟你作对。”殷凤钗那轻松的口气更显得恶毒，“他们想把袁萍生的人头，装在盒子里，送给袁大跑猪，谎报是你杀死了袁萍生；袁大跑猪为子报仇，也要发兵打你。”

“豺狼！”俞菖蒲气怒交加地喊道。

“日本兵二三百，金雄飞的人马一千多，你孤掌难鸣，抵挡不住呀！”殷凤钗夸大其词，吓唬俞菖蒲，“咱们一家老小，不能坐以待毙，你得想个两全之计。”

“我与县城共存亡！”俞菖蒲悲愤地说。

“为什么一心只想死呢？”殷凤钗扳着俞菖蒲的肩膀，摇晃他，揉搓他，“日本人愿意跟你讲一讲条件……”

“住口！”俞菖蒲喝道，“我宁死不降。”

“我也不是劝你当汉奸呀！”殷凤钗委屈地说，“只要你放弃这座县城，他们答应给你一大笔钱，出洋留学，保全你的面子。”

“糊涂！”俞菖蒲叹了口气，“这是拌了毒药的诱饵。”

突然，前院门楼上，柳黄鹂儿一声断喝：“什么人？”

砰！一声枪响，前院开了火，子弹纷飞。

俞菖蒲推开殷凤钗，匆忙穿上衣裳，拿起枪；殷凤钗扯住他的胳膊，假哭道：“你别去送死！”俞菖蒲一拳把她打倒，冲出屋去。

他跳到院里，只见前院房上四个鬼影；柳黄鹂儿一枪打死一个，他也抬手一枪，击毙了一个，另外两个家伙跑下了房。

前院正房里一声惨叫，柳黄鹂儿哭喊一声：“菖蒲哥，贼人杀死了大舅妈！”她从门楼上站起来，沿着墙头向北房飞跑。

吧咕！从菖蒲房中射出一颗子弹，掠过柳黄鹂儿的鬓角，柳黄鹂儿一闪身，落下墙来。

原来，殷凤钗偷偷携带一支手枪，俞菖蒲并没有发觉。

“殷凤钗，是你下毒手！”俞菖蒲掉转枪口，一梭子弹射进房中。

殷凤钗早已钻进梅姑奶奶的屋里，威吓道："您老人家下令，叫菖蒲别走死路，咱们一家享不尽荣华富贵。"

"呸！"梅姑奶奶啐道，"家贼难防！你这个败坏俞家门风的无耻女人！"

"我杀了你！"殷凤钗凶相毕露。

砰，砰，砰！枪响连声，殷凤钗鬼叫，倒地而死；原来俞菖蒲摸到窗根下，从窗口连开了三枪。

前院正房冒起一团浓烟大火，那两个家伙使用调虎离山计，想要跳窗逃走；柳黄鹂儿右手开枪，左手投刀，结果了他们的狗命。

四个家伙，正是那四名轿夫。

**26**

日军小队和金雄飞的伪军一个团，将萍水县城重重包围。

金雄飞骑一匹银鞍白马，屁股后面二三十名护兵，跑马绕城一圈，手端着望远镜观察城防兵力。然后，返回南门外古庙，又登上钟楼，左手抱着右胳膊肘，右手托着下巴颏儿，昂着头，眯着眼，装模作样地模仿拿破仑的姿态，悠闲地欣赏萍水小城风景。

三个营长不知他葫芦里卖的什么药，都沉不住气，偷觑他们这位上司的脸色。"馋得难熬是不是？"金雄飞斜了他们一眼，装腔作势地问道。

三个营长垂手答道："是。"

"我正是要把全团的馋火撩拨起来！"金雄飞自作聪明地大笑，

“萍水城好比一桌丰盛的酒席，我已经让你们拿起筷子，只是不许下箸，逗得你们垂涎三尺；等我一声令下，个个狼吞虎咽，风卷残云，岂不有趣？”

“团座真会用兵！”三个营长大加吹捧。

金雄飞掏出象牙烟嘴，点起一支香烟，深吸了一口，自鸣得意地说：“古往今来的名将，在炮火纷飞的战场上，没有不是心旷神怡，谈笑风生的。你们要熟读兵史，悟出用兵的奥妙。”

三个营长又谄笑道：“侍候团座，随时随地长学问。”

“遥想公瑾当年，小乔初嫁了，雄姿英发。”金雄飞得意忘形地吟唱起来，“羽扇纶巾，谈笑间，樯橹灰飞烟灭！”

忽然，古驿道上烟尘滚滚，传来疾风暴雨的马蹄声。

“袁大跑猪发兵来啦！”三个营长齐声喊道。

“老蠢猪中了我的借刀杀人之计！”金雄飞拍着花巴掌，“你们三人各回东、西、北门，只等袁大跑猪攻破南门，打开缺口，再发动攻势。”

“遵命！”三个营长分头而去，返回各自的阵地。

袁大跑猪在张宗昌手下带兵多年，也像他的主子一样，嗜酒如命，嗜杀成性，好色成癖。他最爱吃狗肉，一个人能吃一条肥狗，喝一坛老酒。酩酊大醉，溜下座椅，鼾声如雷，屁声隆隆。他又喜欢亲自动手，用牛耳尖刀，剜出活人心肝，做醒酒汤吃。但是，不管他醉得多么昏死，睡得多么沉酣，只要枪声一响，却能一跃而起，跳上光背战马，冲入枪林弹雨，上阵厮杀。

年过半百，每日沉溺酒色的袁大跑猪，虽然骄横不可一世，锐气却大不如前了。

金雄飞的八名卫士，捧着装在盒子里的袁萍生的人头，前来报丧。袁大跑猪跟胭脂虎和贾燕环胡闹了一夜，又吃了一条狗，喝了一坛酒，正醉得一塌糊涂，赤条条沉沉大睡，守卫寝宫的副官不敢叫醒他。直到听见他在帐中哑着嗓子喊道：“茶来！”副官才牵着八名卫士的小头目儿，躬腰曲背，踮着脚尖儿走进去。

袁大跑猪半醒半醉，坐在紫檀雕花大床上，赤着一身黑肉，满身十几块梅花斑似的枪伤弹痕，搔着从生黑毛的胸窝，眼泡浮肿，目光呆滞，嘴里喷出大蒜、烈酒的臭味，副官摸透他的脾气，这个节骨眼上惹他恼火，那就是活腻了。因此，递上一壶香茶，只轻轻说了一句：“启奏洪宪王，金雄飞团长差人面奏军情。”便将手捧木盒的小头目儿推到床头，自己抽身闪退，远远躲到屋门口，察颜观色，见机行事。

小头目儿一见袁大跑猪这副嘴脸，早吓得手脚发麻，舌头僵硬，哼哼唧唧，说不出个所以。袁大跑猪酒后还没有清醒，头昏脑涨，一肚子邪火，听得烦躁，把手里的一壶热茶，照小头目儿劈头砍去，骂道：“嘴里像含个屌，有屁快放！”小头目儿一骨碌跪倒床下，抹着满头满脸的茶水和血水，哆哩哆嗦，结结巴巴地说：“太子……被俞菖蒲……砍了头……”袁大跑猪的脑瓜子里仍然是一盆浆糊，奇怪地龇牙一乐，哼哧着鼻子说：“砍下来……就长不上了。”胆战心惊的小头目儿，忍不住扑哧一笑，袁大跑猪却猛然狂吼一声，抢起放在枕边的护身宝刀，将小头目儿劈了个黄瓜腌葱大斜碴儿。

他率领他的御林军，烟尘滚滚中杀奔萍水县城而来，直奔南门。

南门城楼左右，李托塔和金碗子各带一队人马，分守两侧城墙，大多数人都是手持长矛大刀和弓箭短弩，只有十几支鸟枪，七八支沈阳造和汉阳造步枪。城楼门窗大开，齐柏年老举人身穿雪白的夏布长衫，家常布鞋罩上一层白布，头戴麻冠，为风雨同舟，生死与共六十载的亡妻齐夫人挂孝。他视死如归，沐浴更衣，剃头修面，叩拜了文庙和祖祠；然后，抬一口棺材，登上城楼，正襟危坐在高背靠椅上，像一尊庄严的石像。

南门外，是日军小队和殷崇桂的警察队的阵地；死了女儿的殷崇桂枯萎黄瘦，像一条落水的癞皮狗，但是日军小队长仍然命令他到阵地前沿，趴在一土坡上，向城楼喊话。

"齐……老宗师！"他声嘶力竭，像一犬吠影，"你已濒于绝境，为保全……萍水县城黎民百姓的身家性命，还是……还是化干戈为玉帛吧！"

"来人！"齐柏年一声召唤。

李托塔黄缎子包头，前额上朱砂画符，走进来抱拳问道："会长，您有何吩咐？"

"人有人言，兽有兽语，我不想和卖国求荣的殷崇桂对话，脏了我的清白口齿。"齐柏年怒指城下，"你们把这个投敌附逆的汉奸乱箭射死！"

"是！"

李托塔的梆声一响，箭如雨下，吓得殷崇桂从土坡上一溜儿，哭爹叫娘爬回阵地。

这时，袁大跑猪的御林军一阵狂风冲来，也不跟日军小队会合，就向南门猛扑。

"儿郎们，杀进城去，金银财宝随便拿，每人三个娘儿们开荤！"袁大跑猪一马当先，狂呼乱叫，"哪个婊子养的后退一步，我一刀一刀割了他喂狗！"但是，城上箭弩齐发，把这一群疯狗阻挡在桥头。金镶玉见势不妙，喊了声："我去找皇军开炮支援！"拨马掉头就跑。军心大乱，四散奔逃，袁大跑猪拦也拦不住。

日军小队开了炮，一颗炮弹呼啸着飞向城头，打坍了城楼一角，飞砖溅瓦，尘烟四起。

"老会长，您快下城吧！"李托塔喊道。

齐柏年神色不变，安坐不动，挥了挥手说："我死不还家，守城要紧！"

袁大跑猪的御林军又聚拢起来，向石桥冲撞，李托塔也就顾不得劝驾，赶忙指挥守城。

一颗颗炮弹接二连三飞来，有的落在护城河中，溅起几丈水花，有的落在城上，保土安民义和团的团众不少人挂了花，又一颗炮弹落到城楼，城楼冒起一团黑烟。

"老会长！"金磙子冒火冲进黑烟中。

齐柏年那雪白的夏布长衫，已被鲜血染成红袍，停止了呼吸，却牢牢抓住座椅扶手，身躯不歪不倒。金磙子连忙将老人抱进棺材里，喊来三名团众，抬棺下城，又打发一人给俞菖蒲报信。

俞菖蒲巡视了东、西、北门，在奔向南门路上，遇见全身披挂刀枪的柳黄鹂儿，匆匆而来。

"你怎么离开娘的身边？"

"娘有门吉大伯侍候，打发我来护卫你。"

“跟我到南门去！”

他们刚走出几步，那个报信的人跟头流星跑来，一见他们的影子，便喊道：“俞公子……老会长……升天了！”

“舅舅！”柳黄鹂儿放声大哭。

俞菖蒲自幼被舅父栽培成人，恩重情深，不禁心如刀割，泪水盈眶。但是，他身负重任，不能过于伤情，便挥掉一把泪水，说：“老人家是萍水一方文宗，理当葬在文庙；你到我家中，传唤门吉大伯，到文庙守灵。”

俞菖蒲和柳黄鹂儿走进一条街，金磙子等四人抬着棺材进街口，两人跪倒叩了三个孝头，就吩咐金磙子把棺材抬到文庙去。

他们走过一街穿过一巷，只见保土安民义和团的团众败退下来。

“俞公子，南门给攻破了，快走！”他们喊道。

“李托塔会头呢？”俞菖蒲急赤白脸地问道。

“他老人家跟袁大跑猪扭打，被金镶玉打了一阵乱枪，同归于尽了。”

柳黄鹂儿扯住俞菖蒲的胳膊，说：“咱们快带着娘走吧！”

俞菖蒲两眼发直，一动不动。这时西门火光熊熊，看来也失守了，柳黄鹂儿使出全身气力，把他拖走。

跑回家中，满目凄凉，前院已是一片废墟，舅妈齐夫人火葬废墟上；看来门吉已经到文庙去了，忙直奔后院。

谁想到，后院那株松竹相伴的老梅上，梅姑奶奶颈系一条白绫自尽了。

“娘啊！”俞菖蒲和柳黄鹂儿哭叫着，把梅姑奶奶的遗体解下来。

梅姑奶奶一生守身如玉，白璧无瑕，死后仍然面如皎月，神态从容；她在绸衫的前衬上，咬破中指留下两行血书：“菖蒲吾儿：精忠报国，誓杀倭贼！葬吾井中，汝与黄鹂儿相依为命。母示。”

柳黄鹂儿哭得死去活来，俞菖蒲此时却冷静下来，忍住悲痛，说：“快遵照母亲遗言，将母亲安葬。”

两人将梅姑奶奶的遗体抬到小菜园，缓缓坠下这口清泉甜水井，挖土掩埋。

敌人已经从四门进城，到处杀人放火；柳黄鹂儿把俞菖蒲抱上她那匹跑马卖艺的枣骝驹，两人共一骑，夺路而走。

**27**

柳黄鹂儿怀抱菖蒲，骑着嗷嗷嘶鸣的枣骝驹，冲出北门，穿过萍水河，一缕清风，蹄不沾尘，将追赶他们的一队伪军骑兵远远甩在后面，奔向盘山。

枣骝驹沿着崎岖山路，仍旧疾驰不已。忽然，前面横切着一道山涧，菖蒲喊叫一声：“黄鹂儿，勒马！”柳黄鹂儿想挽住缰绳，但是枣骝驹跑红了眼，缰绳嘎巴拽断了。她急忙搂紧菖蒲，滚下马鞍，枣骝驹冲下涧去，一声凄厉的哀鸣，摔死在悬崖峭壁下。柳黄鹂儿和菖蒲跌落在山路上，滚了几丈远，幸亏一簇山荆挡住，不然也会滚下断崖，粉身碎骨。但是，也都昏厥过去。

柳黄鹂儿先醒转过来，只见满天繁星，月亮冷冷地挂在山尖，满山满谷都是松涛声。她想挣扎着爬起来，骨节像是寸寸断裂。她忍住剧痛，向菖蒲身边爬去，伸出一只手，摸着了菖蒲的脚。菖蒲的鞋飞了出去，两脚冰冷僵硬，她当是菖蒲死了，放声大哭。

哭了一阵，她又蠕动两步，摸着了菖蒲的刀，心一横，想用这口刀自尽，跟菖蒲头并头死在一起。终于，她爬到菖蒲身边，撑起身子，伏在菖蒲身上，想亲一亲心爱的人。忽然，她听到了微弱的怦怦心跳声，破涕为笑，叫道："菖蒲，你还活着！"眼泪像雨打芭蕉，洒在菖蒲的脸上。

柳黄鹂儿借着迷蒙的月光，向下一望，山涧黑咕隆咚不见底，湍流咆哮，山风呼呼响；抬头一看，万丈峭壁，怪石嶙峋，几株盘曲伸张的老松，倒挂在悬崖上。她想起来，这里必是有名的牛栏山挂松崖。挂松崖是山上山，天外天。晴天，老松挂住大块的白云，站在山下，只见白茫茫一片；阴天，雨雾沼沼，更是不露真面目。那么，此地一时还很难被鬼子和伪军发现，正可以暂时隐蔽栖身，再作下一步的打算。

心神一定，便看见了几步之外有一个洞口，洞口像一眼石井。她拼出全身气力，拖着昏迷不醒的菖蒲，一步三寸，三寸一步，爬进了这座不明深浅的洞穴。她的身子像散了架，又疼痛，又疲乏，便紧贴在菖蒲身上，进入黑沉沉的梦境。

早晨，柳黄鹂儿被挂松崖上的鸟叫吵醒了，揉揉眼，满洞金色的阳光，流荡着山花的香气。一道明亮的流泉，挂在生满绿苔的石壁上，叮叮咚咚淌下来。柳黄鹂儿伸过手去，水是那么清凉，掬起一捧送进口，又是那么甘洌。她又喝又洗，神清气爽，脸上泛起杏花春雨一般的容光。

青石板上，菖蒲发出低低的呻吟："……黄鹂儿……你在哪儿？"

“我跟你活在一块儿！”柳黄鹂儿跑过去，抄起菖蒲的上半身，抱在怀里。

菖蒲枕靠着她那温馨的胸脯，脸色惨白，吃力地张开口，问道：“还有谁……冲出重围……上了山？”

“天地间只剩下咱们两个人了。”柳黄鹂儿鼻子一酸，撩起衣襟擦泪。

“去看一看……找一找……”

“我先去给你找点吃的。”

柳黄鹂儿轻轻放下菖蒲，走出洞口。

站在挂松崖，身在云天上，柳黄鹂儿沿着山间小径下行二三里，才从白云缭绕中走出来，脚踏在青翠的山峦上。

已是中秋时节，盘山满山秋色。一片向阳坡上的乱石间，零零落落有几棵皴皮的老虎眼枣树，墨绿的叶子里挂着一串串红艳艳的枣子，远看像一盏盏的小灯笼，摇曳在秋风中。

柳黄鹂儿折了一根长长的柳枝，爬上枣树，棒打红枣，枣下如雨。这时，菖蒲拄着一根枯树杈子，一跛一拐走来，连忙弯腰拾拣漫洒遍地的枣子，一会儿便聚起一大堆。

他们正想坐下来吃个饱，突然一连几声枪响，栈道上像蠕动着一串甲虫，鬼子和伪军进了山。

柳黄鹂儿急忙脱下身上的蓝花土布衫子，把枣子包裹起来，搀架着菖蒲回挂松崖。

一整天，枪声回荡山谷，惊扰得鸟飞兽散。入夜，鬼子和伪军放火烧林，一处处火光熊熊，宿鸟哀啼，村村犬吠。

天阴得像一口黑锅，山洞里寒气袭人，菖蒲只穿一身单衣单裤，簌簌发抖。柳黄鹂儿把她的蓝花土布衫子投过来，说：“你贴身穿上。”

菖蒲知道，她只剩下了一条围胸，便又把蓝花土布衫子投过去，说：“冻僵了你。”

“我披挂着一身盔甲！”柳黄鹂儿笑着又投回来，“跑马卖艺，赶上风雪阴寒天气，蹲破庙，钻草垛，我冻出了茧子。”

菖蒲接到手中，又投回去，笑道：“我也想练出金钟罩，铁布衫。”

柳黄鹂儿扑了过来，带着一股暖烘烘的紫丁香气息，把菖蒲紧紧地箍住。

黎明前，青石板上冰冻透骨，菖蒲和柳黄鹂儿躺不住了，又相依相偎而坐。

挂松崖下，林火在山风中忽明忽灭，鬼子和伪军扎了营，重重包围牛栏山。

“我们不能被困空山……”菖蒲沉思地说，“一处处火光，正给我们指明出路。”

柳黄鹂儿跳起来，说：“我先下山，打探消息。”

菖蒲摇头说：“你单枪匹马，我怎么放心？还是结伴而行。”

“你挂了花，行走不便，反倒累赘了我。”

“可是，你一个孤身女子……”

柳黄鹂儿咯咯笑道：“谈古论今，说文解字，我这个跑马卖艺的野丫头，比不了你这位满腹文章的大学生；入死出生，逢凶化吉，你这位满腹文章的大学生，可就比不了我这个跑马卖艺的野丫头啦！”

菖蒲只得同意，说："但愿你能找到大力和长春他们。"

"咱们就在牛栏山占山为王！"柳黄鹂儿耍笑地说，"我就是你的压寨夫人。"

"咱们聚集了人马，投奔共产党去。"天像泼墨似的黑下来，菖蒲挥了挥手，"趁黎明前的黑暗快走，一会儿就天亮了。"

柳黄鹂儿伸了伸腰，踢了踢腿，拧了个旋子，一片流云似的消逝了。

只剩下菖蒲一个人，忽然感到空空落落，阵阵悲凉上心头，闭上了眼睛；迷蒙中，吹进一阵微风，睁眼一看，柳黄鹂儿去而复返。

"难出重围吗？"他问道。

"我的心拴在了你的身上，回来再看你一眼……"柳黄鹂儿呜咽着投入他的怀抱。

"这可真是儿女情长，英雄气短！"菖蒲沉下脸说，"早去早回，我变成石头也等你归来。"

柳黄鹂儿破涕而笑，这才展翅下山。

## 28

熊大力和金碌子三出三进萍水城，没有找见菖蒲；而且，寡不敌众，只得撤退。

跑出十几里，二人穿过一块漫漫高粱地，便是一条大车道；半里外，疏疏落落的桑、枣、榆、槐中，掩映着一个小小的锅伙。他俩正想跑过去，歇一歇脚，喘一喘气，忽见一个头戴破斗笠的农民，牵着两头膘肥腿壮的大骡子，柳枝抽打着，从锅伙里慌慌张张跑出来。

金碌子三步两步迎上去，作了个大揖，说："大哥，兄弟火烧眉毛尖儿，想借你这两头骡子骑骑。"

那农民抬头一看，只见一个满身血污的大汉拦路，吓得咕咚双膝跪倒，说："好汉爷，这两头骡子是东家存放在我这儿的。大兵来了，我扔下妻儿老小，只带它们逃了出来。"

熊大力上前把他搀起来，和气地说："大哥，我们也是穷苦人，不是万般无奈，也不忍叫你为难。"

那农民哭道："好汉爷，这两头牲口是东家的一双眼珠子，您们拉走，他不饶我呀！听你们说话，菩萨心肠儿，那就高抬贵手，把我放生了吧！"

金碌子起了火，一把扯住两条缰绳，吼道："你这个人真是房顶开门，六亲不认！你见死不救，就怪不得我手黑心狠。"

熊大力的口气也硬起来，说："榆木脑壳不开窍！你帮我们这个忙，等你遇到急难，我们也给你两肋插刀。"

那农民又跪下来，抱住熊大力的脚踝骨，直着脖子哀叫道："好汉爷，您们一定要拉走这两头骡子，那就先把我杀了吧！免得我眼瞧着一家人遭罪。"

"大力哥，碌子哥，不许违犯菖蒲的约法三章！"

高粱地中，一个清脆的嗓音断喝一声，柳黄鹂儿从天而降。

"柳妹子，你还活着！"熊大力又惊又喜，"菖蒲呢？"

"他在等你们归队！"柳黄鹂儿脸上像下了霜，"不在他的身边，你们就知法犯法，拦路抢劫吗？"

“这叫火上房，不拘礼！”金碌子怒冲冲地说，“菖蒲兄弟还活着，我更要骑上骡子赶快去找他。”

“你敢！”柳黄鹂儿一手拔出枪，一手拔出匕首，“咱们败了，更要珍重名声；不失民心，才能重整旗鼓。”

金碌子跺了跺脚，只得撒手。

一阵乱枪，大道上传来追兵的脚步声，柳黄鹂儿、熊大力和金碌子急忙钻进高粱地，趴在浓密的豆丛下。

追兵截住了那个农民，呼喝道：“看见从萍水城里跑出来的民众自卫军没有？”

“没……没看见……”那农民哆哩哆嗦地答道。

“妈的，你就是民众自卫军！”追兵拳打脚踢。

那农民疼痛大叫：“长官，饶命！我看见了三个。”

柳黄鹂儿向熊大力和金碌子递了个眼色，三人端起枪，只要追兵一进高粱地，就把他们撂倒。

“在哪儿？”

“顺这条大道，跑没影儿了。”

“带我们去找！”

“他们跑得鸟儿飞似的，怎么追得上呀？”

“你不带路，就拿你交差！”追兵动手捆绑。

那农民放声大哭：“长官，您们把我带走，我一家老小就活不成了。”

柳黄鹂儿听出，追兵不过三四个，又朝熊大力和金碌子一努嘴儿，三人悄悄往外爬，准备突然袭击那几个追兵，搭救那个农民。

几个追兵似乎另打了主意，问道：“你在哪儿住？”

“家里都有什么人？”

“一个七十岁的老娘，还有一个老婆，俩闺女。”

“闺女多大啦？”

“大的八岁，小的还在怀里吃奶。”

“你那娘儿们呢？”

“三十一……”

“虽说是残花败柳，到底还没有老掉了牙！”一个追兵嬉皮笑脸地说。

一个追兵马上说：“我们不追逃犯了，到你家去做客。”

“穷家破舍，吃糠咽菜，招待不起贵人呀！”那农民哀求着。

“我们水米不扰。”又一个追兵色眯眯地说，“还要积德行善，给你种下个儿子。”

“不能，不能，天理不容呀！”那农民哭号起来。

“给脸不要脸！”另一个追兵骂道，“不吃没味儿不上膘，打死你这个贱坯子！”枪托子像雨点般捣下来。

柳黄鹂儿气得七窍生烟，恨得咬碎银牙，嗖地从高粱地里跳出来，匕首像一道寒光投过去，结果了一个追兵的狗命；熊大力和金磙子也抽出背后大刀，削掉了两个追兵的脑壳；剩下一个想跑，那农民扑上去拦腰抱住，熊大力拧断了他的脖子。

柳黄鹂儿面带歉色，说：“大哥，为了遮掩我们，你受苦了，快牵着牲口，躲到严密的地方去。”

那农民连磕了三个响头，扑簌簌淌下泪来，说：“三位救命恩人，骑上这两头骡子，快快远走高飞吧！”

这时，熊大力和金碌子从四具死尸上摘下枪支子弹，又搜出七八十块银圆，说：“大哥一片真心，我们也就实受了。东家欺侮你，我们找他算账；这点钱，留你过日子。”

那农民摘下斗笠装银圆，哭着说：“老言古语：‘顺民者昌’，我们全家老小供长生牌，烧福寿香，求老天爷保佑你们一路平安。”说罢，千恩万谢而去。

熊大力和金碌子一人牵一头骡子，喜兴兴地说：“柳妹子，这两头骡子日行千里，夜行八百，快带我们去跟菖蒲兄弟大团圆吧！”

“菖蒲吩咐我找齐你们几个人……”柳黄鹂儿皱着眉头想了想，“你俩骑骡子上盘山，到挂松崖上跟菖蒲相会，我还要找到长春和小藕。”

“我们这两个一脚踢死牛的大汉子，怎么能叫你这个姑娘家在兵荒马乱里闯？”金碌子吵嚷着，“你回山，我们去找那一对小鸳鸯。”

“碌子跟随柳妹子，回山护卫菖蒲兄弟要紧！”熊大力下令，“我踏破铁鞋，海底捞针，也要把长春和小藕找到。”

“我不跟你兵分两路。”金碌子噘着大嘴，“你是孟良，我是焦赞；焦不离孟，孟不离焦。”

“这是军令！”熊大力大喝道，“眼前我是你的队长，不是你的大哥，令下如山倒。”

金碌子不敢犟嘴，说：“那就给你留下一头骡子，我给柳妹子赶脚，唱一出千里送京娘。”

他们正要离去，桑、枣、榆、槐掩映中的锅伙那边，忽然又枪声四起。

刚才那个农民，身背七十岁的老娘，他那个三十一岁的女人，怀抱着吃奶的小女儿，手拎着八岁的大女儿，跟头流星逃出来。

“大哥，怎么回事儿？”柳黄鹂儿问道。

“三位……救命恩人，赶快……赶快……”那农民气喘吁吁，上气不接下气，“六七个追兵，包围了……草料房，草料房里……不知什么时候……躲藏着小两口儿……”

七十岁的老娘说：“花枝似的小媳妇。”

三十一岁的女人说：“那个小伙儿更俊秀。”

熊大力和金礤子说：“必是长春和小藕！”

“不管是谁，不能见死不救！”

柳黄鹂儿一挥手，三人钻进高粱地，沿着田垄，直奔锅伙。

## 29

柳长春和郑小藕冲出北门，渡过护城河，跑了一程，钻进一片苇塘里。

“歇……歇一会儿吧！”郑小藕那浸血的小衫里，胸脯一起一伏，像把两只花胡不拉鸟儿窝藏在怀里。

柳长春擦了把汗，说：“你在这儿等着，我去找一找姐姐跟菖蒲大哥。”

“你放心吧！”郑小藕嬉笑着说，“菖蒲大哥有姐姐保驾，就好比孙悟空护送唐僧取经，没有过不去的火焰山。”

柳长春只得在她身边坐下来，郑小藕撒娇地头枕在柳长春的肩膀上。

喘了喘气，柳长春心神不宁地说："这儿不能久停，赶紧走。"

"咱俩洗洗脸，洗洗身子，洗洗衣裳，干干净净上路。"

"什么时候呀，你倒有心思梳妆打扮？"

"有勇无谋！"郑小藕伸出手指，戳了一下柳长春的额头，"光头净脸，穿着齐整，遇见追兵躲闪不及。把枪往草棵树丛里插，装作过路行人，蒙哄过去。"

"算你足谋多智！"柳长春叹了口气，不情愿也得依了她。

两人钻进芦苇深处，洗净头上脚下的血污，郑小藕又淘洗衣裳上的血渍。柳长春的紫花布裤褂，郑小藕的红袄绿裤和绣花兜肚，都洗出了本色，晾晒在芦苇上。

一队队追兵从苇塘外路过，都要敲山震虎喊两声，虚张声势打几枪，苇叶乱溅，水鸟纷飞。郑小藕假装害怕，搂紧柳长春沉下水；追兵过去，露出身子，你看看我，我看看你。柳长春脸臊得通红，郑小藕捂住嘴哧哧笑。

一阵大风，芦苇倒伏，郑小藕的绣花兜肚被吹上了天。

"好大一只花脖儿鹭鸶！"路过苇塘外的追兵喊道。

"花蝴蝶风筝！"

"娘儿们家的兜肚！"

砰，砰，砰！郑小藕的绣花兜肚像天女散花，乱纷纷飘落下来。

"苇塘里有娘儿们！"

"搜呀！"

追兵一窝蜂冲进苇塘。

柳长春和郑小藕匆匆忙忙穿上半湿不干的衣裳，从苇塘一角溜出去，钻进蓬蒿丛和柳棵子地；一路走走藏藏，藏藏走走，眼前出现一座锅伙。

这个锅伙，坐落在一道绵延起伏的沙岗上，临时搭起几溜柳枝糊泥巴的棚屋，便形成了一个小小的村落。这里原是一块寸草不生的荒地，有个地头蛇给县太爷送去五十两云土，就领下了一张开垦文书。不过，本地的农民，都知道给地头蛇开荒，十成有九成九要吃亏上当，最后是两手空空如也，两眼泪水汪汪；所以，尽管地头蛇四出贴满了招租告示，也没有人前来承租。地头蛇只得另打主意，打发狗腿子到大道路口，河边渡头，招揽外乡逃荒的难民。他们甜言蜜语，天花乱坠，将不明真相的难民诱骗而来，一写就是三年租契。三年后，这些难民受尽了敲骨吸髓的盘剥压榨，好不容易熬到了头，却是分文无得，粒米不剩，赤手握空拳。真个是来时逃荒而来，去时逃荒而去。

铁打的营盘流水的兵，这座锅伙送走迎来一拨又一拨上当受骗的难民，寸草不生的荒地却变成了米粮满仓，花果满园的良田。

柳长春和郑小藕逃进锅伙，四下张望，只见猪圈、羊栏、磨棚、牲口棚和草厦子连成一片，都不是藏身之处；又怕连累锅伙里的住户，便躲进了跟草厦子相邻的草料房。

草料房里，靠后墙有个炒马料和熬猪食的大灶，灶上一口大锅，灶旁一口大缸，缸里能盛二十挑水。

两人走得口干舌燥，手扶缸沿，探下身子，扎下头去大喝一气。

柳长春直起腰，抹了抹嘴上的水珠，说："不怕慢，就怕站，还得走。”

郑小藕双手搂住咕咕叫的肚子，苦着脸儿说：“我饿了。”

隔壁，有个巴掌大的小院落，他俩跳过篱笆，屋里有一位七十岁的老太太，一位三十岁上下的大嫂，一个七八岁的小女孩，还有一个吃奶的孩子。老太太给郑小藕一个菜团子，大嫂子给柳长春一块玉米饼子，那小女孩还给他俩一捧老虎眼红枣儿，两人又回到草料房来吃。

吃得正香，枪声响了；两人刚想冲出去，一阵冰雹似的子弹堵住了门。

“赶快藏起来！”郑小藕急赤白脸地说。

“藏到哪儿？”柳长春团团转。

郑小藕四下扫了一眼，跳上锅台，拔下大灶上的铁锅，说：“你快下去！”

“你呢？”

郑小藕一指墙角落的豆花囤，说：“你下灶，我钻囤。”

不容迟疑，柳长春只得跳下灶坑。郑小藕又将铁锅放回原处，从灶膛里掏出两把锅烟抹在脸上，就拿起水筲，从大缸里舀水，倒进大铁锅里。

一连倒了二十筲，铁锅里的水满了，郑小藕正要钻豆花囤，两个追兵撞进来，喝道：“有民众自卫军没有？”

郑小藕翻了他们一眼，六月连阴天的脸色，棱棱角角的声音，没好气地说：“我说没有，你们也不信。掘地三尺，你们搜吧！”

这两个家伙角角落落搜了个遍，人影不见；四只贼眼，在郑小藕那丰满的胸脯上溜来溜去，忽然奸笑道：“还得搜搜你！”

“搜我干什么？”郑小藕倒退了两步。

“逃犯藏在你怀里！”这两个家伙就要动手动脚。

叭！灶膛里射出一颗子弹，打躺了一个家伙。

郑小藕像一只翻天鹞子，扑到那个家伙身上，厮打起来。

“来人！……”被柳长春打断了腿的家伙，向草料房门外爬去，“灶膛里……”

一颗子弹又从灶膛里射出来，这个家伙蹬了蹬腿儿，断了气。

“来人！草料房里……有个小娘们……”跟郑小藕厮打的那个家伙，扯着脖子狂吠。

郑小藕一口咬住他的喉咙，疼得他满地打滚儿。

“小藕，杀死他！”柳长春在灶坑里敲着锅底，“拔起铁锅把我放出来。”

郑小藕杀死那个家伙，自己也衣衫破碎，遍体鳞伤，四肢酸软无力。她挣扎着站起身，摇摇晃晃提起水筲，刚要从锅里舀水，又有三个追兵破门而入，三支枪瞄准了她。

她一出溜坐在地上，身子挡住灶门，冷冷地说：“开枪吧！一个换俩，我够本了。”

“便宜了你！”一个追兵阴森森地恶笑，“先把你扔进锅里洗个澡，再……”

这个家伙忽然张口结舌了，只觉得脊梁骨冒凉气，回头一看，背后站着一个满面杀气的女子，枪口顶在他的腰眼上。

那两个追兵身后，是两位顶天立地的大汉。

三个追兵三魂出了窍，软囊囊瘫倒了。

“姐姐！大力哥……磙子……”郑小藕喊了一声，昏迷过去。

熊大力和金磙子把三个追兵捆成一串粽子，然后一个舀水，一个拔锅，柳长春从灶坑里一跃而出。

“把这三个家伙扔下去！”柳黄鹂儿命令道。

三个家伙鬼叫连天，被熊大力和金磙子填满了灶坑，熊大力又把铁锅翻了底，泰山压顶扣上去。

柳长春背起郑小藕，问柳黄鹂儿道：“姐姐，咱们奔哪儿走？”

“到挂松崖，跟你……姐夫会合。”柳黄鹂儿脸红得像海棠春雨，容光潋滟，“他带领咱们去找共产党。”

这一行人，抄近绕远，迂回曲折，跳出天罗地网，夜晚才到盘山；他们从悬崖峭壁的后坡，沿一线鸟道，向挂松崖攀登。

夏竟雄指挥的八路军挺进支队正在星夜北上，林錾和芳倌儿率领的一支先头小分队，已经进入萍水县境。

一九六二年至一九六六年初稿

一九七九年十月至一九八一年十一月重写

一九八八年四川文艺出版社合并出版《春草与狼烟》

# 后　记

从一九七六年十一月七日到一九七七年二月四日，我写出了长篇小说《春草》。

写革命历史题材，本是我的夙愿。一九五七年我曾说过，我们党领导的中国革命，要比俄国十月革命曲折复杂，波澜壮阔，内容丰富，为什么我们写得很少，却必须人人都要配合中心任务而写当前的题材？这个意见，本来发自对党的热爱，发自对伟大的中国革命的自豪感；但是，“荃不察余之衷情兮”，在对我大加挞伐时，硬说我这是反对歌颂社会主义革命，也就是反对社会主义革命。

在把我开除党籍的支部会上，我几乎禁不住大哭失声，最后发言说：“我虽然在组织上离开了党，但是思想感情上永远不离开党。”被开除出党后，我感到自己像失去了母亲的孤儿，凄凉而又痛苦，因而更加思念自己的母亲。

我搜集和阅读一些党史资料，像搜集和瞻仰母亲童年、少年、青年时代的照片；越是看到母亲早年含辛茹苦的形象，越是增长对于母亲的深情。于是，我决心写一写母亲在童年、少年和青年时代的苦斗。

我从小喜欢读历史，对于史学的爱好不下于文学，至今，我对阅读史料，要比阅读文学作品更有趣。当然，对于资料贫乏，以论代史的史书，也正如对待以说教代替形象描写的文学作品一样，不得不硬着头皮摘要而读。所以，我更喜欢野史、稗史、传记、笔记、轶闻和回忆录。

但是，党领导京东革命斗争的史料，却从未见过一篇，而我的政治身份，也不能去四出访问，所以只能在历史的长河中钩沉。我从许多与京东革命斗争无关的回忆录中，发现一鳞半爪，片言只语，竟然构成了一个轮廓。而且，我从当时的旧杂志和旧报纸上，获得不少具体的史实和生动的印象。例如，我从敌人的报纸上看到关于几位普通共产党员慷慨就义的描写，剔除其反共谰言和人身污蔑，却可以看见这些共产党员在押赴刑场的游街路上，不仅仅高呼革命口号，而且也嬉笑怒骂，各有特色；他们虽然视死如归，但是跟亲人诀别时，也难舍难离，悲痛万分。因而，使我感到他们有血有肉，栩栩如生。

这些史料中，使我最受感动的是通州最早的共产党人金氏三兄弟，即一九二六年入党的金永镐和金成镐，一九二七年入党的金祥镐。他们是逃亡到通州的朝鲜爱国者的儿子，都是潞河中学的学生。大哥金永镐最先入党，发展了老二金成镐，金成镐在一九二七年建立了中国共产党潞河中学党支部，发展了一批党员，其中包括三弟金祥镐。金成镐在潞河中学高中毕业后，化名周文彬，成为冀东工人运动的主要领导人之一，组织和领导了震惊中外的开滦煤矿大罢工。著名的抗日英雄节振国，就是在这次大罢工中觉醒和成长起来的。周文彬后来又是冀东抗日根据地的创建者之一，一九四四年牺牲时，担任冀热辽特委组织部长。周文彬为人文质彬彬，学识渊博，却又非常能吃苦耐劳，坚韧不拔，奋斗不懈，百折不挠，是一位优秀的革命知识分子。

《春草》中所描写的潞河学院，就是潞河中学，只不过从燕京大学的未名湖上借用了一座石舫和少许风光。潞河中学在清末时原名协和书院，民元以后改名潞河学院，是美国教会在京东开办的一所大学，孔祥熙就是协和书院的毕业生，而后又到美国留学。潞河学院的校园建筑和风景，跟后来新建的燕京大学近似。二十年代初期，潞河学院和同一教会开办的汇文大学、燕京女子学院合并而为燕京大学，在京西海淀建校，就是今天的北京大学所在地。潞河学院的原址，改办潞河中学，直到解放初期，仍是京东的最高学府。

协和书院——潞河学院——潞河中学虽然培养了不少国民党的官僚买办，但是也产生了不少革命战士，现在还有好几位在中央、地方和军队担任领导工作，并且产生了不少有名的科学家、教授、医生、作家、音乐家、演员和运动健将。

这个学校的学生，具有光荣的革命传统。一九〇八年，潞河书院以蔡德辰为首的六名学生，密谋策划驻防通州的新军起事，冲入北京，包围皇宫，推翻清王朝，由于叛徒告密，壮烈殉难。民元以后，五位革命志士的纪念碑矗立在潞河中学土山的松林中。我在潞河中学读书时，遗迹尚存，常到碑前复习功课；不幸十年大浩劫中，竟被数典忘祖的造反小将砸碎，并给这五位为民主共和而抛头颅洒热血的革命马前卒，加以“洋奴”的恶谥。一九七九年我重游母校，纪念碑已片石皆无，我力主重建，并强烈呼吁为他们平反。二十年代，潞河中学有以金氏三兄弟为代表的共产党人，成为京东革命斗争的一个堡垒。三十年代，共产党员在这个学校开展地下活动，梁斌同志的《红旗谱》所写的保二师风潮，一位真名实姓的领导人，原是潞河中学学生，因颜色太红而被校方开除，转学到保二师仅几个月，在领导风潮中惨遭国民党屠杀。抗日战争和解放战争时期，不少潞河中学学生参加革命，成为游击队和地方民主政权的于部。

一九四五年我九岁，曾入潞河中学附属小学读书，一九四六年到一九四八年，我参加了潞河中学进步学生的读书会，并成为他们主办的油印文艺杂志的主要作者，发表过连载小说。这个读书会和油印文艺杂志，一九四八年秋被国民党党部解散和查禁。一九五四年我从潞河中学毕业，考入迁校到原燕京大学校址的北京大学。所以，我对美国教会开办的小学、中学和大学都有较多的了解，有自己亲历实感的生活体验。因此，我对以教会学校为场景的解放前的学生生活，是能够写得像的。

同时，在我的读书和写作的生活经历中，我接触了一些二十年代的知识分子，从他们身上摄取到那个时代的知识分子的风貌；大量阅读旧报纸和旧杂志（包括我解放前做报童时的知识积累），使我能够感受我要描写的那个历史时期的时代气氛，这都弥补了我个人生活经历的不足。

但是，我必须有一点新意，采取扬长避短的写法，才能写得出来，才能避免雷同。

我是强调文学作品必须写出具有时代性、时期性和时间性的生活真实的；因而对于革命历史题材，就必须以历史唯物主义的观点，忠实地写出历史的真实。“四人帮”那种把党史和中国革命史进行“现代化”整容的做法，我是深恶痛绝的。

革命知识分子在革命历史中的地位，是先锋和桥梁。他们最先接受马列主义思想，举起革命火种，燃烧起工农革命的熊熊烈火。不在革命历史题材的作品中表现知识分子，或者只把知识分子作为犯错误、被改造或动摇叛变的类型来写，都是歪曲事实，不公平和不公正的。而在那个时代，革命知识分子的绝大多数出身于剥削阶级家庭，不写出他们的这一特点，也不能把历史真实全面完整地再现。

毕竟我的年龄、经历、知识和生活实感具有很大局限性，所以我写不了这个历史时期的全貌，只能写一个中心事件。量力而为，也是饱尝创作的辛苦之后，才稍微明白了的一点道理。

《狼烟》写的是卢沟桥事变中，一位北京大学毕业生在党的指引下，回乡开办抗日学校，收编民间自发抗日武装的故事。我写的也是抗日战争时期京东的历史真实。

“一二·九”运动的学生领袖之一的董毓华，他曾率领北京的大学生在寒假中下乡宣传抗日，屹立于固安城下，高声朗诵英国诗人雪莱的诗句：“冬天到了，春天还会很远吗？”而留下历史佳话。抗日战争爆发，他成为京东抗日军的司令员。另一位“一二·九”运动的著名猛将、东北临时大学学生白乙化，后来成为地跨京北和京东的军分区的司令员。这两位使日寇闻名丧胆的书生将军，被人民引以为骄傲的传奇性英雄人物，最后献出了青春似火的生命，是非常可歌可泣的。一九四二年我见到的第一个共产党员，来到运河滩开辟地区的一位八路军干部，也是个大学生。

那时候我六岁，已经上小学。与我们儒林村北隔半里的大村，有一支地主民团，与儒林村南隔八里的一个村庄，有一支几百人的绿林武装，都被这位大学生出身的八路军收编了。有意思的是，收编那支绿林武装的仪式，是夜晚在我家柴门外的打谷场上举行的，我还站在场边参观。这是因为，儒林村地处运河滩最偏僻的一角，而且杂树茂草丛生，不易为敌人所发觉。日寇从一九三三年占领京东到一九四五年投降，十二年中从未进过儒林村；而与儒林村相邻的村庄，却都曾遭到烧杀，所以儒林村被称为“福地”，流动性很大的县、区政府常常到儒林村隐蔽。县支队和武工队也常来儒林村修整，县支队的李支队长和楔入北京城下的武工队杨队长，总是住在我家北房东屋；他们很喜欢我的敢说话和顽皮淘气，送给我机关枪的子弹筒，多次说要把我“拐走”。我还记得，日人在华反战同盟的盟员也在我家住过一夜；有一个女盟员跟我的姑姑住在一屋，当时正收花生，我送给她甜花生果（没有成熟的嫩花生）吃，她很文静，老是羞答答的。

每个人对于自己的童年生活，都记忆得最清晰最深刻，回忆起来也最动情。我写《狼烟》时，常常引动起我对童年的怀念和留恋，也深深怀念当年那些在我家住过的人们。

《狼烟》也和《春草》一样，虽然写的是烽火连天的年代的故事，却没有什么惊险曲折的情节。一方面是因为我没有亲身参加过血与火的战斗，硬写是写不好的；另一方面，也因为我比较喜欢写情，不大喜欢写事。苦难和战乱岁月中的人情，是极其珍贵和极其感人的。

这两部长篇小说，都是在我那坎坷漫长的苦难岁月中，写于家乡儒林村的茅屋寒舍的炕沿上，我永远感念当时与我相濡以沫的人。

一九八七年十月

图书在版编目(CIP)数据

春草与狼烟 / 刘绍棠著. — 北京 : 北京十月文艺出版社，2018.5
(刘绍棠文集)
ISBN 978-7-5302-1769-6

Ⅰ. ①春… Ⅱ. ①刘… Ⅲ. ①长篇小说—小说集—中国—当代 Ⅳ. ① I247.5

中国版本图书馆 CIP 数据核字(2017)第 321741 号

春草与狼烟
CHUNCAO YU LANGYAN
刘绍棠 著

出　　版 北京出版集团公司
　　　　 北京十月文艺出版社
地　　址 北京北三环中路 6 号
邮　　编 100120
网　　址 www.bph.com.cn
发　　行 新经典发行有限公司
　　　　 电话(010)68423599
经　　销 新华书店
印　　刷 固安县铭成印刷有限公司
版　　次 2018 年 5 月第 1 版
　　　　 2018 年 5 月第 1 次印刷
开　　本 850 毫米 ×1168 毫米 1/32
印　　张 10.25
字　　数 233 千字
书　　号 ISBN 978-7-5302-1769-6
定　　价 35.00 元
质量监督电话 010-58572393
如有印装质量问题，由本社负责调换。